光文社文庫

コクーン

葉《は》真《ま》中《なか》 顕《あき》

光 文 社

目次

コクーン

蝶夢Ⅰ ―― 1941

揺れる、揺れる、揺れる。ゆっくり、ゆっくり、ゆっくりと。

わたしの身体《からだ》は、揺れている。

まるでゆりかごに揺られるように。

ここはどこだろう?

わたしは目を開ける。

飛び込んできたのは、一面の、赤。血のような、あるいは燃えるような。

夕暮れだ。

わたしは熟したように赤い夕空を漂っている。吹きつける柔らかな風を受けるたび、身体はふわりふわりと揺れるのだ。

眼下には大きな川が悠然と流れている。水面は入射角の浅い夕陽《ゆうひ》を映し、きらきらと輝いている。昨日か一昨日か、雪が降ったのだろう、川の両岸には、溶け残った純白が積もっている。

ひんやりと冷たい空気は澄んでいて、うんと遠くまで見渡せる。川の向こうに、レンガ造りの家が建ち並ぶ街が広がっている。

なんて懐かしい景色。

ここはわたしの生まれ故郷だ。

大陸の一部に、一時期だけ存在した、満州《まんしゅう》という国。そのやや北寄りに位置する街、ハルビン。この川はその市街地の北側を流れるスンガリ川《松花江》だ。

わたしは揺れながら、ゆっくりと水際に積もった雪の上に降りてゆく。

水面にわたしの姿が映る。

わたしの背には一対の大きな翅《はね》が生えている。胴からは六本の脚が生えている。

このときようやく、わたしは自分が一匹の蝶《ちょう》になっていることに気づく。その翅は金色に煌《きら》めいている。夕陽を反射しているのではない。翅そのものが発光しているのだ。

「いやあ、それにしても、よくぞやってくれたものだよ。なんとも晴れ晴れとした心持ちだね」

「そうですねえ」

聞き覚えのある声がした。

よく通る甲高い男の人の声と、おっとりとした女の人の声。

わたしはこの声の主を知っている。

父と母だ。

声のする方を見上げると、少し高くなった土手のところに三つの人影が見えた。父と母が幼い私を連れて、歩いている。

これはわたしの過去だ。

そうか、蝶になったわたしは、時間を旅しているのか。

わたしは翅を羽ばたかせて、幼い私のところへ飛んでゆく。三人とも厚手の上着を着て、着ぶくれていた。父と母は両手にたくさんの荷物を抱えている。

「これ以上、米英の好き勝手にさせてなるものか。まさに今こそ、我々、日本人が立ち上がるべきときなんだよ」

父は上機嫌だ。

「ええ、本当に」

母もにこにこと相づちを打つ。

日本が真珠湾に奇襲攻撃をかけて、アメリカに宣戦布告をした直後のことだ。私の両親も、近所の人たちも、大人たちはみんな、邪悪な〈敵〉に日本が鉄槌《てっつい》を下したことを喜んでいた。

この日は、家族で年越しの買い物に出掛けた帰り、少し河原を散歩したんだ。私は数えで五つ。満年齢なら四歳になったばかりだった。

蝶になったわたしはそっと、幼い私の頭の上にとまった。まるでリボンのように。

わたしの身体は輝いており、かなり目立つはずなのに、三人とも、気づかないようだ。もしかしたら、わたしの姿が見えていないのだろうか。

背後から射《さ》す夕陽が、地面に細長い影法師をくっきりと映し出していた。

「この戦いはまさに聖戦と呼ぶべきものだね。兵隊のみなさんが戦地で血を流していることに報《むく》いるためにも、我々銃後の民草《たみぐさ》は、五族協和《ごぞくきようわ》の王道楽土《おうどうらくど》を実現せんと汗をかかねばならないんだよ」

父は気持ちよさそうに朗々と語る。

五族協和と王道楽土は、満州国の建国理念だ。東アジアの五つの民族、日本人、満州人、漢人、朝鮮人、蒙古《もうこ》人が、互いに協調して暮らし、東洋の徳である「王道」によって統治される理想郷、という意味だ。

が、その実、満州国は、日本が大陸進出の拠点としてつくった傀儡《かいらい》国家に他ならなかったのだけれど。

もちろん、まだ小さかった私は、そんなことは知りもせず、父の言葉を誇らしく聞いていた。

この頃の私にとって、ハルビンの街は理想郷と言って差し支えなかったと思う。

日本の会社の工場長である父は、多くの人に慕われていて、頼りがいがあった。父が働いている間、家を守る母は、優しく、美しく、いつもにこにこと笑顔を絶やさなかった。

　ロシアからも朝鮮半島からも近いハルビンには、様々な民族の人々が暮らしていたけれど、みんな、私たち日本人にはいつも親切にしてくれた。

　私と両親が暮らす住宅地にあるレンガ造りの家は、親子三人で住むには十分に大きく快適だった。気密性が高く、壁に埋め込まれたロシア式暖炉《ペチカ》を焚《た》けば、日によってはマイナス三十度にもなる冬も、暖かく眠ることができた。

　小さな私が見渡せる限りの世界では、すべてが過不足なくそろい、調和し、満ち足りていた。

「ねえ、おとーさん、おかーさん」

　私は元気よく、両親に話しかける。

「私ねぇ、おっきくなったら、たぁくさん、赤ちゃんを産むの。それでね、兵隊さんにするの。お国のために、つよい男の子を、たぁくさん、産むの」

　ああ、そうだった。

　私はこのとき、夕陽を映して流れる美しい川を眺め、誓った。子どもがどうやってできるのかもよく知らず、誓ったのだ。

　幼心に私も〈敵〉と戦いたかった。〈敵〉とはすなわち、武力によって強引にアジアを支配しようとするイギリスやアメリカであり、彼らの支援を受けて日本に抵抗する中国であり、ここ満州の国境沿いで虎視眈々《こしたんたん》と侵略を狙っているロシア《ソヴィエト》だ。

私は信じていた。

正しいのは自分たちだと。

この戦いはまさしく聖戦なのだ。私たちが邪悪な〈敵〉に負けることなど、決してない。大人になったら、この聖戦に貢献するために丈夫な子をたくさん産む。それこそが、女として生まれてきた私の使命に違いない――そう、信じていた。

夢を見ていたと言ってもいいのかもしれない。私だけでなく、父や母も、誰も彼もが、自分たちが正しいという、甘やかな夢を見ていた。

けれど蝶になったわたしは知っている――この夢はほどなく醒めてしまうということを。

日本は、負けるはずのない〈敵〉に負けてしまうということを。

幼い私の頭上には、赤く染まった空がどこまでも広がっている。まるで世界を覆う巨大な繭《まゆ》のよう。ならば人は、その繭の中で思い思いの夢を見る幼虫なのだろう。

人が認識する世界とは、すなわちその人の意識に顕《あらわ》れる世界の像だ。夢と同じではないか。このときの私が〈敵〉と思っていた人々も、私たちとは違う夢を見ていただけなのだろう。

この世界は、一匹の蝶が見ている夢かもしれない――確か、中国の故事にそんな話があったはずだ。

「それは素晴らしい考えだね」

幼い私は父に誉《ほ》められてご機嫌だ。その頭にとまっている蝶になったわたしは、眠気を覚える。

抗《あらが》いようもなく、わたしは眠りに落ちる。そして、夢を見た。

わたしではない、他の誰かの夢を。

――私はレストランで食事をしている。夫と息子と、息子の恋人との四人で。

1　ファクトリー――2010

季節の野菜と旬の魚を使った四種のオードブルから、無花果《いちじく》のコンポートにキャラメルソルベを添えたデザートまで、コースは完璧に計算し尽くされ、飽きることなく舌を満足させてくれた。特にメインの仔羊《こひつじ》のローストは、まったく臭みがなく、特製のマスタードソースとの相性もぴったりで、あまり肉は得意でない私でも、ぺろりと平らげることができた。

夫が予約してくれたフレンチレストランは大当たりだった。

「なんだ、一也《かずや》、おまえ結構、飲み慣れてるな。酒飲むの、今日がはじめてじゃないだろ」

デザートワインを美味《おい》しそうに飲み干す息子の一也を見て、夫が言った。

「え、あ、いやあ。まあ、ね。サークルの飲み会とか、あるからさ。ね？」

一也は困ったように、傍らに座る真弓《まゆみ》さんに、目配せをした。

彼女は少し恐縮したように私と夫を上目遣いで見る。

「あの……、ごめんなさい。いけないってわかってるんですけど……」

夫は苦笑いしながら、顔の前で手を振った。

「いや、いいんだ、いいんだ。責めてるわけじゃないよ。私なんてね、中学くらいから飲んでいたしね。まあ、ほどほどにな」

今日で一也は二十歳になった。息子の誕生日には、毎年、家族だけでささやかな誕生会を行っている。けれど、今年に限っては一也が「父さんと母さんに紹介したい人がいるんだ。誕生会に呼んでもいいかな」なんて言い出した。

大学で同じサークルに所属する同級生で、真剣に交際をしているのだという。

これまで恋人がいるかどうかすら家族に言わなかった子だから、驚いたけれど、私は嬉《うれ》しかった。夫も喜び、成人する区切りでもあるからと、今年は少し奮発して高級なレストランでお祝いをすることになった。

「今日は、本当にありがとうございます。すごく美味しかったですし、お父さんとお母さんも、素敵な方で」

初対面の女の子から「お母さん」と言われると、なんだかくすぐったい。

「こちらこそ。ありがとうね。一也がこんな素敵なお嬢さん連れてくるからびっくりしちゃったわ」

お世辞ではなかった。可愛《かわい》らしいし、少し話しただけでも、聡明な子なのだとわかった。

「いえ、そんな」と恐縮する真弓さんの隣で、一也は照れくさそうにはにかんでいた。

その様子を見ると感慨深いものがある。

私と夫はいわゆる「できちゃった婚」で、一也を妊娠したことで慌てて結婚した。私は仕事を辞めて家庭に入ることになり、生活はまるで予期せぬ方向に大きく変わった。一也はきかん坊で、そのくせ甘ったれで、まるで毎日が戦争のようだった。

「ところで――」

夫は口を開くと、とんでもないことを訊《き》いた。

「――きみたちは、やることはもうやってるのか」

酔っぱらっているのだろうか。

下品な軽口に私は眉をひそめた。

「ちょっと、あなた何言ってるの？　真弓さんもいるのに！」

夫は不敵に笑うと、テーブルの下で手を伸ばし、私の太腿《ふともも》をさする。

何考えてるの？

私は夫の手を摑《つか》むが止まらない。強引に股間まで侵入してきて秘部に触れる。その指はまるで機械仕掛けのように細かく振動している。その刺激に、私は思わず「あっ」と声をあげてしまう。

不意に音がする。夫の指の動きに合わせるかのような、ダダダダという連続した破裂音。

顔をあげると目の前に雑踏が広がっている。そう、雑踏だ。すぐ向こうにお堀と皇居が見える。私たちはレストランではなく、なぜかたくさんの人が行き交う丸の内の街のど真ん中でテーブルを囲んでいる。いつの間にか私の股間をまさぐっていた夫と、一也の恋人の真弓さんの姿は消えており、私は一也と二人向かい合っている。私は一也の顔を見て驚く。幼い。卵を剝《む》いたようなつるんとした肌に、あどけない目鼻立ち。童顔というレベルではなく、子どもだ。身体《からだ》も小さく、自動車のイラストが入ったトレーナーを着ている。雑踏に、悲鳴が聞こえる。たくさんの人が逃げ惑っている。前方から真っ白いフードをかぶった男が近づいてくる。その手には、大きな銃が、機関銃が握られている。あれで人を撃っているのだ。ぞっとする。私は慌てて身をかがめる。

「ママ！」と呼ばれて私ははっとする。顔をあげるのと、一也の首筋がはじけ、血が噴き出るのは同時だった。まるでスローモーションのようにゆっくりと舞い上がる血しぶきが、物理法則に逆らい、空中に浮かび、血だまりになる。赤いはずのそれは金色に輝き、蝶《ちょう》の形になった。大きな、黄金の蝶。それは翅《はね》を羽ばたかせ、空へ飛んでゆく。

次の瞬間、目が覚めた。

＊

一也！　と叫ぼうとしたかたちのまま、開いた口があえぐ。「ああ……」と声にならない音が漏れた。口の中に不快な粘つきを感じる。私は雑踏でもフレンチレストランでもなく、ワンルームマンションのベッドの上にいる。

横になったままベッドサイドのチェストに置いてある折りたたみ式の携帯電話に手を伸ばす。一緒に置いてあったものが転がり、床に落ちる音がした。携帯の画面を開くと「19：03」と大きく時刻が表示される。

窓の外はもう真っ暗だ。眠るときに点《つ》けっぱなしにしている豆球のほのかな灯《あか》りが、狭い部屋を照らしている。私の他には誰もいない。

一也も、夫も、ここにはいない。

八時間近く寝たはずなのに身体が重い。疲れがとれるどころか、まるで眠る前よりも疲労してしまったようだ。首に鈍い痛みを感じる。寝違えたわけではなく、長年悩まされている原因不明の神経痛だ。

なんて夢を見てしまったんだろう。きっと、こいつのせいだ……。

私は手元の携帯を恨めしく眺める。

今朝、メールが一件送られてきた。

——もうすぐ、あの日がやってくる。一也がもし生きていたら、今年の誕生日で二十歳になったんだね——。

別れた夫、御園《みその》からだった。一度だけ読んですぐに消したけれど、頭の中に引っ掛かっていたから、あんな夢を見てしまったのだろう。

私たちの間の子、一也は大人になることができなかった。恋人もできなかった。十五年前、五歳のときに命を落としている。

子は鎹《かすがい》と言うけれど、もしもあの事件がなければ、私たちが離婚することもなかったのかもしれない。

さっきの夢は私のｉｆだ。あり得たかもしれない世界の、あり得たかもしれない幸福な家族のｉｆ。

それにしても……。

私はため息をつく。

夢に出てきたレストランと料理は、昼間、寝る前になんとなく観ていたテレビ番組で紹介されていたものだ。特製のマスタードソースで食べる仔羊のローストを、レポーター役のタレントが絶賛していた。一度くらいあんなお店で食べてみたいなんてことを、ぼんやり思ったんだった。まさか、それがそのまま出てくるとは。おまけに一也の恋人は私と同じ真弓という名前だったし、夫――今となっては元夫だが――がしていたセクハラまがいの悪戯《いたずら》にも元ネタがある。

さっき携帯を取ったときに床に落としてしまったもの。コードのついたピンク色の機械《ローター》、商品名は「ソフト・アンド・ウェット」。柔らかなソフトシリコン製で、アダルトグッズ業界では密《ひそ》かなヒット商品になっている。勤め先でもらったものだ。

眠る前にあれを使って自分を慰めた。それが、よりにもよって御園の手として蘇《よみがえ》るなんて……。

見たくて見た夢じゃないけれど、自らの想像力の貧困さに、私は深い自己嫌悪に陥った。

ベッドから降りて、テレビを点ける。いきなり嫌いな女優が画面に映ったので、チャンネルを変える。今度は去年当選したアメリカの黒人大統領の顔が映った。NHKの七時のニュースだ。こっちの方が全然ましだ。

この大統領が核廃絶を目標に掲げたため、世界終末時計の針が一分だけ戻ったという話題を伝えていた。これは、核戦争などによる人類絶滅までの時間を象徴的に示したもので、これまで五分前だったのが、六分前に修正されたのだという。

世界の終わりまで、あと六分。

それが長いのか短いのか、よくわからない。ただ、この時計の針を動かしている人も、ニュースを伝えるキャスターも、それを見ている視聴者も、みんな本当にあと六分で世界が終わるとは思っていないだろう。

誰もが、信じているのだ。世界はそうそう終わるようなものではないと。六分後の自分は生きていると。あの日の一也も、きっとそうだっただろう。

*

ぐわん、ぐわん、ぐわん——。

広いフロアは耳をつんざかんばかりの轟音《ごうおん》に満たされていて、それがいちいち首の神経痛に響く。

機械の運転状況を表示するランプは正常を示すグリーンが灯《とも》っている。すべてのモーターと歯車と人の手が、決められたどおりの動きをしてシステムを正確に動かしている。

ベルトコンベアに載せられて、大量のペニスが運ばれてくる。正しくは、ペニスのかたちに成形されたシリコンが。

頭にキャップ、口にマスク、身体にエプロン、手に手袋、足もとに防塵《ぼうじん》カバーで完全防備した私たち工員が、それをひとつひとつより分け、ハサミを使って縁のところにわずかに残っている残材《バリ》を切って、よりきれいなペニスに仕上げ、次の工程へ回す。

千葉県八千代《やちよ》市の郊外にあるこの夜間操業の工場は、女性向けのアダルトグッズをつくっている。ここで働きはじめてもう三年。毎晩、大量のペニスが生産されるこの不思議な光景にもさすがに馴《な》れた。今朝、自分を慰めたピンクローターは、従業員に配られる試供品だ。せっかくなのでときどき、眠り薬の代わりに使わせてもらっている。

工員は全員が女性のパートで、四割くらいは外国人だ。時給は千三百円で、勤務時間は夜の十一時から朝の七時まで。途中、一時間の休憩があるので実働は七時間だ。一晩で九千百円になる。

ここの前は、船橋《ふなばし》の老人ホームでヘルパーをしていた。はっきり言ってきつい上に待遇の悪い職場だった。昼も夜もなくお年寄りにご飯を食べさせ、お風呂に入れ、お尻を拭き、ときに認知症で混乱した入居者の暴力にすらさらされ、もらえるお給料は手取りで十五万円に満たなかった。それでも我慢して勤めていたのだが、事業所自体が潰《つぶ》れてしまった。従業員をあれだけ冷遇していて経営が成り立たなかったのだから、たぶん構造に問題があったのだろう。

冗談みたいな話だけれど、この工場は求人情報誌に「おもちゃ工場」と募集を出していた。面接時になって「こういうものをつくっています」と、バイブレーターとピンクローターを見せられたときは面食らったけれど、ためらいはしなかった。

私みたいな五十女が、時給千三百円ももらえる仕事はそうそうない。深夜帯の勤務も問題はなかった。老人ホームは週に二日夜勤がある二交替制だったのだが、むしろ夜で固定してくれていた方が、生活のリズムは取りやすい。

だからといって楽な仕事というわけじゃない。ずっと同じ姿勢でする立ち仕事は、神経痛持ちにはかなりこたえる。パートという立場はやはり不安だし、老後に備えた十分な資金を貯《た》めるような余裕はない。

十年先のことを考えると、正直、背筋が寒くなる。この社会には、子どものいない独り身の中年女の居場所は、ごく限られている。いや、本当はないのかもしれない。

けれども、心配して何かが好転するわけではない。今のところはとりあえず、こうしてシリコン製のペニスをつくり続けるしかない。

私は極力首の痛みから気を逸《そ》らし、ハサミに意識を集中する。単純ではあるけれど、正確さと丁寧さが要求される作業だ。わずかでもバリを残してしまったり、逆に切りすぎてしまったりすれば、容赦なく検品ではねられる。女性の最もデリケートな部分にあてがうものなのだから、当然と言えば当然だが。

何度、ハサミを動かしたろうか。首だけでなく指の付け根も痛み出し、立ちっぱなしの足が棒のように張ってきた頃、休憩を知らせるブザーが鳴った。

機械が停止するのと同時に工員たちも動きを止める。そしてぞろぞろ列をなして、フロアから出てゆく。

休憩中は外出してもいいことになっているが、こんな時間だから大抵の人は工場内の休憩室で過ごす。近所に一軒だけある二十四時間営業のコンビニで、夜食や飲みものを買ってくるのがせいぜいだ。

休憩室には、いつものように四十人強の工員が集まっていた。なんとなく懐かしい感じがする。

どこか似ているのだ、学校の教室と。この休憩室の広さも、雰囲気も。もちろん、ここにいる人々は全員が大人の女だし、年齢はばらばらだ。教卓も黒板もないし、机は長テーブルだし、椅子はパイプ椅子だ。けれど、近しい属性の人同士でグループをつくってだべっているこの感じは、やはり女学生のときの昼休みとそんなに違わない気がする。

グループはまず国籍で大きく分かれる。日本人と外国人が交わることはほとんどないし、外国人も出身国が同じ者同士で固まっているようだ。数の多い日本人は更に年齢でもグループが分かれる。言葉が通じても、歳《とし》が離れていたら、共通の話題は少なくなる。

いや、歳が近いからといって必ずしも話が合うわけではないか。目の前で満面に笑みを浮かべて喋《しゃべ》る塚田《つかだ》さんを見ながら、私は思った。

「だからね、ぜんぶ因縁というかね、原因があったのよ。本当に先生には感謝だわ。ただねえ、もっと早くに出会ってれば、旦那も死なないで済んだかと思うとねえ……」

塚田さんは私より二つ年上の五十一歳で、一昨年、長年連れ添った夫を事故で亡くしている。最近は持病の腰痛が悪化して立ち仕事がつらくなったとのことで、いつまでパートを続けられるかと嘆いていた。それが、知人から紹介された整体師に相談したところ、彼は一切身体に触れず「すべては先祖の因縁によるものだ」と喝破し、通常の治療とは違う「浄化の儀式」を行ったという。すると、腰の痛みが嘘のように消えたのだそうだ。「先生」と呼ばれているその整体師は、実は宗教団体の代表であり、いたく感激した塚田さんは迷わず入信した。そして、布教活動にいそしむようになったようだ。

「それで今度ね、先生の講演会があるのよ。お話を聞くだけでもね、先生の浄化のパワーが伝わって、多少は御利益があるの。だからみんなにも来て欲しいの。あ、もちろん無料《ただ》だから」

塚田さんは、Ａ４サイズのチラシを配る。そこには「因縁を断ち切るには」というタイトルと、会場や時間の詳細、そして作務衣《さむえ》姿の痩せた男の写真が印刷されている。この男が「先生」なんだろう。

「木村《きむら》さん、あなたも神経痛じゃなかったっけ？　ねえ、どう、来てみない？」

塚田さんが、私の方に身を乗り出す。

「え、ああ、うん。でも、この日ちょっと都合が……。それに、最近、調子よくて全然、痛くないのよ」

私は嘘をついて、曖昧な笑みを浮かべた。

正直、嫌悪感しか覚えない。あんな夢を見た日に、こんな話を聞かされるなんて、とんだ厄日だ。

みんなはこれ、どう思うんだろう。周りを見回すと、困ったような笑みを浮かべている人が大半だが、真剣にチラシを見つめている人もいる。

「ねえ、堀《ほり》さんは、どう？」

塚田さんは真剣な顔をしている小柄な女性――堀さん――に声をかける。息子が事業で失敗して数千万の借金をつくってしまい、その返済を助けるために彼女はここで働いている。

「うん。興味はあるんだけれど……、これ行ったら、その……勧誘されたりしないの？」

堀さんが尋ねると、塚田さんは苦笑しながらひらひら手を振った。

「しない、しない。もちろん、入信したい方を拒否はしないけどね」

勧誘しないわけがないじゃん、と私は内心突っ込みを入れた。それじゃなんのために無料で講演会なんかやるんだという話だ。

「宗教って聞くと誤解する人も多いけど、うちはシンラみたいなのじゃないから」

おそらく、本人はなんの気なしに発したであろう単語に、私の心臓がどくりと跳ねた。

『シンラ智慧《ちえ》の会』。通称、シンラ――その名前は、この国ではもう歴史の一部になっている。

一九九五年三月二十日の正午、大師《マスター》と呼ばれる教祖、天堂光翅《てんどうこうし》の命を受け、白装束に身を包んだ六人の信者が東京駅前、丸の内の雑踏で機関銃を乱射した。十一人の死者と、五十人を超える負傷者を出す国内で起きたテロ事件としては未曽有の惨事となった。死んだ十一人のうち一人が私の息子、一也だった。

夢で見たとおりに、一也は首筋を撃ち抜かれて、殺された。私の目の前で。

確かに塚田さんが信じる宗教は、シンラとは違うのだろう。機関銃を密造しテロを起こすような宗教団体は、日本にはそうそうない。けれど話を聞く限り、似ているところもある。

まず第一に、宗教であることを隠して近づいてくること。塚田さんは整体で釣られたようだけれど、シンラも自然食品の販売店やら、社会問題を考えるサークルやらをやっていた。

それから、勝手な「物語」をでっち上げて、信者をコントロールしようとすること。塚田さんの信じるそれは「先祖の因縁」らしいけれど、シンラは〈智慧《グノーシス》〉とかいうものだった。

シンラの教祖、天堂光翅によれば、この世界は狂った神がつくった〈悪の世界〉なのだという。だからこそ、この世は矛盾に満ち、人間は様々な悩みや苦しみを抱えてしまう。しかしその一方で、人間ひとりひとりの魂には善なる神が宿っており、肉体が滅びたあとも魂は死なず転生を繰り返す。この内なる神の声を〈智慧《グノーシス》〉と呼び、これに耳を傾けることで、あらゆる困難を克服できるのだという。これはキリスト教の異端の教えをベースに、仏教やオカルトの知識を混ぜてアレンジしたものらしい。

苦しみから解放されたいなら、〈智慧《グノーシス》〉に従え――と、天堂光翅は信者を操った。洗脳、と言ってもいいかもしれない。

やがて信者は、天堂光翅の命で無差別殺人さえ平気でやるようになった。一也を撃った信者は法廷で「あのときはそれが正しいことだと思っていた。罪悪感はなく、むしろ〈悪の世界〉に生きる哀れな人々を救う聖戦だと思っていた」などと証言している。

邪悪としか思えない彼らの行為の原動力は、しかし正義感、「正しさ」だった。

「堀さん、私はね、よかれと思って誘ってるのよ。ねえ、行きましょうよ」

塚田さんは、堀さんに脈があると見たのか、熱心に声をかけている。

ねえ塚田さん、あなたが思っているほど、それとシンラは違わないよ。シンラの信者たちはね、今のあなたみたいに怪しげな物語を信じて、よかれと思って、私の息子を殺したんだ。私から見たらね、ほとんど一緒だよ。あいつらも、あなたも。

ほんの一瞬だけ、本音をぶちまけてやりたい気持ちに囚われるが、私は言葉を飲み込んだ。あの事件の被害者だと知られても、ろくなことにはならないと、この十五年間で嫌というほど学んでいる。同情、憐《あわ》れみ、好奇、ときには蔑《さげす》み。どのような反応にしろ、人は大きな傷を負った者を自分と同じ人間とは考えなくなる。

不意によそのテーブルからけたたましい笑い声が聞こえた。続けて大きな声で掛け合いが始まる。日本語ではないので、意味はわからない。中国人のグループだ。

「まったく……」

塚田さんは彼女たちをちらりと見ると、不機嫌な顔になって声を潜めた。

「遠慮がなくて困るわね。先生も仰《おつしや》ってるんだけどね、中国の人たちは民族全体で先祖の悪縁を背負っているのよ」

そんな差別的な物言いに、堀さんはさもありなんといった様子で相づちを打った。

＊

休憩後もまた、首の痛みをこらえながら足が棒になるまでペニスのバリを切った。

六時五十分に終業のブザーが鳴り、機械は停止する。ロッカールームは渡り廊下でつながった管理棟にある。窓のない工場から出ると、黄ばんで見える朝陽《あさひ》が、いつの間にか夜が明けていたことを教えてくれる。何日か前に立春は過ぎたはずだったけれど、まだまだ肌寒い。ロッカールームで手早く着替えを済ます。ブラウス、セーター、チノパン、コート、どれもずいぶん前に買ったものだ。コートはだいぶくたびれてきているけれど、もうすぐシーズンも終わる。買い換えるのは次の冬にしよう。

管理棟の玄関脇には自販機を置いたロビーがあり、着替えたあとすぐに帰らずここでだべっていく人もいる。塚田さんと堀さんの姿があった。堀さんは塚田さんの説明を一生懸命聞いているようだ。明日から彼女たちとは距離を置こうと思いつつ、私は玄関から出てゆく。

最寄りの東葉高速線村上《むらかみ》駅へ向かう。工場の周りには民家は少なく、田園地帯が広がっている。朝露を吸った土の匂いが、かすかに漂っている。

コートのポケットの携帯が短く震えた。メールの着信だ。

あまりいい予感はしなかった。けれど確認せずにはいられない。案の定、また御園からだった。


——きみの元にも慰霊式の知らせは届いているだろうか。まさかとは思うけれど、献花に行こうなどと思っていないだろうね。きみにはその資格はない。だって一也はきみのせいで——。


乱射事件から十五年目の節目である今年は、事件の起きた三月二十日に、東京駅で大規模な慰霊式が行われることになっていた。少し前に被害者の会から連絡があった。それに参加するなというのだ。

私は元夫が送りつけてきた呪いのようなメールを削除する。俯《うつむ》き、地面だけを見て歩いてゆく。

十五年という月日は長い。きっとこの国の多くの人にとって、シンラ事件はもう過去のことだろう。しかし私は、まだ事件の中にいる。

十五年前のあの日、私と御園は朝からつまらない喧嘩《けんか》をした。

きっかけは、音をたてて朝食をとる御園のことを、私がなじったことだった。けれど本当は、そんなに不快な音をたてていたわけじゃない。ほとんど言いがかりに近かったと思う。それを皮切りに、私は御園への不平不満を並べ立てた。やはりそれらも言いがかりだった。要は私は夫のことが気に入らなかったのだ。

ごく短い交際しかせずに子どもができたので結婚して、六年。いつしか嫌なところばかりが目につくようになっていた。向こうもそうだったのだと思う。御園は「じゃあ、俺も言わせてもらうがな」と、言い返してきた。そして言い合いは際限なくエスカレートしていった。いつものことだった。当時はこんな喧嘩を毎日のように繰り返していた。夫婦関係は酷《ひど》く険悪になっていた。

あの日、何を言ったのか言われたのか、もうよく覚えていない。でも、私がほんの少しでも冷静になっていればよかったのだと思う。喧嘩の口火を切るのは、いつも私の方だった。三つ年上の御園は、私よりほんの少しだけ大人だったのかもしれない。

確かに私たちは結婚したあとで合わない部分がたくさん出てきてしまったけれど、逆に互いに不満が一つもない夫婦なんていないだろう。私の両親なんてお見合いで相手の人となりをほとんど知らないまま結婚して、それでも上手《うま》くやっていた。御園は暴力を振るったり、酒やギャンブルに熱中したりするタイプの男ではなかった。仕事も人並み以上にできた。たぶん世間一般からすれば「いい夫」の部類だと思う。もっと落ち着いて、妥協し合っていい関係をつくることだってできたはずなのだ。

けれど当時の私は、どうしても我慢することができず、いつも爆発していた。

それでもあの日、何も起きなければ、それも思い出になっていたのかもしれない。時間とともに、夫との険悪な時期も過ぎ去ってくれていたのかもしれない。そうならずに、離婚に至ったとしても、今よりはずっとましだったはずだ。

こんな想像は、昨日見た夢と同じで、詮無《せんな》い。事実として事件は起きた。一也は死んだ。取り返しは、つかない。

私はとぼとぼと路地を歩く。アスファルトがかすかに黒く湿っていることに気づく。思えば、田園から漂ってくる土の臭いも、いつもより濃い気がする。私が工場でペニスのバリを切っている間、雨が降ったのだろう。

あの日、喧嘩は御園が出勤する時間になり、おしまいになった。私はどうにも腹の虫が納まらず、むしゃくしゃしていた。一日、家の中であの夫のために家事をするのかと思うと、おかしくなりそうだった。どこか遠くへ行きたいと思った。

ちょっとした気晴らしというか、家出の気分だった。私は洗い物も洗濯物もほっぽって、一也を連れて銀座に買い物に行くことにした。この日は、一也に予防接種を受けさせる予定だったのだけれど、また今度にすればいいと思った。注射に行くはずが買い物になったので、一也は無邪気に喜んでいた。

銀座のデパートで、月末までの生活費を使って新しい服を買った。一也にも好きなアニメのキャラクターの玩具を買ってやった。今日から御園の夕食は毎日インスタントラーメンにしてやろうなんてことを考えていた。そして、どこかで美味しいものを食べてやるんだと、ランチの店を探している最中に――、事件に巻き込まれた。

見知らぬ男たちが往来で乱射した弾は、私には一発も当たらず、一也を撃ち抜いた。

シンラの信者たちは、この世界は狂った神がつくった〈悪の世界〉だと信じていたという。それは正しいのかもしれない。なんの罪もない男の子が、突然、殺される世界は確かに〈悪の世界〉だ。ただし、狂っているのは神様ではなく彼ら自身だろう。

知らせを受けて病院に駆けつけた御園は、そのときもう事切れていた一也を前に、人目も憚《はばか》らず号泣した。そして事情を知り、私のことを責めた。「きみのせいだ」「きみが一也を殺したようなものだ」と、何度も。

反論はできなかった。短気を起こした私が、やるべきことをやらずに遊びに行ったせいで一也が死んだのは、事実なのだから。

やがて私たちは、離婚することになった。しかしこうして他人になった今でも、ときどき、御園は私を責める言葉を投げつけてくる。

彼が深く傷ついているのはわかる。

被害者やその遺族を苦しめたのは、シンラだけではない。当時はまだ犯罪被害者保護の意識が希薄で、国や警察の対応は酷いものだった。事件後は、まるでこちらが犯人のように、連日、警察に呼び出され、配慮のない言葉で様々なことを聞かれた。それでいて捜査上の秘密を盾に、こちらの疑問には一切答えず、事件の推移はテレビのニュースで知る始末だった。

おまけに、乱射事件の前にもシンラは信者の拉致《らち》監禁など様々な罪を犯しており、危険な兆候はいくらでもあったのに、警察はことごとくそれを見過ごしていたことも明らかになった。そのとき、もう少し真剣に捜査をしてくれていれば、乱射事件は未然に防げたのかもしれないのに。国も警察も、未《いま》だに公式に非を認めてはいない。

かといって、国や警察が隠している情報を暴き、その対応のまずさを批判するマスコミだって、別に被害者の側に立っているわけではなかった。彼らはプライベートにずかずかと踏み込み、許可も取らずに書き立てた。

死んだ一也は、名前や生年月日のみならず、どこから入手したのか、顔写真や、幼稚園で描いた絵までが週刊誌に載った。目一杯同情を惹《ひ》くような書き方で「カルト教団に未来を奪われた可哀《かわい》そうな子」として。

そんなのを一也が喜ぶとは思えない。しかし、どれだけ抗議しても、こういった報道を止めることはできなかった。たとえ被害者でも死んでしまえば人権は消滅するのだと、このとき思い知らされた。

その一方で、天堂光翅や実行犯たちは、事件後の強制捜査で逮捕こそされたものの、生きている限り最低限の人権は保障されるという。

逮捕後に「目が覚めた」として裁判で悔恨や反省の弁を述べる者もいたし、逮捕されなかった信者の多くは信仰を棄てた。無論、だからといって赦《ゆる》す気になどなれない。けれど反省する者はまだましで、元凶とも言える天堂光翅などは「私は多くの者を救ったのだ」と開き直った。更に天堂は公判が進むにつれ、法廷で突然笑い出したり、歌を歌い出したりと、ふざけた態度をとるようになった。挙げ句、証言中に脱糞《だつぷん》したり、接見に来た弁護士の前で自慰行為をはじめたりと、正気とは思えない行動さえとるようになった。

裁判を妨害するために狂った振りをしているのか、あるいは長期の拘禁により本当に発狂したのかは、専門家の間でも意見が割れた。が、私にとってはどうでもいいことだ。前者なら論外だし、後者なら責任もとらずに勝手に向こう側へ行ったことになる。どちらにせよ、最低で最悪だ。

その天堂をはじめ十一人の信者には最終的に死刑判決が降《くだ》ったが、まだ執行されておらず、彼らは拘置所の中で税金で生活をしている。

そういうものだとわかっていても、納得することなどできはしない。被害者とその遺族にとって事件は、十五年前のある一日に起きた点ではない。長く続く線だ。

御園は、私を責めることで、辛うじてその痛みに耐えているのかもしれない。

でも、それは私だって……。

一也は私がお腹《なか》を痛めて産んだ子だ。責められるまでもなく、あの日の自分を後悔しなかった日など一日もない。それなのに、献花して一也の死を悼《いた》むことも赦さないというのか。あんたの方が、ずっとましじゃないか！

瞬間的に、湧いてきた怒りに顔を上げたとき、私は自分が見覚えのない辻《つじ》に立っていることに気づいた。

曲がるべき角を曲がらずまっすぐ歩いてきてしまっていたようだ。

来た道を戻ろうと、振り向くと、目の前を一羽の蝶が通り過ぎた。朝陽を浴びながら優雅に舞うそれは、昨日の夢に出てきたのと同じ、黄金の蝶だった。

＊

息子を殺した『シンラ智慧の会』のシンボルマークが、ちょうどこんなふうな金色に輝く蝶だった。内なる神の使い、黄金蝶。教祖、天堂光翅は、その蝶の導きで、自身が救世主であることを知ったという。

もちろんそんな蝶は実在しない。宗教にありがちな、教祖の神秘性を増すために捏造《ねつぞう》された物語だ。シンラは黄金蝶の写真を公開していたが、それは模型だったことがすでに判明している……はずだった。

私は白昼夢を見ているような奇妙な感覚に囚われる。

黄金蝶は本当にいたのだろうか――。

いや、そんなわけがない。シンラが勝手にでっち上げたものだ。実在するわけがない。じゃあ、この蝶は何？　紋黄蝶《もんき》？　いや、どう見てもこの蝶は自ら金色の光を放っている。

私の足は自然に動いた。まるで、導かれるように私は蝶のあとを追った。蝶は私が追ってくるのを知っているかのように、道に沿ってゆっくりと飛んでゆく。

しばらく歩くと、前方に石段のついた土手が見えてきた。その向こうから、水が流れる音が聞こえる。

蝶は土手の向こうへ消えた。私はそれを追って石段を上がる。視界が開けた。

そこには朝陽を反射して流れる川と、枯れ草に覆われた河川敷があった。すぐ目の前に赤い橋がかかっている。八千代市を南北に流れる新川《しんかわ》だろう。工場の近くにあることは知っていたが、こちらの方に来たことはなかった。

蝶の姿はどこにもなかった。見失ってしまったか――と、思ったとき、視界の隅で何かがもぞもぞと動くのが見えた。

それは蝶ではなく、輝いてもいない。人だ。すぐそこの橋のたもとから、ぼろぼろになった黒いコートを着たホームレスが這《は》いだしてきた。

ホームレスはこちらを向く。皺《しわ》だらけの浅黒い顔に、ぱさぱさの長い白髪《しらが》。濁った灰色の瞳は虚《うつ》ろで視線は合わない。

女？

あのホームレスは女、老婆だ。顔立ちと体型でそれとわかる。

更に彼女が着ているコートにどこか見覚えがあることにも気づき、息を呑《の》んだ。

私が今着ているのと同じものだ。ファストファッション・ブランドの大量生産品。真っ黒に汚れ、ぼろぼろになっているが、彼女は私と同じ服を着ている。

私はあの老婆が、未来の自分のような気がしてしまい、思わず叫び出しそうになる。

一也を失っただけでなく、私は永遠に、何も彼《か》もを失い続けるのではないかという、不安。

それこそが、私を責める御園に対して抱いてしまう苛立《いらだ》ちの源泉だ。

同じものを失っているように見えても、実は男より女の方が余分に失い、しかも取り返しがつかない。この世界はそういうふうにできている。離婚をしてからあっという間に苦しくなった生活の中で、私はそれを思い知った。

一旦家庭に入った私が三十過ぎてから仕事を探しても、御園が稼いでくれていた額の半分すら稼ぐことはできなかった。

かといって再婚するのも難しい。私は二十八歳で御園と結婚するまでに、五人の男性と交際した。独り身の期間が半年以上続いたことはない。待っていれば、自然に出会いがあり、声をかけてくれる男が現れた。けれど離婚後、そんなことはまったくなくなっていた。理由は簡単だ。表向き、どれだけ綺麗事《きれいごと》を並べていようが、大抵の男は女に若さと美しさを求めるからだ。

結婚して子どもを産み育て、それを失うまでの時間は、私から多くのものを奪っていた。男が歳をとればときに「渋い」と言われるし、そうでなくても、経済力や包容力で女を惹《ひ》きつけることができる。が、女の場合はそうはならない。あまりに残酷な不公平が存在する。

中堅の商社に勤めている御園は、出世していようがいまいが、それなりの給料をもらい、それなりの生活をしているのだろう。私が知らないだけで、支えてくれている女性がいたって不思議じゃない。

それに比べて私はどうだ。毎晩、神経痛に耐えながら大量のペニスのバリを切り、どうにか成立させているぎりぎりの生活。けれどいつかそれさえ失って、あの老婆のようになってしまうかもしれない。

私は、なんのために生きているのだろう?

その問いは、絶え間なく頭の中を巡っている。

過去を後悔し、未来を不安がるだけの日々に、どうしても意味を見出せない。

こんなとき、憎いはずのシンラの信者たちや、怪しげな「先生」のことを素直に信じる塚田さんのことを、羨《うらや》ましく思ってしまう。

たとえまやかしでも、生きる意味を見つけ、それを信じることができたら、少しは楽になれるんじゃないか。

こんなふうに苦しいのも、あの日の報《むく》いなんだろうか。

私は逃げるように土手をあとにして、来た道を引き返した。


蝶を見かけた辻を過ぎ、いつもの帰り道へ戻る。足早に田園地帯を抜け、住宅街に入ってゆく。目の前に駅の高架が見えてくる。

ほとんど何もない駅前のロータリーに差し掛かったところで、知っている人を見かけた。ひっつめ髪に切れ長の目——、工場の同じラインで作業をしている中国人の楊《ヤン》さんだ。今年に入ってから働きはじめた人で仕事中にやりとりする限りだと、とても流暢《りゅうちょう》な日本語を喋る。が、ちゃんと話をしたことはないので、人となりは全然わからない。見た目からしてたぶんまだ二十代、いってても三十代前半くらいだろう。

彼女は駅の階段の前で壁にもたれて電話をしていたが、話し終えた様子で携帯電話を下ろし、顔をあげた。向こうも私に気づいたようで「あら」というような顔になった。

私は会釈をする。

「木村さん、よね？」

楊さんは近寄ってきた。話しかけられると思わなかったので、私は少しだけ面食らった。

「こんな時間まで、何していたの？」

「え？」

「だってもう、九時になるよ」

言われて、そんなに時間が経《た》っていたのかと驚いた。ほんの少し寄り道をしただけのつもりだったのに。

「ああ、うん、ちょっとね」

私は言葉を濁した。「不思議な蝶を追いかけていた」なんて言っても、余計わけがわからないだろう。

楊さんは特に追及もせず「ふうん」と相づちを打ってから、笑顔になった。

「木村さん、あなたにしましょう。ちょっといい話があるの、聞いてくれない？」

*

楊さんは、戸惑う私を半ば強引に、駅の裏手の住宅街にあるケーキ屋に連れていった。二階建て住宅の一階が店になっており、表に「松本《まつもと》洋菓子店」という看板が出ていた。短いレンガ張りのアプローチの先に大きな茶色い木の扉があり、「OPEN　AM9～PM8」と書かれたプレートがかかっている。

楊さんは、その扉を開ける。

中は奥行きがあり、手前側に、丸テーブルが三つ置かれたイートイン・スペースがあった。

「あ、楊さん、いらっしゃい」

店に入ると、奥のカウンターにいたコックコートを着た若い女性が、声をあげた。

カウンターの更に奥の厨房《ちゆうぼう》らしきところから、同じくコックコートを着た大柄な男性が出てきて「いつもありがとうございます」と頭をさげる。どうやら楊さんはこの店の常連のようだ。

男性は眉は太いが目が細くなんとも無骨な感じ、対して女性は細い眉にくりっとした大きな吊目《つりめ》のバランスがよく、猫のような印象で可愛《かわい》らしい。顔立ちの印象は正反対だが、少し大きめの鼻や厚い唇、それにふっくらした頬の輪郭はそっくりだ。きっと、父娘《おやこ》で店をやっているのだろう。

楊さんはカウンターまで私を連れてゆくと、腰をかがめてショーウィンドウを覗《のぞ》き込んだ。

「ここのケーキは、どれも絶品なのよ。好きなのを選んで」

並んでいるケーキは、苺《いちご》ショートや、チーズケーキ、シュークリームなど、ベーシックなものが多い。

「楊さん、今日のカスタード、私が炊《た》いたんですよ」

カウンターから女性が声をかける。

「本当、すごいじゃない」

「こいつもね、ようやく、店に出せるようなものをつくるようになりました」

男性が苦笑いをした。

「自分でつくったケーキを食べさせたい相手はいるの？」

楊さんがからかうように言った。すると、猫のようなその女性は顔を赤らめて手を振った。

「やだ、楊さん、やめてくださいよ」

その様子から、なんとなくだが、この娘《こ》にはそういう相手がいるのかなと思えた。

「じゃあ、私はせっかくだから、シュークリームをもらおうかな。木村さんは、どうする？」

「あ、私もそれで」

楊さんは、シュークリームとコーヒーを二つ注文する。

私がコートから財布を出そうとすると、楊さんは「あ、いいから。私が誘ったんだし」と、制した。正直に言えば、数百円でも余計な出費はしたくないところだったので、ありがたくご馳走《ちそう》になることにした。

イートイン・スペースの丸テーブルで楊さんと向き合い、シュークリームを食べる。確かに、美味《おい》しい。見た目同様、特に奇をてらったところのないシュークリームだが、皮はほどよい張りと柔らかさで、口の中で溶けるようにほぐれ、カスタードクリームの風味は濃厚でありながら甘すぎず後味がさっぱりしている。もしかしたら、これまで食べたシュークリームの中で一番かもしれない。

「ね、美味しいでしょ？」

楊さんは私の内心を察したかのように笑みを浮かべた。

「中国にも美味しい料理はたくさんあるけれど、ここまでのケーキを出す店は、残念ながらまだないわね」

楊さんは、コーヒーを一口すすると、じっとこちらを見て、口を開いた。

「さっき、あそこであなたと会ったのは、偶然じゃなくて必然。運命だと私は思うの。と、言ってもね、私は別に神様の思《おぼ》し召しとか、そういうのを信じてるわけじゃないわ。なんてったって、私は共産主義者だからね。唯物論しか信じないもの」

楊さんは突然そんなことを言って、自分でクスクス笑った。

仕事中はひと言ふた言しか喋らないので、わからなかったが、彼女の日本語には、イントネーションやアクセントに、若干、ネイティブとは違う揺らぎがある。

「私は唯物論の観点から、この世に偶然はないと考えているの。この世界に神様なんていない。世界は工場のように自動的に動く巨大なシステムよ。起きることは、すべてなんらかのかたちで関連した必然なの。バタフライ・エフェクトって聞いたことある？　一羽の蝶の羽ばたきが巡り巡って、地球の裏側で竜巻を起こすってやつ。それと同じでね、私が電話を終えた瞬間、目の前にあなたがいたのも何かの必然。それを運命と呼んでいるってわけ」

わかったような、わからないような話だ。ただ、「蝶」という言葉を聞いて、私の頭に河川敷で見失った黄金の蝶のことがよぎった。あの蝶を追いかけたから、私はこうして楊さんに会った。それが必然であり運命なのだとしたら、それはやはり、あの蝶に導かれたことになりはしないか。

「まあ、私としては木村さんでよかったわ。だってあなたは中国人のことを見下さないからね」

楊さんの言葉に少し驚いて、私は「え？」と訊き返す。

「あの工場で働く日本人は、ほとんどが私たちのこと見下しているでしょう」

楊さんは薄く笑った。

私はさっき塚田さんが話していたことを思い出した。中国人は、民族全体で悪縁がどうとか。

確かにそうかもしれない――、と内心思いつつ、私は少し否定的に「そうかな」と首をかしげた。

「そうよ。まあ工場の人だけでなく、ほとんどの日本人が中国人《私たち》を見下すけどね。これって世界的には珍しいことなのよ。欧米の右派やイスラムの人々は、唯物論とともに膨張する中国人《私たち》を恐れている。逆に欧米の左派は共産主義に未練があるから中国人《私たち》に憧れている。アフリカの人々は中国人《私たち》の投資に感謝しているし、アジアの人々は中国人《私たち》を憎むか、媚《こ》びるかのどちらかね、日本人以外は。この広い世界で唯一この島国に棲息する人々だけが、中国人《私たち》を見下すの。面白いわね、これも一種のガラパゴス化かしらね」

なんとも応えようがない。そもそも海外の人が中国の人をどう思っているかなんて、考えたこともなかった。

でも、こんな話をするために、私を呼び止めたのではないのだろう。

「あ、あの、それで話って……」

「ああ、そうだったわね。仕事を紹介したいの」

「仕事？」

「そうよ。あの工場よりだいぶお給料がいい仕事。月三十万円で、交通費は別途支給。賞与は年二回支給、社会保険も完備。雇用形態は有期契約だけど、原則更新。先方は長く働いてくれる人を探しているの」

彼女の口から出た条件に驚いた。

月給三十万、賞与あり社保完の長期雇用。私が職安に行ったところでまずお目にかかれない待遇だ。が、もちろん鵜呑《うの》みにはできない。

「ふふ、疑ってるよね？」

楊さんは、見透かすように目を細めた。

「あ……うん」私は正直に頷《うなず》いた。「その、あなたが外国の人だからというわけじゃなく、いきなりそんなこと言われても、信じられないというか……」

「そりゃそうね」楊さんはあっさりと認めた。「私があなただったら、絶対、詐欺か何かだと思うもの。でもね、そうじゃないわ。これぱっかりは信じてもらうしかないけれど、私の知り合いが関わっている職場で欠員が出たの。あなたに声をかけたのは、今言ったように運命を感じたから。騙《だま》すつもりなら、もっと別の人を選ぶわ。私のことを見下している人とかをね」

私だって、そんないい条件の仕事の話なら、本当であって欲しい。

「それって、どんな仕事なの？」

「病院よ。看護助手。特に資格はいらないわ。助手っていっても実際の仕事は、入院患者の介護や雑用ね」

「ああ、看護助手……」

私は声を漏らした。

「木村さんわかるの？」

「うん。私、前に老人ホームでヘルパーやってたから」

「経験者ってわけね。じゃあ話は早いね」

「一応、そうだけど……」

かつて勤めていた老人ホームのことを思い出す。待遇はいいけれど、この歳でまたあのハードワークをこなせるだろうか。

心配が顔に出ていたのだろうか、楊さんはそれを見越したように言った。

「ちょっと変わった病院でね。たぶん普通の介護仕事より楽なはずよ」

本当だろうか。「楽」と言われると、逆に怪しく感じてしまう。ふと、ひとつの疑問が浮かんだ。

「なんで、その仕事を私に紹介してくれるの？」

「言ったでしょう。それは運命よ」

「いや、そうじゃなくて、そんな条件がいいなら、楊さんが自分でやればいいじゃない」

「ああ、なるほど。当然の疑問ね」

楊さんは一度言葉を切ると、少し身を乗り出して声を潜めた。

「ここだけの話、私はね、産業スパイなの。日本製アダルトグッズの品質は世界一よ。その製法を盗むのが私の仕事。だからあの工場を辞められないのよ。日本人が見下している隙に、根こそぎ持ってくの」

楊さんは悪戯《いたずら》っぽく笑った。

＊

結局私は、楊さんの誘いに乗り、面接を受けることになった。

産業スパイを自称する中国人なんて、あまりにも怪しすぎるけれど、後悔と不安しかない毎日に、変化が欲しかったのかもしれない。

その病院「宗像《むなかた》病院」は、東京の隅田川の河口に浮かぶ埋め立て地、月島《つきしま》にあった。大江戸線の勝どき駅を下りて、橋を渡った先。埋め立て地を区切るように流れる月島川のほとりに建つ四階建ての真新しい白い建物がそれだ。

月島を訪れるのははじめてだったけれど、なんとも不思議な印象を受けた。老舗《しにせ》然とした商店や、いかにも下町といった趣の古い家屋がひしめく路地があったかと思えば、その隣の通りには、天をつくような高層マンションが何軒も建ち並んでいる。都市の変化の歴史がごちゃ混ぜになったような街だ。

楊さんからもらった地図を頼りに病院の前までゆくと、通りの反対側から病院の建物をじっと眺めている男がいた。やや大柄で茶色いコートを着ている。

その姿を見て私は、あれ？　と思う。見覚えがあったのだ。

誰だっけ？　ごくごく最近、会った気がするけれど……。

男はこちらの視線には気づかぬ様子で、おもむろに歩き出し、その場を立ち去った。

男がいなくなってから、私は思い至った。

今のは、楊さんに連れて行かれたあのケーキ屋、松本洋菓子店の店主じゃなかったか。

なんでこんなところにいたんだろう。診察を受けた帰り、という感じではなかった。あの人も、この病院に関係あるのだろうか。ちらりと見ただけなので、単なる他人のそら似で、別人かもしれないけれど。

気にはなったが、追いかけて確かめるほどのことではないし、面接の時間が迫っている。私は病院の中へと急いだ。

受付で来意を告げると、四階にある理事長室に通された。一階が外来、二階と三階が入院病棟、そして四階が事務所や理事長室というつくりになっているようだ。

モノトーンを基調にしたその部屋は、病院の外観同様、真新しい感じがした。奥にパソコンが置かれたL字型のワークデスクがあり、手前に応接用のソファセットが置かれていた。どれもシンプルで趣味がいい。調度品の類は少なく、キャビネットには小さなサボテンの鉢植えがたくさん並べられていた。

私はここで理事長の宗像から直々《じきじき》に面接を受けることになった。

宗像は凹凸の少ないのっぺりとした顔をした痩せぎすで、ずいぶん若くまだ四十前に見えた。

「以前、ヘルパーをされていたんですね」

私が提出していた履歴書を眺めながら、彼はそう切り出した。

「はい。少し前のことですが……」

「いや、多少でも経験ある方ですとありがたいですよ。一応、こういう条件でお願いしたいと思っておりましてね」

宗像はＡ４のプリントを一枚、さしだしてきた。そこには、仕事の内容と待遇が簡単にまとめて印刷されていた。

概《おおむ》ね楊さんの言ったとおりだった。仕事は入院病棟の患者の介護が中心で、夜勤専従とのことだった。もう夜型で身体が馴れているのでこれはありがたい。病棟のベッド数は全部で九十六床。単純に比較できないかもしれないが、前に勤めていた老人ホームは六十床だったから、規模は一・五倍になる。シフトは夕方五時半から翌朝の十時半まで。途中で二時間の仮眠休憩が挟まるが、それでも十五時間勤務だ。その分休みが多く、原則一日置きの出勤になるという。そして月給は三十万円で、交通費と賞与は別途支給、社会保険完備。

宗像はプリントに書いてあるのと同じことを口頭で説明したあとで尋ねてきた。

「どうでしょうか」

私としては是非もない。

「あ、はい。あの、この条件なら、こちらから、お願いしたいです」

「決まりですね」

宗像は薄く笑みを浮かべて頷《うなず》いた。

かくして私は面接を受けた翌週から、宗像病院で働くことになった。工場の方は、辞意を告げると特に引き留められることもなかった。すんなりいくのは、ありがたいことのはずなのに、どこか寂しさを覚えてしまう自分がいた。

初日は少し早めに出勤して、事務所で制服とロッカーの鍵を受け取った。制服は白衣ではなく、薄いブルーのポロシャツとスラックスだった。

ロッカールームで着替えをしていると、ドアが開き、少しぽっちゃりした若い女性が入ってきた。

きれいに染めた金髪のショートボブで、ガーリーなひらひらの白いコートを羽織っている。小さなピンクのピアスをした両耳からコートのポケットまで水色のイヤホンコードが伸びていた。まだ二月だというのに肌は小麦色で、少し垂れ気味の目元に、ぴんと立った黒いまつげがはっきりと見えた。おそらくエクステで盛っているのだろう。少なくとも三十より上には見えない。

彼女は、イヤホンを外しながら、尋ねてきた。

「もしかして、今日から夜勤に入る人、ですか」

「は、はい。看護助手の木村です」

「ナースの清水《しみず》です。私も夜勤なんで、わかんないことあったら、なんでも聞いてくださいねー」

彼女はにっと音が出そうな笑顔を浮かべた。

「あ、はい」

私は少し面食らって相づちを打つ。

この清水さんの見た目はいわゆる「ギャル」で、まったく看護師らしくない。

「木村さん、私のこと、ナースっぽくないって思いました？」

図星を指されて、ついうろたえた。

「え、あ、その……」

「いいんですよ。よく言われるしね。うちは清潔にしてれば、髪とかメイクとかは結構、自由なんで、このくらいありなんです」

ころころと笑いながら彼女も着替える。看護師の制服もパンツスタイルで、上下ともに白だった。

気さくで人懐っこい子のようだ。確かに、清水さんは派手ではあるけれど、不潔な感じはしない。

着替えが済むと、清水さんに連れられ、私は二階の病棟に向かった。

エレベーターを降りると、病院に特有の消毒液の尖《とが》った臭いが鼻をついた。

清水さんはエレベーターホールのすぐ傍《そば》にあるナースステーションに私を案内する。中には三人の女性がいた。制服の色からして一人が看護師であとの二人は看護助手のようだ。

一同と簡単な挨拶を交わす。

今夜一緒に働く面々かと思ったら、三人とも日勤のスタッフのようだった。

看護師は四十歳くらい、看護助手のうち一人は私より少し年上でたぶん五十代、もう一人は三十前後といったところだろうか。清水さんは自由と言っていたが、彼女の他には、若い方の看護助手が軽く髪の色を抜いているくらいで、みんな、そんなに化粧っ気はなくおとなしい印象だ。私は内心ほっとしていた。

看護師が清水さんに簡単な申し送りをすると、全員の顔と名前を一致させるほどの時間もなく、三人は「お疲れさま」と帰っていった。

あれ？　と、思う。

彼女たち三人の他に、日勤のスタッフはいないようだし、五時半を過ぎても、私と清水さんの他の夜勤のスタッフが出勤してくる様子はない。

「じゃあ、まず、六時から晩ご飯なんで、配膳からします」

「あの、清水さん、他に人は？」

「いませんよ。昼は三、夜は二でまわしてるんです。あ、あと一階に、当直の医師《せんせい》がいますけどね」

「えっ」と思わず声が出た。

確か九十六床もあるんじゃなかったか。仮に満床なら九十六人の入院患者がいることになる。いくらなんでも少なすぎるんじゃないだろうか。

私の驚きを察したように、清水さんはにやりと笑う。

「びっくりしました？　でも、大丈夫ですよ。簡単なんですから」

清水さんは、私をナースステーションとひとつながりになっている隣室に案内する。そこは倉庫のような感じで、棚に備品や段ボール箱が積んであった。通路にはステンレス製のカートが数台並んでいる。奥には両開きの扉があり、直接廊下に出られるようだ。

「こっちがご飯用で、こっちがジュースとお薬です」

清水さんは大小二台のカートの前に立って言った。どちらも一般的な配膳カートではなく、スーパーの買い物カートのように台車にカゴがついたタイプだ。「ご飯用」の大きい方のカートのカゴには、ゼリー食品のチューブがいくつか入っていた。もう一つの小さな方のカートには紙パックのジュースが。こちらには天板がついていて、その上にピルケースが置いてあった。

「ご飯って、ゼリーだけなんですか」

私が尋ねると、清水さんは頷いた。

「そうなんですよ。だから、基本、食事の介助もないんです。配膳の前に、ここから補充します」

清水さんは棚の一番下の段に並んでいる段ボールを開いてみせる。中にはゼリー食品のチューブがたくさん入っていた。私は言われるまま、それをカゴが満杯になるまで補充する。

この手のゼリー食品は老人ホームでも咀嚼《そしゃく》力の減退した入居者に出していた。全員がこれということは、この病院にはそういう患者ばかりが集まっているんだろうか。

補充が終わると、清水さんからバインダーを渡された。

「木村さん、今日はゼリー、お願いしますね。これにあるとおりに配ってください。まあ、簡単ですから」

バインダーに挟まったリストには、部屋ごとの入院患者の氏名と、配るゼリーの数が記載されていた。人によって食べる量が違うようだ。

「じゃあ、行きましょう」

促され、二人でカートを押して廊下に出る。

長い廊下の両側に等間隔で病室の入り口が並んでいる。廊下に貼られている館内図によれば、病室には、201号室、202号室と番号が振られ、特に4や9を避けずに二階には208号室まで、全部で八室ある。どうやら個室はなく、すべて六人部屋のようだ。これで四十八床。おそらく、三階も同じように六人部屋が八つあって、全部で九十六床なのだろう。

最初の201号室に入ったとき、消毒液の臭いとは別の、嫌な臭いを嗅《か》いだ気がした。この臭いには覚えがある。昔、老人ホームでもよく嗅いだ、体臭と吐瀉《としゃ》物や汚物が混じり合った臭い。いや、それを消臭剤で覆い隠したあとに残る臭いだ。

六つのベッドに六人の男。ある者は横たわり、ある者は身を起こしている。イヤホンを耳に入れテレビを観ている者もいる。みんな中年以上、大半は老人で、痩せた人が多い。

一番手前の一人が、私たちに気づいてこちらに顔を向けた。

その男の顔つきと濁った目からは、生気をまったく感じなかった。まるで生ける屍《しかばね》のようだ。何か重い病気なのだろうか。

「田辺《たなべ》さん、夕ご飯ですよ」

清水さんは、その男に明るい声をかけ、ちらりとこちらを見た。

私はリストを確認してカートからゼリーを取ると、恐る恐る田辺さんというその男に差しだした。

田辺さんは視線を合わさないまま「ああ」と呟《つぶや》いて、それを受け取った。

「ジュースとお薬、ここに置いておきますね。ちゃんと飲んでくださいね」

清水さんは、ベッドサイドのキャビネットの上に、ジュースと錠剤を置いた。そして、次のベッドへ進む。

こちらには、多少は元気というか血色《けっしょく》のよい木田《きだ》さんという患者がいて、テレビを観ていた。私に気づくと「お、新人さんかい?」と、声をかけてきた。

「はい、木村と言います、よろしくお願いします」

私は名乗りながらゼリーを三つ渡した。木田さんは「もっと味気のあるもんを食べてえな」とぼやきながら受け取った。

三つもあれば、それなりにお腹《なか》は膨れるかもしれないけれど、ゼリーばかりじゃ確かに味気ないだろう。木田さんは見た感じ普通にものを噛《か》んだりできそうだ。なぜ、ゼリー食なのだろうと疑問に思った。

ゼリーを渡すだけの「配膳」は、清水さんが言ったように簡単で、あっという間に六人に配り終え、私たちは病室を出てゆく。老人で病気なのだから当たり前かもしれないが、最初の田辺さんをはじめ、生気を感じさせない虚《うつ》ろな様子の人が多い印象だ。

私は何の気なしに、清水さんに尋ねてみた。

「あの、さっきの木田さんとか、普通のお食事でも大丈夫そうな方もいましたけど、みなさんゼリーなんですか」

咀嚼と嚥下《えんげ》に問題なければ、たいていの人は流動食より固形食を食べたがる。特にお米を食べたがる老人は多い。それは自分のこととして考えてみてもわかる。食欲のないとき、ゼリーだけで済ますことはあっても、基本は普通のご飯がいい。

ひょっとして内臓系の疾患で消化に問題を抱えているのかとも思ったが、返ってきたのは予想もしない答えだった。

「え？　ああ、そうなんですよ。この病院、状態関係なく全員ゼリーなんです」

彼女はこともなげに言ったが、私は驚いた。

「それで文句、出ないんですか」

「出ないみたいですよ。愚痴っぽく言う人はいますけどね」

ゼリーだけで文句が出ない？　にわかには信じられない。

「ご家族も何も言わないんですか」

清水さんは「ふ」と息を吐いて笑った。

「家族なんて、誰もいませんもん。ここに入院している人って、みんな、身寄りがないんです」

「みんなって全員がですか」

「みたいですよ。まあ、いいじゃないですか。患者さん、全然文句言わないし、お見舞いとかもないんで、楽ですよ。てか、そうじゃなきゃ、三人とか二人で回せませんよ」

清水さんはまったく気にしていない様子で笑う。私はなんだか薄ら寒いものを感じていた。すべての患者に身寄りがないとは、一体どういうことなのか。

202号室、203号室と、順番に病室を回ってゆき、208号室まで終わったところで、清水さんは「配膳は、これで終了なんで」と、カートを押してナースステーションに引き返した。

「え、三階の病棟には、患者さんいないんですか」

清水さんは、苦笑してかぶりを振った。

「いることはいるんですけどね。まあ、見ればわかりますよ」

カートを戻したあと、清水さんは私を三階の病棟に案内した。

エレベーターを降りて一番手前の301号室に入ってゆく。

そこには、二階の病室と同じように六つのベッドがあり六人の老人がいた。ただしこの部屋では全員がベッドに横たわっていて、ぴくりとも動かない。そしてみな、胸元から管が伸び、点滴を受けていた。

その光景に思わず息を呑んだ私に、清水さんが言う。

「中心静脈カテーテルって知ってます？　心臓の近くにある大きな静脈に管を通して、普通の点滴じゃできない高カロリーの輸液を入れてるんです。三階は『寝たきり病棟』で、お食事は、ゼリーじゃなくて液なんですよ、液」

「うお、おおお、おお」

突然、うめき声がした。手前から二つ目のベッドにいる男だ。首をかすかに曲げて、こちらを見ている。目は大きく見開かれている。

私は思わず「ひぃ」と悲鳴をあげてしまう。

清水さんは、苦笑する。

「あの人、認知症でわけわかんなく、なってるんですよ。でも、暴れないようにしてるんで、大丈夫です」

よく目を凝らすと、シーツの隙間から抑制帯のバンドが見えた。身動きをとれないように、拘束されているのだ。

この状況を「大丈夫」と言っていいのか、私にはよくわからなかった。


夜勤が始まり、およそ十二時間。空が白んでくる頃になると、私はいいようもない疲労を感じていた。

特別、疲れるようなことはしていないはずだ。ゼリーを配るだけの配膳。後片付けも空きパックを回収するだけ。二時間毎に各病室を巡視して、点滴の更新をしたり、清拭《せいしき》をしたり、おむつの交換をしたり。どれも重労働というわけではない。

それ以外の時間は、ずっとナースステーションで待機。ほとんど休憩時間のようなものだ。清水さんはずっと携帯電話をいじっていた。私はラックに置いてあった雑誌をぱらぱらめくって時間を潰《つぶ》した。おまけに途中交替で二時間の仮眠もとった。

それなのに、疲れた。首の神経痛もじんじんと痛んだ。

五時すぎになると、朝食の配膳を行った。夕食とまったく同じゼリーだ。そして夕食のときと同じように患者たちは文句を言わずにゼリーを受け取った。

それが終わったあと、私たちは三階の寝たきり病棟へ向かい、朝の巡視と検温を行った。

そのときだ。

「あ、死んでますね」

303号室の浦上《うらかみ》さんという患者に「検温しますよ」と声をかけて、揺すって起こそうとした清水さんがぽつりと言った。

「えっ？」

あまりにも頓着なく出てきたその言葉に、私は驚いた。

死んでいる？　目の前に横たわるこの人が？

「よくあることです。寝たきり病棟の患者さんは、みんな末期なんで」

末期。そう言われれば、そうなのだろうと思う。ベッドに横たわり、点滴だけで栄養補給している人々の姿は、静かに死を待っているように見える。

「私、先生呼んできますんで、ここ見ててくださいね」

清水さんは足早に病室を出て行ってしまった。私は取り残される。

頰がこけて目もくぼんでいる浦上さんだが、シーツの膨らみから察するに、かなり背が高そうだ。たぶん百八十センチくらいあるだろう。

確かに目を閉じたその顔は、少し白っぽいような気がする。けれど、ここにいる人たちは、もれなく顔色がよくない。私はベッドに身を乗り出し、恐る恐る顔の近くに耳を近づける。息の音はない。

やっぱり、死んでいるんだ。

あのときと、同じだ。記憶が蘇る。撃たれた一也は搬送先の病院で亡くなった。看護師に付き添われて、私はストレッチャーの上で目を閉じている一也と再会した。一也はいくら呼びかけても応えてはくれず、顔を近づけても息の音がしなかった。

ほどなくして、清水さんが当直の医師を連れて戻って来た。四十くらいだろうか、眠たそうな目をした小太りのその医師は、浦上さんの脈と瞳孔を確認し死亡を宣言すると「じゃ、あとはよろしく」と、そそくさといなくなった。

「ったく、ちょっとは手伝ってくれたらいいのに」

清水さんは愚痴をこぼしながら手慣れた感じで私に指示を出し、二人で浦上さんの拘束を解いて、ストレッチャーに乗せて病室から運び出す。身体の大きな浦上さんは、しかし驚くほど軽くて女二人で余裕で持ち上げることができた。

私たちはエレベーターを使って、地下にある安置室に遺体を運び込んだ。のっぺりとしたクリーム色の壁に囲まれた部屋に、保冷庫とおぼしき銀色の大きな箱が並んでいた。

「とりあえず、ここにしまうんですけど……、覚悟してくださいね」

言いながら、清水さんは保冷庫を開いた。私は、心の準備をする間もなく、それを見た。小ぶりなユニットバスの浴槽程度のスペースに、三人の人が折り重なって横たわっていた。いや、それは生きた人ではなく、死体だ。

「うちの病院で死んだ人は、みんな役所が引き取ることになってるんですけど、全然追いつかないみたいで、ここで保管を――」

私の脳裏には、十五年前のあの日の光景がフラッシュバックしていた。白昼の一瞬の出来事。倒れる人々。何が起きたのかわからないまま、街中でいくつもの命が刈りとられる。あの様子が。

「大丈夫ですか」

清水さんが私の顔を覗《のぞ》き込む。きっと真っ青になっているんだろう。

「うん……。大丈夫、だから」どうにか答えた。

「まあ、これも馴れですよ」

清水さんは、あっけらかんとして言った。

*

午前十時半。特に残業もなくシフトどおりに日勤スタッフと交替になり、仕事は終わった。

清水さんは素早く着替え、先にさっさと帰ってしまった。

私は重たい身体を引きずって、のろのろと着替えをする。コートのポケットに入れっぱなしにしていた携帯電話を開くと、メールが一件、着信していた。

誰からかは、わかっている。見ない方がいい、特にこんなふうにへばっているときは。

けれど私の指はキーを操作してしまう。目は画面に表示された文字を追ってしまう。どうしても無視することができない。

——今日も僕は、あの日のことを思い出したよ。結局この十五年、一日も忘れることなどできなかった——。

案の定、御園からだった。わかりきっていたことなのに、疲労がいや増すのを感じた。

どうにか着替えを済ませて、ロッカールームを出て一階へ向かう。玄関のロビーは、診察に訪れた人々で溢《あふ》れていた。壁に大きな液晶テレビがあり、NHKを流している。なんの変哲もない午前中の病院の風景だ。

清水さんによれば、二階と三階に入院している患者たちは、この外来から送られてくるわけではないらしい。外来で入院が必要と判断した患者は、よその病院に紹介するのだという。ではあの身寄りのない患者たちは、どこからやってくるのだろう?

それは彼女も知らないようだった。

ロビーを抜けて、玄関から外に出ようとしたとき、後ろから声をかけられた。

「木村さん」

そこには、私にこの仕事を紹介した中国人の姿があった。

「楊さん」

「ああ、やっぱり。後ろ姿でそうかなって思ったんだ。確か、昨日からよね。今、仕事終わり?」

「え、ええ」

私は相づちを打つ。

「私はちょっとしたお使いでね。これも運命ね、この近くにはね、トーストが美味しい喫茶店があるの。もし朝ご飯まだだったら、一緒に食べようよ」

正直言えば、早く家に帰ってベッドに倒れ込みたいと思っていたが、私には誘いを断る気力さえ残っていなかった。


月島川にかかる橋を渡った先にあるその喫茶店も、楊さんは行きつけにしているようで、店に入ると経営者らしき初老の夫婦と親しげに言葉を交わしていた。

彼女が勝手に注文したエッグベネディクトとトーストのセットは、確かに美味しく、食欲なんてなかったのに、すんなりとお腹に収まった。

楊さんはトーストを食べきった私に視線を送って、にっこり笑った。

「少しは、元気出た?」

「え?」

「さっき、すごい顔色悪かったわ。仕事、きつかった？」

「あ、いえ、きつくはなかったけど、……馴れないせいで、なんだか疲れちゃった」

ちょっと変わった病院、普通の介護仕事より楽――、以前楊さんや、理事長の宗像が言ったことに嘘はなかった。

確かにあの病院は、変わっている。ちょっとどころか、たぶんすごく。そして仕事は楽だった。少なくとも以前勤めていた老人ホームとは比べようもないくらい。

「そう」と相づちを打つ楊さんに、私は思いきって訊いてみることにした。

「楊さんはあの病院の関係者なの？　今日だってなんか用事があったんでしょう？」

「うーん。そうね、関係ないわけじゃないけど、別に従業員でもないし、経営にも関わってないし……友達の友達くらいかな。人づてに簡単な頼まれごとをする程度よ」

「じゃあ、あの病院のこと知ってる？　たとえば、その……入院している患者さんがどこから来るのか、とか」

「ああ、それね……」

楊さんは少し視線を泳がしてから、逆に尋ねてきた。

「気になる？」

「そりゃ、まあ」

「じゃあ教えてあげる。知ってもあまり得する話じゃないかもしれないけど、知らないとずっと気になるでしょうから」

楊さんは一旦言葉を切ってから、続けた。

「抽象的には、システムの一部分よ。前にも話したように、この世界は一つの巨大なシステムであると同時に、小さなシステムの集合体でもあるの。あの病院はね、この日本という国に存在する、あるシステムの部品の一つ」

まったくわけがわからない。楊さんは口元に笑みを浮かべて付け足した。

「わかりやすく具体的に言えば、コーロビョーインなの」

「コーロビョーイン？」

聴き慣れない言葉を私は繰り返した。

楊さんは「ちょっと待って」とバッグを探りボールペンを取り出すと、テーブルに置いてある紙ナプキンに「行路病院」と書き付けた。

「身寄りもお金も行く場所もない、そういう人が最後にたどり着く病院のこと。あの病院に入院しているのは、人生で取り返しのつかない失敗をしてしまって、何も彼《か》もなくしてしまった人たちなの。行き倒れになった人のことを『行路者』と言うから、行路病院。この国には、ああいう病院がいくつもあるのよ」

行路病院――、そんなものが存在すること自体、私は知らなかった。

「あの、でも、お金がないんじゃ、入院代や治療費は？」

「そうね、もちろんボランティアでやっているわけじゃない。生活保護よ。日本は憲法で生存権を保障している素晴らしい国でしょう。中国では絶対あり得ないことだけれど、無一文の人が入院すれば、行政は生活保護を認定して医療費を払うの。そして生活保護は、制度上、医療費に上限がないから、病院は取りっぱぐれることはない。やり方によっては、普通の患者を入院させるより効率よく儲《もう》かるようになるの」

楊さんは、両手を合わせ何かを包むようにかすかに膨らませる。

「たぶん最初は誰かの善意だったのよ。社会からはじかれて行き場のない人たちを積極的に受け入れようという百パーセントの善意。けれど、やがて誰かがそれが儲かることに気づいた。儲かると気づけば、もっと儲かるように工夫する者が現れる。行き場のない患者を待つのではなく、ホームレスや自己破産者といった人たちを積極的に探し出し、病院へ送り込む者が現れる。病院も病院で、できるだけ診療報酬を取れるように検査や投薬は可能な限り多く、そして労力のかかるケアは可能な限り少なくしようとする。人間が創意工夫を凝らすのを止めることはできないの。こうしてシステムはできあがっていく」

楊さんは両手をさらに膨らませ、小さな輪を作ってみせた。

「今や行路病院は、単独ではなくいくつもの病院とつながりネットワークを組んで、患者をトレードし合ったりもしているの。現在の医療制度では、長く入院した患者の医療費は安く設定されることになる。だから、適当なタイミングで別の病院に転院させる。すると転院先では新患扱いとなって、高い医療費を取れるようになる。患者たちはこのネットワークにある病院を転々とし、どこかで身動きがとれなくなり、やがて亡くなる。あの宗像病院にはそのための病室も用意されているの。わかるでしょう?」

私はぼんやりと頷いた。三階の寝たきり病棟のことだ。

「ちなみに、この行路病院ネットワークにがっつり食い込んでいる中国人のグループがあって、私はそっちの使いっ走りなのよ」

楊さんの話には、河原で石を拾ったら裏側に虫がびっしりとついていたような薄気味悪さがある。

「あの……、行路病院、っていうのは、その、不正受給とかではないの?」

楊さんはかぶりを振る。

「患者たちは実際に体調が悪くてお金がないわけだから、不正じゃないわね。かつて医療費をより多くとるために不要な手術をやった病院が摘発を受けたことがあったけれど、今はもうそんな無茶をするところはないわ。無理せず効率よく持続的に利益をあげられるように、システムは日々更新されているの。だから安心していいよ」

安心?　私が何を安心すればいいんだろう。

行路病院に入院している人たち。人生で取り返しのつかない失敗をしてしまって、何も彼もなくしてしまった人たち——それはまるで、私のことみたいじゃないか。

「あ、そう言えば……」

私はふと思い出したことを加えて尋ねた。

「病院に面接に来た日、あの楊さんに連れて行ってもらったケーキ屋さんのご主人らしき人を見たのよ。病院の前で」

「松本さんが？」

店名が松本洋菓子店なので、ご主人は松本なのだろう。

「あ、うん。あの人も病院の関係者なの？」

楊さんは、首をひねった。

「さあ、そういう話は聞いたことがないけどね。本当に松本さんだった？」

「そう言われると、あまり自信はないけれど……」

「ふうん」楊さんは不敵な笑みを浮かべて言った。「もしかしたら、彼も私たちとは違う別のシステムの一部として、この土地に結びついているのかもしれないわね」

＊

それから、およそひと月が過ぎた。日の少ない二月が終わり、三月がやってきた。

一也の命日、事件の日は、もう数日後に迫ってきている。

いい加減、宗像病院での仕事にも馴れたはずなのだが、日ごとに身体の中心に疲労が蓄積していくのを感じていた。原則二日に一度の勤務なので、休息をとる時間はたっぷりあるはずなのに、ちっとも疲れはとれてくれなかった。首の神経痛もどんどん悪くなっている気がした。

身体を動かすことが億劫《おっくう》で、自宅にいるとき、ほとんどベッドで寝て過ごすようになっていた。外出するのは、コンビニにお弁当を買いに行くときくらい。自炊などしなくなったし、そもそも食欲自体、減退してしまった。せいぜい一日二食、日によっては一食で済ませるようになった。

そして更に悪いことに、私の体調の悪化とときを同じくするように、元夫の御園からくるメールが増えていった。無論、その内容は私を責めるものだ。一也の命日が近づくにつれ、彼なりに感じるものがあるのかもしれない。

ベッドに横になり、ひねもす天井を眺めていると、私の頭の中には、いつか夢で見たような、あり得たかもしれない幸福の妄想がよぎる。

行路病院の患者たちにも、きっと一人一人に、こんなｉｆがあるのだろう。

喫茶店で楊さんが教えてくれたとおり、寝たきりになっていない二階の患者たちは、定期的に他の病院とトレードされているようだった。彼らはいくつもの病院を転々として、国と自治体の財布から医療費を捻出させ続け、やがて動けなくなったら、寝たきり病棟のようなところに収容される。そこでは中心静脈カテーテルでの最低限の栄養補給以外に延命措置は一切ほどこされず、ただ死を待つだけの日々を過ごす。

彼らは生きている。みな、心臓は動いているし、息もしている。けれど、そこに「生きる」という言葉が内包する活力や精彩のようなものはない。楊さんが言うところの「システム」を駆動するためにただ生かされているだけのように思える。

しかしそれは、私も一緒なんじゃないだろうか。生きる意味を失い、過去の後悔と未来の不安に苛《さいな》まれ、毎日同じことを繰り返すだけの私も、結局は、ただ生かされているだけなんじゃないだろうか——。


今日も、夜勤は私と清水さんの二人だった。出勤して、いつものように日勤のスタッフから、申し送りを受ける。

「304号室に、新しい患者さんが入ってます。七十二歳の女性です——」

メタルフレームの眼鏡をした日勤の看護師が、入院患者名簿を見ながら告げた。

304号室。三階の寝たきり病棟だ。一人患者が亡くなって、ベッドが一つ空いていた。そこに、また新しい患者がやって来たのだ。女性の入院患者はいないわけではないけれど、珍しい。

最近は、臨終に当たったり、遺体を地下の安置室に運んだりしても、過去の記憶が蘇るようなことはなくなった。たぶんこれは、馴れではなく麻痺《まひ》なのだと思う。

「――名前は、ウドウカナさんといいます」

看護師が口した名に私は思わず「え」と声をあげてしまった。

「木村さん?」

看護師は眼鏡越しに怪訝《けげん》そうな視線をこちらに向けた。

「あ、いえ、なんでもありません」

慌てて誤魔化すと、特に追及してくることはなかった。申し送りを済ませ、日勤のスタッフたちは帰っていった。

私は入院患者名簿を手に取り、新しく304号室に入ってきたという「ウドウカナ」の漢字を確認した。

卯藤《うどう》カナ――そこには、確かに私の知っている女の名前が記載されていた。

「もしかして、知ってる人だったりします?」

後ろから、清水さんが勘よく声をかけてきた。

「ああ、うん。実は知り合いと似た名前だったんで。でも、字が違いました」

私はとっさに嘘をついた。

本当は字も合っていた。宇藤や有働ではなく、卯藤。この姓は極端に少なく、全国でも数世帯しかないという。完全な同姓同名で、歳も一緒だ。私の知っている卯藤カナと同一人物の可能性がきわめて高い。

「卯藤って珍しい名前ですよね」

清水さんは、いつもどおりの屈託なさで言う。彼女はもちろん、日勤のスタッフたちも気づいていないようだ。

無理もないかもしれない。あれからもう十五年も経っているし、卯藤カナの名前はマスコミでもほとんど報じられていない。けれど彼女の一人息子のことは、たとえ当時、子どもだった清水さんでも、一度くらいは耳にしたことがあるだろう。

一也を殺し、私の人生を滅茶苦茶にした『シンラ智慧の会』の教祖、天堂光翅こと卯藤新《あらた》。卯藤カナは、その母親の名前だった。

＊

巡視で304号室を訪れ、その老婆——卯藤カナに対面したとき、私は更にもう一度、驚くことになった。

身体をベッドに拘束され、口から「ああ、あああ」と小さなうめき声をあげている彼女の顔つきと白い髪、そして濁った目には見覚えがあった。

黄金蝶を追ってたどり着いたあの河川敷にいたホームレス。まるで未来の自分のようだと思った女が、そこにいた。

私はその姿を見下ろして立ち尽くす。

バタフライ・エフェクト。すべてはつながって関連している。

今、私たちがいるこの病院から、ずっとずっと西へ。箱根の山も富士山も越え、更に関門《かんもん》海峡も越えた先、九州の熊本。一九五八年、そこで卯藤カナは、息子を産んだ。父親はなく独りで産んだ私生児だったという。卯藤カナが息子をつれて日本各地を転々としていたことは、マスコミが様々な形で報じている。

卯藤カナの息子、卯藤新は十八のときに家を出て単身上京し、二十五のときに『シンラ智慧の会』の原形となる勉強会を立ち上げ、天堂光翅と名乗るようになる。正式に教団を設立するのは三十のときだ。そして、三十七のときに乱射事件を起こす。

母親の卯藤カナは教団の規模が大きくなったあとで本部に迎え入れられ、「聖母」などという称号を与えられたが、教団の設立はもちろん、運営にもほぼ関与していなかったという。事件後、何度か警察の取り調べを受けたが、逮捕されることもなかった。

教祖の母ということで、いくつかのマスコミが追いかけたが、弁護士を通じて「私は何も知りませんでした。こんなことになるのなら、あの子を産まなければよかったと思っています」などというコメントを発表しただけで、一切の取材を拒否した。

その後、行方知れずになり、被害者の会はもちろん、警察でもその行方を把握していないとのことだった。人知れずどこかで自殺しているのではないか、などと噂されていたのだけれど……。

ホームレスになるまで、どこで何をしていたのかはわからない。けれど、一つ確かなことがある。

この女の息子がいなければ、私の息子は死ななかった。そうだ。何が「産まなければよかった」だ。おまえが産んだせいで、私は失ったんだ。おまえのせいで、私はこんなに苦しんでいるんだ。

唐突に、そんな怒りが湧いてくる。

私はゆっくりと身体をかがめて、両手を伸ばす。卯藤カナの首に向かって。心臓の鼓動がうるさいくらいに耳に響いているのを自覚した。私の目には卯藤カナの細い首筋しか映らない。首。一也が撃たれた首。神経痛で私を悩ませる首。これを絞めれば、この女は、死ぬ。死ぬ？　そう、私が、殺す――。

「木村さん」

清水さんの声で我に返った。手分けをして別の病室の巡視をしていた彼女が、入り口のところから、こちらを覗いていた。その顔は影になっていて見えない。

「どうかしましたか」

「あ、ううん。シーツがずれてたから。もう大丈夫」

私はとっさに誤魔化し、足早にベッドの前を離れ、病室から出てゆく。

心臓はまだ、早鐘を打っていた。

午前二時。清水さんが仮眠に入ったあと、もう一度、私は卯藤カナのベッドを訪れた。先ほど開かれていた濁った目は閉じている。布団を掛けた胸の辺りがかすかに上下している。眠っているようだ。

見舞客の来ないこの病棟では、ほとんど使われることのないパイプ椅子に腰掛けて、私はその様子をじっと眺めている。

どうかしていた。ここは寝たきり病棟だ。放っておいても、いずれ死ぬ人間を、わざわざ殺してなんになる。

それにこの人は、事件に関わったわけじゃない。むしろこの人は、天堂光翅とシンラに人生を狂わされ、何も彼もを失った。ある意味で私と同じ被害者じゃないか。

じゃあ、なんで――。

なんで私はここにいるの？　真夜中の病室にやってきて、この人をただ見つめているの？

自問してみてもよくわからない。

どれほどそうしていただろうか。不意にけたたましいベルの音が鳴り響いた。私は思わず身をすくませる。パンツのポケットの中で携帯電話が鳴動している。

仕事中はいつもロッカーにしまっているのに。今日に限って持ってきた記憶はないのに。

動転した私は、ベルの音を消したい一心で携帯を取り出すと、通話ボタンを押して耳に当てた。

『まだわからないのか』

スピーカーから聞こえたのは、御園の声だった。私はますます混乱する。

『同じだからだよ。おまえは子どもを産んだことを後悔しているその女に、自分を見ているんだ』

「ちょっと、あなた何を言って……」

『なあ、もういい加減、自分を罰するのに俺を使うのはやめてくれよ』

——えっ？

耳の辺りでもぞりとした感触。携帯電話が、私の右手をすり抜けてふわりと浮かぶ。折りたたみ携帯は、ヒンジ部を軸に羽ばたく。そして発光し、一匹の蝶へと変わってゆく。

金色に輝く蝶。内なる神の使い、黄金蝶。

そう思った瞬間、目が覚めた。

夢？

私は卯藤カナのベッドの傍で、パイプ椅子に腰掛けている。いつの間にか、うとうとしてしまっていたようだ。

いつから？　私はいつから夢を見ているの？

私は携帯電話なんて持ってない。仕事中は、という意味ではない。もう何年も前に解約してしまった。独りになってから滅多に電話は使わなくなった。御園から相続した固定電話の加入権があれば、それで事足りたから。

相続。そう、私たちは離婚したわけじゃない。

御園は、夫は事件のあと、私ではなく自分を責めた。やがて心を病み、自ら命を絶った。当時暮らしていたマンションの屋上から身を投げた。

私は思い出す。都合よく目をそらし、都合よく悔やんでいた過去のことを。私の本当の罪を。

それはあの日、一也を産まなければよかったと思ってしまったこと。

一也のことが可愛くなかったわけじゃない。愛情を注いでいたつもりだ。けれど、御園との夫婦関係が悪化するなかで、どうしても頭をよぎる想《おも》いがあった。

もしもこの子を産んでいなければ、私の人生は全然違ったものになっていただろう――。

夫婦にとって子は鎹《かすがい》だ。しかしその鎹がときに疎《うと》ましかった。この子がいなければ、離婚できるのに。いや、そもそもこの子がいなければ、結婚だってしなかったのに。

あの日、銀座の街を闊歩《かっぽ》するOLや、デパートで働く販売員の姿に、あり得たかもしれない幸福を見た。結婚なんてせずに、キャリアウーマンとしてバリバリ働く自分のifを。そして一也とつないだ手は、うんざりとした現実に私を引き戻すように思えた。私は不意に思った。ほんの一瞬だったけれど、確かに思ってしまったのだ。

ああ、この子さえ産んでなければ。この子がいなくなればいいのに――。

その直後、この愚かな願いは叶《かな》ってしまった。

どうして私はあんなことを思ってしまったのだろう。一也を、命を授かったときには、迷いなどなかったのに。産院でその小さな身体を抱き上げたときには、私はこのために生まれてきたのだと思ったのに。確かに。確かに愛していたはずなのに。

どれだけ悔いても、取り返しはつかない。償うこともできない、私の罪。

息子を、そして夫を亡くした悲しみは、胸が張り裂けるような生々しいあの感情は、時間とともに、どうしても薄まっていってしまう。

けれど自ら背負った罪は消えない。むしろ時が経ち過去を振り返るようになるほどに、濃く深くなってゆく。

「あ、ああ……」

卯藤カナの口から、小さな声が漏れた。彼女の瞼《まぶた》が、ゆっくり、ゆっくりと開いてゆく。濁った灰色の瞳が露《あら》わになり、こちらを見る。

人生を狂わされ、何も彼もを失い、巡り巡ってこの病院にたどり着いた女。きっと、もうすぐ死んでしまう、もう一人の私。

あなたはどうだったの？　あなたにもｉｆはあったの？　あなたも罪を背負っていたの？

問うても虚ろな目は何も答えない。

ああ、でも本当は私たちの人生は狂ってなどいないのかもしれない。世界は自動的に動く巨大なシステムで、起きることは、すべてが必然。それを運命と呼ぶ。

運命。

こうして、あなたの死に際に出会ったことも。

私は手を伸ばす。彼女の首ではなくベッドにくくりつけられた手に。そしてそっと握る。ざらざらと乾いて筋張った小さな手。

この人はあとどのくらい生きるのだろう。

「私が、看取《みと》るね」

そうか、だから私はここにいるのか――。

あなたを看取り、そしてその死を悼《いた》む。恨むわけでも、赦《ゆる》すわけでもなく、ただ、悼む。

そのために。

握った掌《てのひら》にかすかな熱が伝わる。

ここに確かに、何か意味と呼べるものが、あるような気がする。

布団の上に、ぽつり、ぽつりと水滴が落ちる。

このときやっと、私は自分が泣いていることに気づいた。

蝶夢Ⅱ ―― 1945

目覚めると、大きな音が響いていた。

蝶《ちょう》になったわたしは、私の髪の毛に身を潜めたまま、隙間から様子をうかがった。

辺りは暗い。夜だ。

私は、父と母と三人で、慌てて家の軒先に出てきて、夜空を見上げているようだ。幼い私は少しだけ大きくなっている。

ああ、この日のことはよく覚えている。私の信じていた世界が、壊れはじめた日だ。文字通り、音を立てて。

真夜中、日付が変わる頃。いつものように親子三人で川の字になって寝ていた私たちは、突然の轟音《ごうおん》でたたき起こされた。そして、その恐ろしい光景を見たのだ。

空気が澄み、星がよく見えるハルビンの空はそこにはなかった。

もうもうと煙《けぶ》り、見たこともない飛行機がうなりを上げて旋回していた。

辺りを見回すと、隣近所の家々から、同じように人が飛び出してきていて、空を見ていた。

ほどなくして、また轟音が響いた。地面がかすかに揺れる。それと同時に、遠くで火柱が上がった。駅の方だ。赤い炎が空を焼く。

そこかしこで、悲鳴が聞こえた。私も泣き出していた。

空襲だった。

このとき空襲をしてきた〈敵〉は、日本が直接戦争をしているアメリカやイギリスではなく、ソヴィエトだった。日本が敗戦間近とみて、中立条約を破棄して満州《まんしゅう》に侵攻してきたのだ。

その前の年あたりから、大人たちの雰囲気や、耳にする会話の端々から、戦いが上手《うま》くいっていないことは、子どもの私も薄々気づいていた。内地が空襲を度々受けているらしいことも、知っていた。満州でも、南の方にある街が空襲に遭ったという噂を聞いたことがあった。

でも、ハルビンではこれがはじめてだった。

音を聞き、巨大な火柱を目《ま》の当たりにするまで、私は空襲なんて、自分とは関係のないことだと思っていたのだ。

多少調子が悪くても、いずれ戦いには勝つのだと信じていた。だって、聖戦なのだから。日本が邪悪な〈敵〉に負けるわけがないのだから。

「と、とにかく家の中に！」

しばらく呆然《ぼうぜん》としていた父は我に返ったように、母と私を家の中に避難させた。

「大丈夫だ。この家は頑丈だからな。それに狙われているのは、きっと駅や兵舎があるところだ。こっちの方には来やしないさ」

父は自分に言い聞かせているようだった。

空襲なんてあるはずがないと思っていたのは、たぶん私だけじゃないのだろう。だから、ハルビンの街には防空壕がなかった。もしかしたら兵舎の方にはあったのかもしれないけれど、少なくとも私たちが暮らす住宅地にはなかった。

私たちにできることと言えば、身を小さくしながら、自分のところに爆弾が落ちてこないように祈ることだけだった。

果たしてこの夜、私たちが住む住宅街には一発も爆弾は落ちてこなかった。

それは幸運だったと言うべきだろうか。

のちに起きることを思うと、よく、わからない。特に母に関しては。

蝶になったわたしは、私の頭にとまったまま、じっと見守る。この幼い私が経験する、信じていた世界が壊れたあとにやってくる、日々のことを。

突然の空襲を受けた翌日、私が通っていた小学校では防空壕づくりがはじまった。生徒だけでなく、街の人たちもやってきて、みんなで校庭に穴を掘った。

けれど、その防空壕が完成するより前に、その日がきた。

八月十五日――終戦。

日本は、聖戦だったはずの戦いに、負けたのだ。

そしてこの日を境に、街の空気は一変した。

街のそこかしこで、お祝いをはじめる人々がいた。漢人や満州人といった、日本人以外の民族たちだ。彼らは日本が負けたことを喜んでいた。これで解放された、と。一部は徒党を組んで匪賊《ひぞく》となり、夜な夜な日本人を襲い、金目のものを奪ったり、女性を暴行したりするようになった。特にそれまで偉そうにしていた人の家ほど狙われ、匪賊に殺された人も何人もいた。

親切にしてくれると思っていた隣人たちは、内心、私たちを憎んでいた。様々な知識や技術を教え、満州を立派な国にしたはずなのに。

五族協和《ごぞくきょうわ》も王道楽土《おうどうらくど》も、私たちだけが信じた幻にすぎなかったのだ。

それでも、匪賊が散発的に暴れているうちはまだましだった。私たちが住む住宅地は、比較的被害が少なく、戸締まりをしっかりしていれば、どうにか難を逃れることができたから。

本当の地獄は終戦から数日後、ソヴィエト兵が侵攻してきて、街を占拠するようになってから、はじまった。

彼らは統治の名目で、住宅地の家を一軒一軒回り、日本人が住んでいるか確かめていった。戸締まりをしていても、外から窓を割られ、ときには発砲さえされた。そして日本人の家だとわかると、勝手に上がり込み銃を突きつけ、箪笥《たんす》や机の引き出しから好きなものを奪っていった。抵抗した者は、運がよければ殴られて骨の二、三本も折られ、悪ければその場でいきなり撃たれて殺された。

紛《まご》う方なき、略奪だった。このときハルビンを占拠したソヴィエト兵には、軍規などと呼べるものは何もないようだった。

私の家にも、連日、ソヴィエト兵たちがやってきた。ほんの少し前まで、頼もしいと思っていた父は、ソヴィエト兵たちと目を合わせることなく俯《うつむ》くばかりで、彼らが家財を奪ってゆくのを黙って見ていた。

その三人組がやって来たのは、時計も貴金属も、酒も煙草《たばこ》も、上等な上着も、あらかた奪われてしまったあとだった。

彼らはみな熊のように身体《からだ》が大きく赤ら顔で、おまけに同じような髭《ひげ》を生やしていたので、私の目にはまるで見分けがつかなかった。彼らは酷《ひど》く酔っぱらっているようで、家に入ってくるなり、饐《す》えたアルコールの匂いがぷんぷんした。

彼らはこれまで来たソヴィエト兵と違い、家の中に上がり込んできても物色しようとせず、私の母のことを値踏みするようにじろじろと見た。そして、げらげらと下品な笑い声を立てながら、何かを相談しはじめた。

ロシア語なんて知らないから、彼らが何を喋《しゃべ》っているのかわからなかった。辛うじて聞き取れたのは「日本人《ヤポンスキー》」くらいのものだ。

やがて一人がいやらしい笑みを浮かべて、母に「こっちへ来い」と手招きした。

母は真っ青な顔になり、首を横に振った。

「嫌、だ、駄目！」

しかし、ソヴィエト兵たちは大股で近づいてきて、母を捕まえる。逃げる間もなく、母は彼らの太い腕にとらえられてしまった。

「お願いします！　堪忍《かんにん》してください！」

母は身をよじりながら、必死に訴えた。

けれどソヴィエト兵たちはまったく意に介さず、母を床に押し倒す。

父が怒鳴り声をあげて、ソヴィエト兵たちの前に立ちはだかった。その顔は母以上に蒼白《そうはく》で、足はがたがたと震えていた。

「や、やめないか！」

手の空《す》いていたソヴィエト兵が父の前に一歩出ると、腰に下げていた拳銃を抜いた。恐怖を感じる間もなく、ソヴィエト兵は発砲した。父の左の太腿《ふともも》から血が噴き出した。父は絶叫し、その場に崩れ落ちる。そして撃たれた足に手をやり、のたうち回った。

ソヴィエト兵は、倒れた父の髪を摑《つか》むと、撃ったばかりの拳銃を頭に突きつけ、大声で何かをまくし立てた。父はガチガチと歯の根を鳴らし、涙を流しながら「やめてくれ、殺さないでくれ」と懇願した。

　母を押し倒したソヴィエト兵は力任せに、母の服を引きちぎった。母の白い肌が、豊かな乳房がこぼれ、露《あら》わになった。ソヴィエト兵たちは歓声をあげた。

　母の悲鳴が響く。ソヴィエト兵は雄叫《おたけ》びをあげながら、ズボンを下ろし、その太い腕で強引に母の股を開いて馬乗りになった。

　父は頭に拳銃を突きつけられたまま、強引にその光景を見させられていた。

　ソヴィエト兵たちは、獣以外の何ものでもなかった。

　三人は代わる代わる母を陵辱した。

　私は部屋の隅にへたり込んで、震えていた。

　このソヴィエト兵の中に、幼児性愛の趣味がある者がいなかったことは、私にとっての幸運だったのかもしれないが、もちろんそんなことを考える余裕はなかった。そもそも、母が何をされているのか、具体的にはよくわかっていなかった。

　ただただ、獣のような男たちの暴力が恐ろしかった。自分が失禁していることに気づくのは、彼らが立ち去ってからだ。このとき私は、目の前で起きる惨劇を直視することができず、膝の間に顔を伏せ、ひたすらに祈っていた。

　どうかどうか、これが夢でありますように。どうかどうか、これが夢でありますように
——。

けれど、その祈りはどこにも届かない。むしろ、ついこの間までの満ち足りた日々の方が、夢だったのだから。

蝶になったわたしは、私の髪の毛の隙間から、あの日直視できなかった光景を眺める。

泣き叫ぶ母と、無力な父。

わたしは知っている――このあと、二人がどうなるか。

ソヴィエト兵たちが帰ったあと、ぼろぼろになった母は、それでも父の身を案じ、撃たれた足に包帯を巻いてやる。

そんな母に対して、父は言うのだ。

「死んでくれ。おまえだって、あんな目に遭って生きていたくないだろう？」

母は答える。

「ええ、そのつもりです」

そして母は、その日のうちに首を吊《つ》る。

そんな未来が来ることを知らぬ、幼い私は、ひたすらに祈っている。その頭にとまっている蝶になったわたしは、眠気を覚える。

抗《あらが》いようもなく、わたしは眠りに落ちる。そして、夢を見た。

わたしではない、他の誰かの夢を。

――俺は巨大な建造物を見上げている、親友と一緒に。

2　シークレット・ベース――2011

白いパイプで組んだ三角を無数につなげたトラス構造の大屋根は、正面に見えるお祭り広場をすっぽりと覆っている。その一部がぽっかり開いて、空に突き出るように、奇っ怪な建造物がそびえている。

太陽の塔。

その胴体前面についている、ぐにゃりと割れた太陽の顔がこちらを見据えている。屋根から突き出た塔の先端を見上げると金ぴかの顔がある。目の部分にキセノン投光器が設置され、夜になると光を放つという。ここからは見えない塔の裏側には、黒い太陽の顔がある。これら三つの顔はそれぞれ、現在、未来、過去を表すのだという。更に塔の地下には第四の顔とも呼ばれる「地底の太陽」というオブジェが展示されていて、それは人間の心や祈りの根源を表すのだそうだ。

「はは、なんじゃや、あらぁ。ごっついのぉ」

マンザイが手をかざして塔を見ながら笑った。

「うん」

俺もつられて笑う。

本当、なんなんだ、あれ？　有名な芸術家が造ったらしいけど、全然意味がわからない。ちっとも格好よくなんかないし、どっちかといえば不気味だけど、確かにすごい。マンザイ言うところの「ごっつい」だ。こんなの見たら、笑ってしまう。

「あ、こっちやこっち」

マンザイに促されて、列に並ぶ。ここ中央口から、あの太陽の塔があるお祭り広場まで続く「動く歩道」の順番待ちの列だ。

「ヒロ、どっから行く？」

「まずはなんて言っても、アメリカ館だろ」

俺が会場の地図を広げるとマンザイがひょいと覗《のぞ》き込む。

「おお、月の石は絶対見ようって、前に話したもんな」

「アメリカ館行ったら、次は隣の東芝《とうしば》館に行こう。それから、みどり館のアストロラマもすごいらしい」

「ソ連館も行かなあかんやろぉ。あとは、もちろん日本館……って、反対側やな。じゃあこうぐるっと回って最後に行こか」

「そんなに回りきれるかな」

「行けるやろ」

マンザイは鷹揚《おうよう》に笑うと、ポンと俺の肩を叩いた。

列が進み、俺たちは動く歩道に入ってゆく。左右がガラス張りになっている大きなチューブの中、手すりつきの道がゆっくり動いている。

「おお、ほんま、動いとるで」

マンザイは興奮気味に足を踏み鳴らす。

「すっげえな」

俺も思わず声を出した。

「俺らが大人になる頃にゃ、月どころか火星まで行っとろうな。人類の進歩と調和やで」

言わずと知れた万博のテーマだ。俺は相づちを打つ。

「きっとな」

「アメリカとソ連だって、仲よう万博に来とるんじゃ、そのうち、くだらん戦争もなくのうて、平和な世界が来るで」

アメリカとソ連は酷《ひど》くいがみ合っていて、ベトナムでやっている戦争は、そのせいで起きたらしい。日本もその戦争に協力しているとかで、東京では反戦集会やデモがよく起きているという。詳しいことはよく知らないけれど、戦争なんてなくなればいいのは確かだ。

「〝沼〟みたいな町もなくなるかな」

俺が言うと、マンザイは大きく頷《うなず》いた。

「おお、きっとなくなるで。〝陸《おか》〟も〝沼〟もなくのうて、みんな平等になるんや」

ああ、そうか。この動く歩道は俺たちをそんな未来に連れていってくれるんだ。

このとき俺は、奇妙な感覚に陥った。

沼の底の暗い世界から抜け出して、太陽の照らす世界に辿《たど》り着いたような。明るくて温かい世界。理想、希望、幸福――そういう「いいもの」で満たされた世界。俺には関係ないと思っていた、仕方ないとあきらめていたその場所に、辿り着けた気がした。

「ヒロ、着いたで」

言われて顔を上げると、そこはお祭り広場ではなかった。万博の会場ですらない。見慣れた景色。

時代から切り離されてしまったような、「いいもの」なんて一つもない町、〝沼〟。その奥にある、空き地。俺とマンザイがいつも遊んでいる、雑草だらけの空き地だ。

その真ん中、俺たちの「秘密基地」があるはずのところに、白く巨大な何かが鎮座している。

なんだ、あれは？

いつの間にか、あれだけたくさんいた人の姿はなくなり、俺とマンザイの二人だけになっていた。

き地だ。


「どした？　行こうや」

思わず足を止めた俺を、マンザイが手招きする。

「なんで俺たち、ここに？」

「なんでもどうしても、はよ行かな、全部のパビリオン回れんで」

マンザイはまるで、万博会場にいるかのように言う。でもどう見てもここは、いつもの空き地だ。

「マンザイ、これ、何？」

俺は目の前にある得体のしれない白く巨大な物体を指さす。

「はぁ？　ヒロ、ほんまどうしたんや。〈繭《コクーン》〉やろ。一番に行くって決めとったろ」

〈繭《コクーン》〉？　ああ、そうだこれは繭《まゆ》だ。蝶《ちよう》とか蛾《が》がつくる繭を大きくしたものだ。これがパビリオンなのか。

いや、そんなものないはずだ。それに一番に行くのはアメリカ館じゃなかったか。月の石を見るんじゃなかったか。でも……。

どういうわけか俺は知っている。あるはずのないこのパビリオンを知っている。

「さ、行こ」

マンザイは巨大な繭に向かって歩いてゆく。

「ちょっと、待てよマンザイ」

俺は手を伸ばし、マンザイを追いかける。けれど突然、空気が鉛になってしまったかのように重くなる。身体《からだ》の動きは緩慢になる。

マンザイが向かう先、繭の一部が割れるように開いた。その中にマンザイが入って行こうとする。

「マンザイ！」

俺は必死にマンザイを呼ぶ。空気はますます重くなり、身体はほとんど動かすことができない。

マンザイは一度こちらを振り向いた。そして口を開く。

「ええか、ヒロ、俺な、気づいたんや。本当の神さんは——」

そのとき突然繭の割れ目から、光が溢《あふ》れた。蝶だ。輝く翅《はね》をはばたかせる黄金の蝶が大量に飛び出してくる。それはあっという間に視界を埋め尽くし、マンザイの姿も言葉も、光の洪水がかき消してしまう。

次の瞬間、目が覚めた。

＊

ブーン、ブーン、という唸《うな》るような低い音。脇腹に細かい振動を感じる。

バイブモードにしてパジャマの中に突っ込んでおいた携帯電話のアラームだ。俺は手探りでそれを摑《つか》み、振動を止めた。

瞼《まぶた》を開いたときは完全な真っ暗闇だったが、徐々に目が馴《な》れて視界に像が結ばれてゆく。薄暗い天井。俺が横たわるベッドを囲むようにして引かれたカーテン。消毒液の臭いと、誰かのうめくような寝息。

ここは万博会場ではないし、〝沼〟でもない。今は一九七〇年じゃないし、俺はもう子どもじゃない。

病院だ。

月島《つきしま》にある、宗像《むなかた》病院。その二階の、入院病棟。

俺は携帯を開いて時間を確認する。午前三時ちょうど。液晶の画面が目に眩《まぶ》しい。

ゆっくりと身を起こし、ベッドから降りる。ベッドサイドのキャビネットを開いて、中に突っ込んである私服を出す。毛羽立ったトレーナーとジーパン、カーキ色の着古したジャンパー、それからへたった革靴。パジャマを脱いで、それらに着替える。

ジャンパーのポケットに財布と携帯を突っ込む。財布の中には現金が六万円と少し。これが、今の俺の全財産だ。

あまり音をたてないようにカーテンを開く。六つのベッドが置かれた204号室。この病院は不吉な数字も平気で使う。

「あんたぁ」

不意に声をかけられて、ぎょっとした。

見ると、はす向かいのベッドのカーテンが開き、半身を起こした男の姿があった。山内《やまうち》という痩せぎすの男。この病院の入院患者にしては饒舌《じょうぜつ》で、周りの患者や看護師にやたらと話しかける。

「こっから、出ていくのかぁ」

山内は口角をあげた。灯《あか》りもないというのに、その目は鈍く光っているようだ。

俺は、唾を飲み込んで頷《うなず》いた。

「そうかぁ、ときどきいるんだよなぁ。安心しろ。誰も追いかけて来たりはしねえから。俺たちは部品みてえなもんさ。なくなったら、新しいのが補充されるだけだからよ」

ここは行路病院。生活保護費をピンハネするために、行くあてのない患者を囲っているだけの病院――俺にそう教えてくれたのが山内だった。それは薄々感づいていたことでもあったけれど。

「まあ、出ていくなら、出ていこうって気持ちがあるうちにした方がいいからなぁ。って、当たり前だけどよぉ」山内は引き笑いをする。「ここはなぁ、沼みてえなもんでよ、はまり込んじまうと抜けらんなくなるんだぁ。俺もちょっと前までは、出てってやろうと思っていた気がするんだけどよ。もうその気持ちは思い出せねえや」

沼——という山内のたとえに、はっとする。

それは俺が、子どもの頃に住んだ町の通称だ。

「お世話になりました」

俺は、小さく会釈する。

「よせよ、何もしてねえさ。達者でな」

山内はひらひらと手を振った。

達者、というわけにもいかないだろう。あと数時間もすれば、きっと俺は死んでいるのだから。

＊

消灯した廊下では、天井に等間隔で配置されている非常灯だけが、弱々しい光を放っていた。非常灯の走って逃げるグリーンのシルエットと、同じ方向へ俺は進んでゆく。

人気《ひとけ》も物音もなく、鼓膜を揺らすのは、自分の靴がリノリウムの床を踏むかすかな足音と、空調の低い排気音だけだ。夜間、当直の看護師は二人しかおらず、見回りはおざなりだ。

やがて突き当たりの壁が見えてくる。クリーム色のドアがあり、その上にひときわ大きな非常灯が灯《とも》っている。

非常口だ。

俺はハンドルの下にあるサムターンを回して押してみる。すんなりとドアは開いて、冷たい外気が流れ込んできた。

非常口の先はコンクリートの外階段になっていた。それを下りてゆくと、駐車場の隅にある自転車置場の脇に出た。

暦の上ではとうに立春を過ぎているはずなのに、ずいぶんと寒い。ジャンパーのジッパーを一番上まで上げても大した効果はなく、底冷えがする。

見上げた空には、半月よりも少し欠けた三日月が浮かんでいた。まるで夜空が口角をあげてせせら笑っているようだった。

俺は首をすぼめて、敷地を出てゆく。特に誰に見咎《みとが》められることもなかった。夜中、入院患者が逃げることを想定していないのか。あるいは山内が言ったように、小さな部品がなくなることなんて気にしていないのかもしれない。

携帯の地図を頼りに、東京駅の方を目指して歩く。

夜の月島を抜けて、勝鬨橋《かちどきばし》を渡る。眼下を流れる隅田川の水は夜空を映して、ぬめぬめと怪しく黒光りしていた。

築地《つきじ》を経て、銀座の街に入ってゆく。この時間でもそこそこ人が行き交い、道にはタクシーが何台も走っている。

俺は始発までの時間を潰《つぶ》すために目についたファミレスに入った。

店内の席は半分ほどが埋まっていた。場所柄か、水商売風の女性と客らしきカップルも目につく。

眠たげな顔をしたウェイトレスに、窓際のボックス席に案内された。

メニューの表紙にあるハンバーグステーキの写真を見たら、口の中に唾が溜《た》まった。肉なんて、もう年単位で食っていない気がする。

今日はもう、食いたいものを食おう——俺は、「今月のおすすめ」だという、黒毛和牛のハンバーグステーキに、ライスとドリンクバーをセットにして注文した。

しばらくしてから、ウェイトレスが持ってきたハンバーグは、じゅうじゅうと音をたてる鉄板に載せられて、その音と香りだけでも、美味《うま》かった。

久しぶりに肉と米を口に入れた瞬間は、痺《しび》れるような快感すら覚えた。けれど、もともと胃弱だった上にゼリー食に馴れていたからか、三口も食べると、気持ち悪くなってしまった。

俺はいい匂いを漂わせる肉の塊を前に苦笑する。

なんだ、俺はもう、美味いものを食うこともできないのか。

いや、違うな。

たぶん俺は、生まれてこの方、本当に美味いものなんて食ったことがないんじゃないか。

この世には、ファミレスのハンバーグなんかより、もっと上等でもっと美味いものがあるはずだ。ここ銀座にならそれこそごまんと。席に座るだけで何万もするような、寿司だかフレンチだか。俺の貧困な想像力では具体的に思い浮かべることもできないが、そういうものを食えるような身分じゃない。かといって、金では買えないような美味いもの、たとえば、母親や恋人の心を込めた手料理なんかには、尚更《なおさら》、縁がない。

本当に「いいもの」は、俺とは関係ないんだ。

俺は安っぽいビニールのソファに身を沈めて、窓の外に目をやる。夜はまだ深い。

携帯を操作してネットにつなげてみる。トップページにニューストピックが表示される。昨日の日経平均株価は百五十円ほど値を下げたらしい。来年開催される中東初のオリンピックとなるシリア五輪。その女子サッカーアジア一次予選がはじまり、日本代表チーム、なでしこジャパンは、初戦を白星で飾ったという。ニューヨーク、マンハッタンのワールド・トレード・センターでは、新作ハリウッド映画のプロモーションイベントが開催されたという。指先を少し動かすだけで、世界中の出来事がわかる。

――人類の進歩と調和やで。

夢の中で聞いた古い友人の言葉が蘇《よみがえ》る。

マンザイ。小五の春に俺の通う学校にやってきた西の言葉を喋《しゃべ》る転校生。小六の夏、あいつと二人で大阪万博に行った。

あれからおよそ四十年。未来は現在になった。時代は変わった。とりあえず冷戦は終わった。それどころか、ソ連という国はもうない。電話を持ち歩けるようになったし、情報は一瞬で手に入る。他にも色々便利になったことはある。

けれど、あの日、感じた未来は、まだ来ていない。

俺は視線を上げる。窓越しに見える都心の夜空は、街灯りでぼんやり濁っている。

人類はまだ火星までたどり着けていないし、冷戦は終わっても、平和な世界はやってこなかった。自分が正しいと主張する者同士の殺し合いは、絶え間なく続く。今この時間も、どこかで銃を撃っている兵隊がいるだろう。人は平等にはならず、格差だって拡大している。

俺が〝沼〟と呼ばれる町を離れたのは、マンザイと万博に行った直後だ。あれ以来、マンザイとは一度も会っていないし、〝沼〟にも帰っていない。

「あの、聞いて欲しいことがあるんですけど……」

甘ったるい声がして、俺は顔を向けた。

声の主は、はす向かいのボックス席にいた。ショートカットで吊目《つりめ》の猫みたいな印象の顔をした女だ。見た感じかなり若い。まだ二十代だろう。

もちろんそれは、俺に対して発せられた言葉じゃなかった。その猫顔の女は、向かい合って座るもう一人の、髪の長い女に話しかけているのだ。

猫顔の女は、やや顔を上気させている。どこかで飲んできた帰りで、始発を待っているのだろうか。

「酔った勢いで言うんですけどね。マコさん……」

「ん？　どうしたのよ」

「私が、マコさんのこと、好きって言ったら、気持ち悪いですか」

「え？　好きって……。それは、友達としてとか、先輩としてとかじゃなくて……」

「はい、恋人的な意味で……」

二人は互いを見つめ合い、押し黙った。

女が女に想《おも》いを打ち明けているようだ。盗み聞きなどする気はなかったのだけれど、気になってつい聞き耳を立ててしまう。

やがて髪の長い方の女が、息をついて口を開いた。

「そう……。まいったな」

「あ……いや、その、ごめんなさい……困り、ますよね……」

「ううん、違うの。そうじゃないのよ。私から言いたかったのにって」

「え？」

「だから、私もルーちゃんのこと好きなのよ。その、恋人的な意味で」

「嘘……」

「嘘じゃないよ」

「だって、私、女ですよ」

「お互い様じゃない」

「こんなこと、あるんですね」

「私も驚いている」

同性愛者が人口の何パーセントくらいいるのか、俺は知らないが、たぶんたまたま好きになった同士がそうである確率は、異性愛者よりだいぶ少ないだろう。

猫顔の女は、感激して泣き笑いのような顔をしていた。あれが「いいもの」を手にした人の顔か。

目の前で起きた小さな奇跡に、妙な寂しさを覚える。

俺があんなふうに笑ったことはあっただろうか。よく思い出せない。たぶんなかったと思う。

＊

俺は十五のとき中学卒業と同時に埼玉の川越にある工務店で、住み込みの下働きとして働きはじめた。別に大工になりたかったわけじゃない。他に選択肢がなかったのだ。人並みに高校に行きたいと思っていたけれど、先立つものがないので、あきらめるしかなかった。

工務店の社長は、中卒の住み込みなんて、使い捨ての労働力と思っていた節があり、小遣い程度の給料で、散々こき使われた。あまり器用でない俺は、なかなか大工仕事を覚えることができず、何度もひっぱたかれたりもした。今で言えば立派な「ブラック企業」だったと思う。

けれど他に行く場所もなかったので、辛抱した。俺はまだ若く、今よりもだいぶ無理も利いたし、雨露をしのげる家があり三食ちゃんと食わせてもらえれば十分だとすら思っていた。それに〝沼〟で経験したことを思えば、仕事がきついのなんてどうってことない。

その工務店に勤めたのは、十年くらいだったか。もう何年かはよく覚えていないけれど、まだぎりぎり昭和だった頃、社長が心筋梗塞で亡くなって、後継者もいないので会社は消滅してしまった。

それから幾つかの工務店を転々とした。

十年以上働いても俺の腕前はあまり上がらず、正直、大工仕事には向いていないと思っていた。そんなふうだから、仕事に対する愛着は薄く、ましてプライドを持つなんてできなかった。いっそ、他業種に転職しようかと思ったこともあるが、踏ん切りはつかなかった。学歴もないのに、今更新しいことをはじめて上手《うま》くできると思えなかったのだ。

それでもバブルの頃までは、それなりに仕事はあり、金も回っていた。それが九〇年代の中頃から、明らかに潮目が変わってしまった。

のちに「失われた二十年」などと称される長い不景気がはじまり、それとときを同じくするように、俺の身体《からだ》の方にも、あちこちにガタがきはじめた。

長期の仕事は見つからず、派遣会社に登録し、工事現場を転々とするよりなくなった。そうこうするうちに、二十一世紀になっていた。車は空を飛ばず、宇宙旅行は当たり前ではなく、派遣会社からの連絡を受ける携帯電話だけが実現した新世紀に。

派遣労働市場では、特別な技能もない中高年は買いたたかれる。しかも、時給制か日給制なので、身体を悪くして仕事を休むとダイレクトに収入が減り、医療費とのダブルパンチを食らう。

バブル崩壊後に社会に出てきた若い世代が、就職できず不安定な派遣労働者になることが社会問題化したようだけれど、実際に困窮している派遣労働者には、俺みたいな境遇の中高年の方がずっと多かった。

去年、重い胃腸炎を患ったことがきっかけで、アパートの家賃が滞るようになった。そして今年のはじめに追い出された。こんなことがあるのかと驚くほどあっけなく、俺は住む場所を失った。

公園で寝泊まりする勇気はなく、財布に残っていた現金を頼りに、とりあえず二十四時間営業のネットカフェやファストフード店を渡り歩くようになった。

それも数日で金が底をつきかけ、もうこのまま、のたれ死ぬのだろうか——と思いながら、ハンバーガーショップの硬いテーブルに突っ伏してうとうとしていると、スーツを着た若い男に声をかけられた。

「もし、住むところに困っているなら、イイトコ紹介するヨ」

小太りで愛想のいいえびす顔のその男は、ややカタコトのイントネーションで喋った。もしかしたら外国人だったのかもしれない。

「あんた、どっか身体悪くしていないか」と訊《き》かれ、俺が「胃がぼろぼろだ」と答えると、男は「それは都合がいいネ」と笑った。

病気で働けなくなったことにして病院に入院してしまえばいいという。全然知らなかったが、医師の診断書があれば、医療費は全額生活保護でまかなえるという。病院が三食用意し、月数万程度の小遣いももらえるという。

明らかに怪しい話だと思ったが、どうせこのままじゃのたれ死ぬのだと思い、男についていった。そうしてあの宗像病院での生活がはじまった。

何か酷い目に遭わされるのかとも思っていたが、予想に反して、何もなかった。味気ないけれど、約束どおり三食用意されていたし、小遣いももらえた。きつい肉体労働で食いつなぐのに比べれば楽だったし、居心地も悪くはなかった。ただし外出はできないので、売店で買った雑誌を読むか、携帯をいじるくらいしか、することがなかった。

俺が入院したすぐあとに、別の病院から転院してきた山内によれば、入院患者たちは三ヶ月に一度ずつ、ローテーションするように、転院を繰り返すことになるという。彼は「それが唯一の気分転換だ」と苦笑した。

そしてやがて、ローテーションもできないほど身体が悪くなったら病院のベッドの上で寝たきりになり、死を待つことになるのだという。宗像病院の三階は、そういう患者だけを集めた「寝たきり病棟」になっているという。

このとき俺は、病院を巡り「いいもの」に触れることなく死んでいく自分の姿をリアルに想像した。

俺はなんのために生きているんだろう——そんな、馬鹿みたいな問いが頭に浮かぶ。導かれる答えは「否」。なんのためでもない、生きている意味なんてない。そういう人生だ。

強いて俺が「いいもの」に触れることができたと思えたのは、一九七〇年の夏、マンザイと一緒に万博に行ったあの日だけだ。でもそれは手ざわりだけで、結局、摑むことはできなかった。

どこかで「いいもの」を手にするチャンスはあったのだろうか。

せめて高校に通っていれば、転職をしていれば、結婚をしていれば——いくつものｉｆがあったような気がするけれど、もし仮にもう一度やり直しても、俺は同じ人生を歩んでしまう気がする。

結局、選択肢などない一本道だったのだ。この世界はきっと巨大な装置で、俺はコンベアに載った部品のように、決まったルートを運ばれているだけなのだ。そう思えてならない。だったら、せめて、その終わりは。装置の停止ボタンくらいは、自分で押しても悪くないんじゃないか――いつしか俺は、そんな考えに囚われ、死ぬことばかり考えるようになった。

そうして毎日のように、携帯を使って「自殺　方法　苦痛なし」などのワードでネット検索をするうちに、一つの掲示板にたどり着いた。「日本映画を語ろう」というタイトルだったが、ユーザーたちは自殺について議論していた。

俺は掲示板の書き込みを読みあさった。

そこでは〝極楽鳥《ごくらくちょう》〟というハンドルネームのユーザーが、「自殺こそが人間に可能な唯一の自己決定だ」という趣旨の発言をしていた。それに俺は惹《ひ》かれ、同意する書き込みをした。もう一人、〝さくら〟という女性らしきユーザーも強く同意していた。

すると〝極楽鳥〟から『みなさん、よかったら、クローズドなチャットで話しませんか』と誘われた。

この時点で、俺はたぶん期待していたのだと思う。

〝極楽鳥〟が用意したチャットルームに入ると、〝さくら〟も入ってきた。

〝極楽鳥〟はそこで、自殺を肯定する言葉を重ねたあと、こう書いた。

『よかったら、みんなで死にませんか』

俺はもうこの「いいもの」なんて何もない世界で、自分に選べるのは死ぬことだけだとわかっていた。あとは、いつやるかだけ。誰かに背中を押して欲しかった。あるいは手を引いて欲しかった。

〝極楽鳥〟はそんな俺の胸の裡《うち》を言い当てた、いや、彼自身もきっと同じように感じていたのだろう。

俺も〝さくら〟も『参加します』と同じ言葉を返信していた。

それを決行するのが今日だ。場所は宮城県にあるという〝極楽鳥〟の自宅マンション。方法は練炭。仙台から在来線で数駅先の駅の近くにあるスーパーの駐車場で、午後一時に待ち合わせることになっていた。

午前五時過ぎ、俺はファミレスを出た。空は白んできていた。

始発の新幹線に乗るにしてもまだ少し時間があるので、俺はお堀まで歩いてゆき、丸の内の街をぶらぶらと歩いた。

東京のど真ん中とはいえ、さすがにこの時間はまだ、人気《ひとけ》が少ない。薄明の中に林立する高層ビル群は、どこか巨人の墓標のように見える。

俺は不意に思い出す。

乱射事件があったのは、この辺りか。

一九九五年、『シンラ智慧《ちえ》の会』が起こした無差別テロ事件だ。ちょうどあの事件があった頃から、仕事も身体も、調子が悪くなっていった気がする。

シンラと言えば、さっきの夢に出てきた蝶は——。

そのとき、まるで見計らったように、光を感じた。発光する何かが、俺の顔のすぐ横を通り過ぎた。薄闇の宙を金色の軌跡を描いて舞うそれは、まさにあの蝶だった。黄金蝶。シンラが、シンボルにしていた実在しないはずの蝶だ。

その行方を目で追うと、蝶は少しだけ高度をあげ、すぐそこにあるビルの一階に入っている歯科医院の看板にとまった。

俺は思わず足を止めて息を呑《の》む。

蝶がとまっているのは「沼尻《ぬまじり》歯科」という文字の「沼」の部分の上だった。翅を閉じ、まるで、そこに傍点を打って強調しているように。

ほんのわずかな時間、蝶はそこにとまると、再び翅を開いて飛びはじめた。高く、高く。やがて都会のビル群の中に消えていった。

シンラ。

蝶。

沼。

偶然か。もちろん、そうだ。偶然に決まっている。しかしまるで暗示のよう。

俺は、携帯で路線情報を検索していた。

十二歳の夏まで俺が暮らした〝沼〟は、栃木と茨城を隔てる八溝《やみぞ》山地の麓《ふもと》の「霧遠沢《きりとおさわ》」という土地にある。「東京の奥座敷」などと称される北関東に数多《あまた》ある温泉地の一つだ。鬼《き》怒川《ぬがわ》のようにメジャーではないものの、かつてはそれなりに栄えていた。少なくとも俺がそこで過ごしていた頃は。

〝沼〟までは宇都宮からタクシーで一時間ほどだ。東京から仙台まで向かう途中にあると言えなくもない。一度寄ってからでも、待ち合わせには十分間に合いそうだ。

行くのか。

行ったって、あそこには何もない。そういう場所だ。それはわかりきっている。

だのに俺は、駅の自動券売機で宇都宮までの切符を買っていた。

＊

俺の思い出せる限り一番古い記憶は、カンカンという音。母と一緒にアパートの外階段を上る音だ。

母は両手と両肩にいくつもの荷物を抱えていて、俺も何か持たされていたかもしれない。

階段を上りきって、二階の一番奥にある部屋に入ってゆく。トタン屋根のアパートの、狭い部屋だ。

たぶん、霧遠沢に越してきた日の記憶なのだと思う。人間が認識する世界は、きっと記憶の集積なのだろうから、あの日が俺の世界のはじまり、創生の日だ。

母はがらんとした部屋に荷物を置くと「ああ、ぜんぶ、なくなっちゃったね」と呟《つぶや》いた。それより前のことは覚えていないから、俺と母がどこからきたのか、何がなくなったのかはわからない。ただ俺は、創生の日に喪失の言葉を与えられた。

八溝山地から流れる那久川《なくがわ》が南北に走る霧遠沢という土地は、平安時代に拓《ひら》かれた荘園の一部だったという。川を挟んで東側は水はけのよい丘陵地になっていて、古くから稲作を中心にした農村として栄えていた。対して川の西側は、面積こそ東側の倍以上もあったが、湿地帯が広がり長らく人は住んでいなかった。

湿地には朝夕、霧が立ちこめ、川の向こうからもそれが見えたことが霧遠沢という地名の由来だ。江戸時代になると、この西側の湿地も干拓され田畑がつくられ、人が住まうようになる。しかし元々水はけの悪い土壌なのか、東側ほどによい作物はとれなかった。自然とここは、貧者たちが暮らす集落になっていった。

いつしか土地の人々は、実りよい川の東側を〝陸《おか》〟と呼び、貧しい干拓地を〝沼〟と呼ぶようになった。

〝陸《おか》〟に温泉が湧出したのは、昭和のはじめ、日本が中国大陸で泥沼の戦争に足を踏み入れる少し前のことだ。当初は関東と奥州《おうしゅう》を行き来する旅人の間でだけ知られる秘湯の類だったようだが、戦後になると、開発が入って〝陸《おか》〟には温泉街が形成されるようになり、〝沼〟にも、〝陸《おか》〟の温泉街で働く人が暮らすようになった。

こうして時代が変わっても、〝沼〟と〝陸《おか》〟の貧富の差は温存された。〝沼〟で暮らすのは、訳ありの流れ者ばかりで、男はほぼ例外なく暴力団《ヤクザ》の下っ端で、女はほぼ例外なく身体を売る娼婦だった。もちろん、俺の母親もだ。

当時、温泉と売春には、切っても切れない結びつきがあった。東京の奥座敷と言えば聞こえがいいが、その実態は東京の慰安所だ。

俺が生まれる少し前、日本はいわゆる高度経済成長期に突入し、一九五六年の経済白書には有名な「もはや『戦後』ではない」の一節が記載されている。俺が生まれた一九五八年には東京タワーが完成し、一九六〇年にはカラーテレビが登場、一九六四年には東京オリンピックが開催された。

東京をはじめとする都市部では、いくつもの企業が爆発的に規模を拡大し、サラリーマンの所得も毎年伸びていったという。生活をよくするために、会社を大きくするために、国を豊かにするために、身を粉《こ》にして働く男たちが羽を伸ばすのに選んだのが、都市部から一泊旅行に適した、温泉地だった。

誰でも名前を知っている大企業はもちろん、中小企業や、市役所などの公共機関、個人経営の小さな町工場まで。とにかくありとあらゆる職場で、温泉地への慰安旅行を行うようになった。そしてそのすべてとは言わないが、大半が、事実上の売春旅行だった。

霧遠沢で身体を売る女たちは、芸妓《げいぎ》やコンパニオンとして旅館の宴会に呼ばれる者もいれば、一軒だけあったトルコ風呂で働く者もいたが、一番多いのは、俺の母のように俗に「ちょんの間」と呼ばれるスナックで働き、客を取る者だった。

いずれにしても、その商売を仕切るのは暴力団だ。都会の歓楽街と同じように、暴力団は温泉地ごとに縄張り《シマ》を持ち、店から用心棒代やら場所代やらを回収し、揉《も》め事が起きれば仲裁に入った。違法か合法かの違いはあれど、やっていることは警察に近かった。

売春防止法が施行され赤線は廃止されたあとも、東京オリンピックを機に風俗店での本番行為が禁止されたあとも、霧遠沢のような温泉街では、取り締まられることもなく堂々と売春が続けられていた。

そんな霧遠沢には、〝陸《おか》〟に一つだけ小学校があって、畢竟《ひっきょう》、〝沼〟に住む俺も、六歳になるとそこに通うようになった。

面積では〝陸《おか》〟よりもずいぶんと広い〝沼〟だったけれど、住む人の数は〝陸《おか》〟の方が多い。それに輪をかけ、〝沼〟の子どもは、〝陸《おか》〟の子どもよりだいぶ少なかった。

少数者《マイノリティ》の上、身体が小さくて、人見知りで引っ込み思案だった俺は、子どもたちの無邪気な攻撃性のいい標的だった。

——ヌマノコ。

——インバイノコ。

俺は〝陸《おか》〟の連中に、そんなふうに呼ばれていじめられていた。

きっとそれは〝陸《おか》〟で暮らす大人たちが〝沼〟を見つめる視線を反映したものだったのだろう。

〝沼〟は日陰者たちの町だ。性と暴力という陰の部分で、霧遠沢を支えていたはずだけれど、〝陸《おか》〟の人々はありがたがるどころか、見下していた。それは行政にも反映され、〝陸《おか》〟はほとんどの道が舗装され、下水も完備されていたのに、川を一本渡った〝沼〟は、どこもむき出しの地面で、いつまでも下水はなく、トイレだってくみ取りだった。

じとっと湿っているくせに、埃《ほこり》っぽく、そこら中から饐《す》えた嫌な臭いがする。その中を目つきの悪い男や、気怠《けだる》い女が闊歩《かっぽ》する。〝沼〟はそんな町だった。

〝陸《おか》〟の子たちは、さしたる理由もなく、ちょっとした遊びでもするかのように、俺の靴を隠したり、教科書を川に流したり、俺をプロレス技の実験台にしたりした。そして俺が、嫌がったり困ったり、ときに泣いてしまったりするのを見て、げらげらと笑っていた。罪悪感など微塵《みじん》も見せることなく心底楽しそうに。

やがて、やられている俺の方も、へらへらと笑ってしまうようになった。

いじめられるのは嫌だったけれど、どこかで仕方ないようにも思えたのだ。だって〝陸《おか》〟の連中は、俺が持っていないものをたくさん持っているのだから。

たとえば俺には、父親がいなかった。

どこかに、俺と遺伝子の五十パーセントを共有する男がいる、あるいはいた、それは間違いないのだろう。けれど戸籍にその男の記載はない。俺は私生児だった。

母は父について「船乗りだった」とか「政治家の卵だった」とか「実業家だった」とか、口を開くたびに違うことを言っていた。俺が覚えていない霧遠沢に来る前に住んでいたところも、「東京の山の手にある白い大きな家」とか「横浜にある風見鶏のついた洋館」とか。どれが本当かわからなかったけれど、まあ、たぶん、どれも本当じゃないのだろう。

そんな母が仕事から帰ってくるのは明け方で、俺が学校へ行く時間になってもまだ眠っていた。そして俺が学校から帰ってくる頃には仕事に行ってしまった。俺は毎日朝は何も食べず、夜も台所に何か食べるものがあれば食べるという感じで、学校の給食が一番のごちそうというありさまだった。

休みの日には母はいつも一日中寝てばかりいて、夏休みや冬休みの長期休暇にも、どこかに連れて行ってもらえたことはない。〝陸《おか》〟の連中が当たり前のようにもらっている誕生日やクリスマスのプレゼントも、もらったこともなかった。

一度だけ試しに「俺も誕生日に何か欲しい」とねだってみたことがある。すると母は泣きそうな顔になって、ひと言「ごめんね」と詫《わ》びた。そのときなぜか俺は、自分が酷いことを言ってしまったような気分になった。

俺は、母のあんな顔はもう見たくなかったから、それ以上、ねだったり、駄々をこねたりはしなかった。

――ああ、ぜんぶ、なくなっちゃったね。

はじめに言葉《ロゴス》ありき。創生の日に聞いた言葉。

そうだ。俺は最初から「ぜんぶ」なくしている。家族とか旅行とかプレゼントとか、そういう「いいもの」は、ここにはないんだ。俺はそういう世界に生まれたんだ。

そんな喪失感が、俺を卑屈にさせていた。

友達らしい友達もいない俺は、学校から帰ってくると、いつもあまり人の行かない〝沼〟の奥の方にある空き地に遊びに行った。かつては畑だったのが、全然作物が育たないので放棄された場所だ。

もう畝《うね》は跡形もなく消え去り、一面を俺の腰よりも高い雑草が埋め尽くしている。水はけの悪い土はいつも湿っていて、酷い草いきれが立ちこめている。ハエやらヤブ蚊やらの虫も飛び回る。その中に埋もれるようにして、ぽつんと小さな掘建て小屋が建っていた。たぶん農作業小屋だったのだろう。中には埃の他には何もなく、屋根も破れ、建物の用をなさなくなっていた。

俺はその小屋の入り口のへりに腰掛けて、暗くなるまでただ空き地を眺めていた。

たぶん多くの人にとっては、寂しくつまらなく見えるだろうその風景が、俺には、とても優しく感じられた。

そこには「いいもの」なんて何もなかったから。

作物の育たない土地に、雑草が生え、害虫が飛び回り、使い道のない小屋が、ただ、ある。

そのことが、まるで何もない俺の世界を優しく赦《ゆる》してくれているようだった。


でも、小学五年生のとき、そんな俺の世界にないはずのものが、立て続けに現れた。

最初は、父親。否、父親のようなもの。

「今日から、この人と一緒に住むからね」

ある日、母がその男を家に連れてきて、嬉《うれ》しそうに言った。

名前は……なんと言ったか、もう覚えていない。背はあまり高くないが、がっちりとした逞《たくま》しい身体をしていて、真冬でもTシャツ一枚で過ごしていた。分厚い大胸筋や上腕二頭筋でTシャツはいつもぱんぱんに盛り上がっていて、そこから伸びる首は太く、まるで顔が埋まっているようだった。肌の色は赤茶けていて、口が裂けたみたいに大きく、ビー玉のように丸い目が、顔の両端に離れてついていた。

ひと目、ベムラーみたいだと思った。ウルトラマンの第一話に出てくる怪獣だ。宇宙のどこかにある怪獣墓場に護送されている途中で逃亡し、地球にやってくる。「宇宙の平和を乱す悪魔のような怪獣」と恐れられている怪獣だ。うちにはテレビがなかったから、俺はウルトラマンも、その次のウルトラセブンも、ちゃんと見たことはなかったけれど、漫画雑誌のグラビアや、〝陸《おか》〟の連中が持っているおもちゃで知っていた。俺は心の中で男のことをベムラーと呼んでいた。だから名前を覚えていないのかもしれない。

「やあ、きみが宏道《ひろみち》くんか。栄子《えいこ》から聞いているよ」

怪獣みたいな男は、身体に似合わない、柔らかい声で笑って、ごつごつした大きな手で俺の頭を撫《な》でた。けれど俺はベムラーの見た目が恐ろしくて、生きた心地がしなかった。初対面の男が母を名前で呼ぶのも嫌だったのだけれど、そんなことを口に出して言えるわけもなかった。

「僕はこう見えて、料理が得意なんだ」というベムラーは、翌朝から毎日、朝食をつくってくれた。得意という割には、つくるのは、ちょっと卵を焼いたりする程度のものばかりで、しかも焦げていたり味付けが濃かったり薄かったり、お世辞にも上手とは言えなかった。もちろんそれでも、何も食わないよりは全然ましだ。そして何より、ベムラーが朝食をつくると母が起きてくれて、一緒に食べることができたのが嬉しかった。

——お前んとこのマオトコは、ヒトゴロシのヤクザなんだぜ。

〝陸《おか》〟の子たちがご丁寧に教えてくれた。ベムラーは、昔、人を殺して刑務所から出てきたのを、霧遠沢を仕切る暴力団に拾われたのだという。

——インバイとヒトゴロシでお似合いだ。

いつものように〝陸《おか》〟の連中はげらげら笑い、俺もへらへら笑った。

確かにベムラーは恐ろしい風体《ふうてい》をしていて、あの太い腕なら人なんて簡単に殺してしまえそうだ。それに当時は今と違って、大人が子どもを殴るのなんて当たり前だった。だから俺は、いつかベムラーが暴れ出して、俺も母も殴り殺されてしまうんじゃないかと怯《おび》えていた。

でもベムラーは、家では暴力をふるうどころか、声を荒らげることすらなかった。ベムラーと母は、少なくとも俺が見る限りはとても仲がよかった。母はベムラーのことを「あなた様」なんて呼んで、どこか心酔しているようでさえあった。

ただ困ってしまうのは、仲がよすぎて、ときどき、というか頻繁に、明け方仕事から帰ってきた母とベムラーが、俺が寝ているすぐ傍《そば》で、睦《むつ》み合うことだった。

二人は子どもがいることなど気にせぬ様子で、激しく交わる。そのもの音と、何より母が「いいです」とか「ください」とか下品によがる声で、俺はいつも目を覚ましてしまった。

このとき俺にはまだ精通はなかったけれど、さすがにもうセックスが何かはわかっていたし、母がそれを商売にしていることも知っていた。だからって、母の嬌声《きょうせい》で目を覚まして、いい気分などしない。

起き上がるわけにもいかず、俺は布団の中で丸くなり、両手で耳を塞《ふさ》いでいた。それでも声はよく聞こえてしまい、俺のまだ皮をかぶった下半身が、熱く反応してしまうことすらあった。そんなときは、最悪の気分になった。

ある日ベムラーは、唐突に自分の話をはじめた。一緒に暮らし始めて四ヶ月くらいが経《た》った頃のことだ。

その日は、ベムラーだけが早めに家に帰ってきた。こういうことはたまにあって、最初のうち俺は、ベムラーと二人きりになるといつも緊張していたけれど、次第に馴《な》れた。二人でいてもベムラーは、ほとんど俺に話しかけたりせず、部屋の隅で本ばかり読んでいた。分厚くて漢字だらけの難しそうな本だ。何度も何度も繰り返し読んでいるようで、表紙はぼろぼろになっていた。

「僕の両親はね――」

そして夜の八時頃になると、いつもベムラーはおもむろに立ち上がり、台所で二人分の夕ご飯をつくる。あの日は、焼き鮭《ざけ》とほうれん草のおひたしに、豆腐の味噌汁だったと思う。ベムラーの料理は相変わらずで、塩が効きすぎた鮭がいやにしょっぱかったのを覚えている。夕食も二人で黙ったまま食べるのが常だったのだけれど、その日に限ってベムラーは口を開き、饒舌に喋った。

「僕の両親はね、神様を信じていたんだ。父は海の近くの小さな教会で牧師をしていてね。

僕は小さな頃から、毎日毎日、両親から神様の話を聞いて育ったんだ。曰《いわ》く、この世界は全知全能の素晴らしい神様がつくりたもうたものであり、僕たち人間は、その素晴らしい神様が自らの似姿としておつくりになったんだ。だから、人間もまた素晴らしいんだよ、とか、そんな話をね。僕はそれを信じていたんだよ。僕は戦中の生まれでね、ちょうど宏道くん、きみと同じくらいの歳《とし》の頃に終戦を迎えたんだ。戦争中、僕が住んでいた町は空襲を受けることもなく、父に赤紙がくることもなかった。まあ、単に運がよかっただけのことなんだろうけどね、僕は神様の思《おぼ》し召しなんだろうと思っていたよ。あれは、戦争が終わって、三年くらいした頃だったかな。そんな我が家の教会に、一人の男がやってきたんだ――」

教会を訪ねてきた男は、痩せていて目がくぼみ、まるで骸骨のようだったという。左足を不自由にしているようで杖《つえ》をついていた。ベムラーは、男に得体の知れぬ恐怖と嫌悪を覚えたが、彼の父親は笑顔で、男を教会に迎え入れた。

「牧師様、神様についてお訊きしたいことがあるんです」

骸骨のような男は、杖を放り出すと、ベムラーの父親の足もとに、すがるように跪《ひざまず》いた。

「なんですか。私に答えられることならば、なんでも答えましょう」

ベムラーの父親が優しく微笑《ほほえ》むと、骸骨は顔を上げて問いを発した。

「この世界は神様がつくられたんですよね」

「いかにも」

「神様は全知全能の素晴らしい存在ですね」

「いかにも」

「つまり神様は善の存在ですね」

「いかにも」

「じゃあどうして、その善なる神様がつくったこの世界に、悪が存在するのですか。あのような酷い戦争が起きて、たくさんの人が死んだんですか。私は戦争中、満州《まんしゅう》におりました。牧師様はご存じですか。ソヴィエトが侵攻してきた満州で何が起きていたか。あいつらはね、やりたい放題でしたよ。あれはまさにこの世の地獄でした。私はね、獣のようなソヴィエト兵どもに、目の前で妻を陵辱されたんだ。抵抗しようとしたら、銃で撃たれて、このとおり、左足が駄目になりました。妻は絶望して命を絶ちました。他にも、奪われ、犯され、死んだ女が何人もいる。シベリアに連れていかれて、未《いま》だに帰って来れない男が何人もいる。どうしてですか。どうして、善なる神様がつくったこの世界で、あんな酷いことが起きるんですか」

骸骨は満州からの引き揚げ者だった。その問いかけには鬼気迫るものがあった。

対してベムラーの父親は落ち着いた笑みを浮かべて、優しい声で、答えた。

「いいですか、迷う人よ。残念ながら、私はあなたの問いに答える術《すべ》を持ちません。しかし、ただ一つ言えるのは、善なる神がつくりたもうたこの世界に、本当の悪は存在しないということです。すべては善なのです」

「じゃあ、なんですか、妻が犯されたのも、私が撃たれたのも、善、つまりいいことだって言うんですか。それはどういうことです？　どんないいことがあるって言うんですか」

「それはわかりません。我々人間には、神の御心を窺い知ることはできません。ゆえに、善なる世界を悪であると曲解してしまうことがあるのです。また、奥様は、自ら命を絶つべきではありませんでした。それこそ、神の御心に反することです」

「牧師様は、絶望のうちに自殺した妻を責めるのですか。私たちの苦しみを曲解だと言うのですか。あなたは酷い人だ！」

「迷う人よ、嘆いてはいけません。祈るのです。苦しみもまた救いの一部です。聖書に、あなたとよく似た人の話があります」

「知ってますよ！　私は聖書を穴があくくらい読んだんだ。だけど神様は、徒《いたずら》に人を病気にしたり、子どもを殺したり、ときには街を丸ごと滅ぼしたりしている。読めば読むほど、神様が酷いことをして人間を苦しめているようにしか思えなかったんだ。だから、牧師様、あなたに訊いてみたかったんです。どうして神様はこんなことをするんですか。むしろ神様が率先して悪を為しているんじゃないですか。これも曲解ですか」

「ええ、そうです。神の御心は計り知れません。しかし悪ではあり得ません。すべてが善です」

「そうですか。じゃあ、牧師様、訊きますが、あなたは戦争中、靖国《やすくに》に参拝していたんじゃないですか。天皇陛下を現人神《あらひとがみ》と認めていたんじゃないですか。それは善ですか。神様への裏切りではないのですか」

ずっと微笑みを湛《たた》えていたベムラーの父親は、このとき、顔をしかめて言葉を失ったという。当時のベムラーは知らなかったことだが、戦時中、多くのクリスチャンが、弾圧を避けるために皇国への忠誠を誓っていた。異教であるはずの国家神道の教えに従い、天皇を神の末裔《まつえい》と認め、定期的に靖国神社に参拝をしていた。おそらくは忸怩《じくじ》たる思いを抱えながら。

「計り知れない御心に、私も戸惑うことはあります。祈りましょう」

目を伏せてそう言ったベムラーの父親に、今度は骸骨の方が笑みを浮かべた。

「ねえ牧師様、こうは思いませんか。本当は神様は善ではない。神様は頭がおかしい。狂っているんだ、と」

「そ、それこそ曲解です。してはならぬ考えです」

「そうでしょうかね。私には神様は狂っているとしか思えないんです。だから、この世界には悪が溢れているんです。違いますか」

「違います。神は全知全能の素晴らしい存在です。狂っているわけがありません」

そのあとも、二人は平行線のまま、神様は狂っている、いや、狂ってなどいない、と延々と自分の考えを繰り返した。そして最後に、骸骨は予言めいた言葉を残して立ち去ったという。

「ああ、牧師様、あんたはなんて頑固なんだ。まあいいですよ。よくわかりました。つまり、あなたは信じているわけだ。へへへ、幸せですね。でもね、いつかあんたにも来るかもしれませんよ。神様は狂っているって、気づくときがね」

俺はいつの間にか、ベムラーの話に引き込まれていた。神様のことなんて、これまで大して考えたこともなかったし、ところどころ、よくわからないところもあったけれど。

「――それからしばらくして、僕の両親は死んだんだ。夜中に教会と自宅が火事になってね。夫婦が寝ていた寝室は火の回りが早かったみたいでね、二人とも焼け死んでしまった。子ども部屋で寝ていた僕は、火傷《やけど》を負っただけで助かったんだ。放火でね、犯人はヒロポン中毒の復員兵だった。僕らの家族とはなんの関わりもなかった男で、ただ『教会の十字架を見たら、無性に腹が立ってやった』そうだ。神様を信じていた父にとっては、あまりにも理不尽な死に方だろう？　おそらく、あの骸骨の予言は当たっていたんだ。父は最期に、思い知ったと思う。この世界は狂った神様がつくった〈悪の世界〉なんだ、とね。だから人間は、こんなにも不完全で愚かしく悪をなす。父は炎に焼かれる中で、その〈智慧《グノーシス》〉の片鱗《へんりん》に触れたはずなんだ」

「グノーシス」

聴き慣れない不思議な響きの言葉を、俺は半ば無意識で口にしていた。

「そうだよ。〈智慧《グノーシス》〉、内なる神の声。この世界の真実を知るということさ。あれから僕は、ずっとずっと考えているんだ。あの骸骨が言っていたことの、その先を。僕たちをつくった神様が狂っているとして、じゃあどこかに別のもっとちゃんとした神様はいないのか。父が信じたような、本当の善なる神様はいないのか。あるいは救世主は。聖書に出てくるナザレの男のような救世主はいないのか。狂った神様のつくった〈悪の世界〉から、僕たちを救ってくださる救世主は現れないのか。考えて、考えて、考えた末に、僕は〈智慧《グノーシス》〉を手にしたんだ。いるんだよ。本当の神様は、狂った神様がつくった〈悪の世界〉ではなく、僕たち人間の内側にいるんだ。そして、その神様の御子《みこ》である救世主も、僕たちの中から現れるんだ、きっと」

ベムラーは一通り話し終えると、その大きな口でにたあっと笑って尋ねた。

「宏道くん、僕の話は面白いかい?」

俺は話に引き込まれてはいたけれど、面白くて夢中になっていたわけではなかった。感じていたのはむしろ恐怖だ。

話をするベムラーの目は、黒真珠のように暗く、禍々《まがまが》しく輝いていた。俺は、厳《いか》つい顔やごつい身体から感じる恐怖とはまた別の、得体の知れない恐ろしさを覚えていた。

怖かった。怖かったからこそ、頷いた。かぶりを振る勇気などなかった。

それで気をよくしたのかベムラーは、それからもときどき神様の話をするようになった。

狂っているのは神様ではなくこの男だと俺が思い知るのは、もう少しあとのことだ。

それより前に、俺の世界になかったはずのものが、もう一つ現れる。それは、友達だった。

その日、学校から帰る途中、橋を渡って〝沼〟に入ってすぐのところにあるアパートの前を通ると、小さなトラックが停《と》まっていた。どうやら、引っ越しのようで、若い女の人と、中学生か高校生くらいの坊主頭の少年が荷下ろしをしていた。姉弟《きょうだい》だろうか。それを横目で見ながら通り過ぎようとすると、こちらに気づいた女の人が「ねえ、きみ」と近寄ってきた。

きれいな人だった。やや小柄だけど、シャツの胸の辺りは豊かに膨らみ、俺はついそれを見てしまう。同時に、〝沼〟に越してきたということは、この人も、母と同じ仕事をするのだろうと思い至り、顔がほてり、臍《へそ》の下がむずがゆくなるのを感じた。

子どもの無遠慮な視線など気にもとめぬ様子で、女の人は笑顔を浮かべた。

「きみ、この辺りの子？」

女の人の喋り方は、おっとりと柔らかかった。

俺はどぎまぎしながら、頷いた。

「霧遠沢小学校？」

もう一度、頷く。

「何年生？」

俺はおずおずと右手を広げた。

「あ、五年生なの。うちの子と一緒ね」

女の人は声のトーンをあげると、振り向いて「ねえ」と、アパートの部屋から出てきた坊主頭の少年に声をかけた。少年が駆け寄ってくる。

「この子も、五年生なんだって。えっと、お名前は？」

「三枝《さえぐさ》……宏道、です……」

俺は答えながら、内心驚いていた。

姉弟だと思ったら親子だった。

そう言われてみると母親の方は、若く見えるけれど目尻に少し皺《しわ》があった。

息子の方は、中学生か高校生だと思ったら、俺と同級生だという。とても小五には見えない。クラスで一番大きい子よりも一回りは大きそうだ。体つきも、ベムラーほどじゃないにせよ、逞しい。

彼は白い歯を見せてにっと笑って、手を差し出した。

「よろしくなぁ」

彼の喋る言葉には、母親にはない西の訛《なま》りがあった。大きいけれど、威圧的なところは全然なくて、いいやつそうに思えた。そう、この少年が、マンザイだ。

「うん、よろしく」

俺は差し出された手を握った。

するとマンザイの母親は、にこにこ笑いながら尋ねた。

「ねえ、きみ、今日はこのあと暇？」

「あ、はい……暇、ですけど……」

「じゃあ、うちの子と遊んでやってよ」

「ええの」

マンザイが母親に訊き返す。

「いいよ、もう重いもん、あらかた運んだからね。遊んできぃ」

「ええか」

マンザイは今度は俺に訊いた。

「あ、うん」と頷きつつ、俺は少し戸惑っていた。だって俺はこのときまで、誰かと二人で遊んだことなんてなかったのだから。

「この辺のこと教えてな。どっか、おもろいとこない？」

そう言われた俺は、半ば無意識的に、いつも独りで過ごしている空き地までマンザイを案内していた。そして着いてから後悔した。

俺にとっては居心地のいい空き地だけれど、ここには「いいもの」が一つもない。俺以外のやつにとって、こんな場所が面白いわけがない。

けれどマンザイは、雑草が生い茂るだけの景色を見て感激したように「おー！」と声をあげた。そして言った。

「こらえええな。ええもんが、いっこもないのがええ」

こいつにも、わかるのか。思わずマンザイの顔を見上げると、「せやろ？」と同意を求められた。

俺は頷いた。

「うん。そこがいいんだ」


翌日、マンザイは俺のクラスに転校してきた。

教壇の前でマンザイが自己紹介をすると、クラスメイトたちは一斉に笑った。

——なんだその喋り方、漫才師みてえだぞ！

誰かが、そんなふうにはやし立てた。親しみを込めたわけでなく、明らかに馬鹿にしたニュアンスだった。みんな、転校生が〝沼〟の子だということを知っていた。

——マンザイ、マンザイ、マンザイ。

クラスメイトたちも一緒になってはやし立てる。

「おう、それ、ええな！」

マンザイは、クラスメイト全員分を足したよりも大きな声で答えた。みんな驚いて、口をつぐんだ。

「じゃあ、俺のこと、マンザイって呼んでな！」

マンザイはまるで挑発するように、呵々《かか》と笑った。クラスメイトの多くは、あてが外れたような、つまらなそうな顔をしていた。俺はなんだかとても痛快だったけれど、嫌な予感もした。

予感は、その日の放課後、すぐに的中した。帰り道が同じ俺とマンザイは二人で校舎を出た。すると校門のところで待っていた〝陸《おか》〟の子たち六人に呼び止められた。うち四人は同じクラスの子たちだったが、あと二人は六年生だった。たぶん、マンザイが大きいので上級生を助けに呼んだのだ。

「おまえはどいてろ」と、俺は弾かれて、六人はマンザイを取り囲んだ。

「おまえ、〝沼〟のくせに生意気なんだってなあ」

六年生がマンザイに因縁をつける。

「はあ？　あんた、誰や」

マンザイは動じることなく、訊き返した。その六年生よりも、マンザイの方が大きい。六年生は少し怯《ひる》んだような様子を見せたが、すぐに金切り声で怒鳴った。

「そういうとこが、生意気だってんだよ！」

「へんな言葉、喋んじゃねえよ！」

「おまえの母ちゃんも、売女《ばいた》なんだろ！」

残りの五人もマンザイに罵声《ばせい》を浴びせる。しばらく黙ってそれを聞いていたマンザイは、すうっと息を吸うと「じゃかあしい！」と一喝した。自己紹介のときよりも一段と大きい声だった。

罵声が止まる。

「なんじゃそら、どこに住んどるとか、親がどうとか、俺と関係ないやんけ、知ったこっちゃないわ！」

「うるせえ！」

六年生はマンザイを突き飛ばそうとしたが、マンザイはびくともしなかった。

「何すんじゃや！」

マンザイが押し返すと、六年生の方は転げて尻餅をついた。

「てめえ！」「ふざけんな！」「こら！」

そこからは乱闘だった。

身体が大きく力が強いからか、六対一でもマンザイが他を圧倒していた。次々と跳びかかってくる子たちをマンザイは軽々振り払う。砂埃が舞って、すぐに何がなんだか、わからなくなった。

俺は加わることも、止めることもできず、呆然《ぼうぜん》と立ち尽くしていた。と言っても、それはほんの数分で、すぐに騒ぎを聞きつけた先生がやってきて乱闘を止めた。子どもたちの間では「ガンセキ」と呼ばれている体育の先生だ。

マンザイの服の袖は破れていたけれど、一度も地面に倒されることなく怪我《けが》らしい怪我もしていなかった。対して〝陸《おか》〟の子たちはみな、砂まみれで手足をすりむき、鼻血を出している子もいた。

マンザイが六年生に一方的に因縁をつけ、それを見ていた周りが助けた——などと〝陸《おか》〟の子たちは、事実とは逆のことを言った。もちろんマンザイは「因縁付けてきたのはあっちや」と、反論した。俺も「そうです！」とマンザイをかばった。先生に面と向かって意見を言うのなんてはじめてだった。

けれどガンセキは〝陸《おか》〟の子たちの言うことを信じ、マンザイが悪いと断じた。向こうの方が怪我をしていたからかもしれないけれど、最大の理由は俺とマンザイが〝沼〟の子だからだろう。

学校の先生はもちろん全員、〝陸《おか》〟に住んでいる。〝陸《おか》〟の大人は、〝沼〟の子の言うことなんて信じない。「汚い」とか言って、〝沼〟の子を毛嫌いしている先生だっているくらいだ。

「おまえが悪いんだから、ちゃんと謝れ！」

マンザイは自分より大きなガンセキに怒鳴られても、一歩も引かなかった。

「嫌や、俺、悪くないもん！」

「言ってわからんやつはこうだ！」

ガンセキは何発もビンタして、マンザイの頰は真っ赤になったけれど、それでも最後まで謝らなかった。

隣で俺は感心していた。マンザイは、身体だけじゃなく、心も強いんだ。俺だったら、とっくに謝ってしまっているだろう。同時に、自分のことをふがいなくも思った。

「また、昨日の空き地、連れてってくれんか。なんか、あっこでぼうっとしたい気分や」

帰り道、赤くなった頰を撫でながら、マンザイは言った。

実は俺も、あの空き地に行きたいと思っていたところだった。

俺たちは家にも帰らず、そのまま〝沼〟の奥の空き地へ向かった。そして、小屋の入り口のへりに並んで、「いいもの」なんて何もない景色を、ずっと眺めていた。

「ありがとな」

日が暮れてきて、そろそろ家に帰らなきゃというときに、マンザイがぽつりと言った。

「俺のこと、かばってくれて」

俺は少しいたたまれない気持ちになってしまった。だって俺なんか、何もできなかったんだから。でも、マンザイはこう言った。

「一緒にいてくれてありがとな。一人やったら、きっと俺、負けとった。きっと謝ってしもうたわ……」

そのとき、マンザイの声が揺れた。

「あ、あかん、ずっと我慢しとったのにぃ……。なんでぇ」

声はみるみる湿って崩れて、情けなくなってゆく。見上げると、マンザイは両目からぼろぼろ涙をこぼしていた。

「ああ、くそ、俺、本当は悔しくてたまらんねん！　わあああああ！」

マンザイは、声を張り上げて泣き出した。まるで子どもみたいに。いや、実際、子どもなんだ。大きくて、身体も心も強くて、上級生を蹴散らして、先生にだって歯向かうマンザイだけど、中身は俺と同じ、十一歳の子どもなんだ。

そう思うと、ほっとするのと同時に、なんだかおかしくなってしまった。

「ああ、ヒロ、何、わろうとんの。もう、見るなや、かっこわりぃ。あ、ヒロって、呼んでええか」

マンザイは涙を拭《ぬぐ》いながら言う。俺は苦笑しながら、頷いた。

「いいよ。じゃあ、俺は……マンザイって呼ぶからな」

災い転じて、と言うけれど、この一件にはありがたい副作用があった。〝陸《おか》〟の子たちは、この日以来、マンザイに手を出さなくなったのだ。さすがに上級生を含めた集団でも敵《かな》わなかったのが効いたようだ。そして、マンザイと一緒にいることの多い俺も、いじめられることはなくなった。

だからって別に〝陸《おか》〟の子たちと仲よくなったわけじゃない。俺とマンザイは、毎日のように、二人であの空き地で遊ぶようになった。

朽ちた掘建て小屋から、ぼんやり雑草の生えた空き地を眺めたり、拾ってきた漫画雑誌を回し読みしたり、ボール紙で将棋やオセロをつくって遊んだり、だらだらと過ごすのだ。その時間は、とても心地よかった。

何もなかった掘建て小屋はいつの間にか俺とマンザイの「秘密基地」になっていた。

季節が巡り冬になって日が短くなると、家に帰る時間より早く日が暮れた。秘密基地の破れた屋根からは、月や星がよく見えた。二人で寝そべって、それを眺めた。

「アメリカが万博に月の石持ってくるんやって」

マンザイは、寝そべったまま天上の球体に手を伸ばして言った。この年の夏、アメリカのアポロ11号は、人類初の月面着陸を成し遂げていた。

「うん。知ってる」

日本ではじめて開催される万国博覧会が、間近まで迫っていた。会場となる大阪の千里《せんり》丘陵には、パビリオンが次々と建設されているという。漫画雑誌のグラビアページにも、よく特集が組まれていて、〝陸《おか》〟の子たちは休み時間に「俺は初日に連れてってもらう」とか

「うちは夏休みに泊まりで行く」なんて話している。

「行ってみたいのう……。まあでも、おかんにねだって困らせるのも悪いしなぁ」

マンザイは俺が思っているのと同じことを口にした。

〝沼〟の子にとっては、大阪はあまりに遠かった。子どもだけで行ける距離ではないし、親には子どもを万博に連れて行くような余裕はない。

オリンピックに続いて万博もやってくる日本は、もう先進国の仲間入りを果たしたと言っていいだろう。今やほとんどの家にカラーテレビがあり、大阪どころか海外旅行に行く人も珍しくない。

でも〝沼《ここ》〟は、まるでそんな時代から切り離されてしまったかのようだ。みんな貧乏で、テレビなんて誰も持っていないし、トイレはいつまでもくみ取りだ。埋め立てたはずの湿地に足を取られるように、暮らしている。

「マンザイは大阪に住んでたんだよね?」

「ちっさい頃な。もう、ようおぼえとらんよ」

マンザイは俺と同じで父親を知らない。霧遠沢に来る前は、滋賀の近江《おうみ》、その前は、大阪で暮らしていたという。

「もう、神さん頼みやな」

「神様?」

「せや、神さんに、お願いや。俺ら、万博、連れてってください」

マンザイは顔の前で手を合わせて拝む真似《まね》をした。

俺は不意に、ベムラーが言っていた神様は狂っているとかいう話を思い出していた。

＊

「昔は結構いい温泉地だったんですけどねえ」

霧遠沢の〝陸《おか》〟と呼ばれていた町の中心部を走りながら、宇都宮で拾ったタクシーの運転手は呟いた。道の左右に、商店や旅館らしき建物が並ぶが、そのほとんどにシャッターが下りている。

「辛うじてまだやっている旅館が一つかな、あるらしいんですけど。まあ、あ、あんなこと、が、あったんじゃあ、観光地としてはもうね……。ときどき、お客さんみたいに物見遊山で来られる方がいますけど、って、ああ、済みません。悪くとらないでくださいね」

勝手に喋る運転手の言葉を聞き流しながら、俺は窓の外に流れる景色を眺める。

確かにもう見る影もない。

俺をいじめていた〝陸《おか》〟の子のうち、まだここに住んでいる者はいるんだろうか。ふとそんなことを思う。仮にいたとしても、会いたいわけではないけれど。

前方に、宮殿のような巨大な建物が見えてきた。昔はなかったものだ。

なんだあれ。

俺の疑問を察したわけでもないだろうが、運転手が教えてくれた。

「ほら、見てくださいよ、あのヘンテコな建物。バブルのときに建ったホテルなんですけどね。もう潰れちゃって、今は廃墟ですよ。ったくねえ、なんであんなもの建てたんですかねえ……」

そのまましばらく走ってもらうと、かすかに記憶を刺激される景色が広がってきた。小学校の通学路だ。けれど、俺が通っていた霧遠沢小学校があった場所は、駐車場になっていた。まばらにしか、車は駐《と》まっていない。その前をタクシーは通り過ぎる。

学校がなくなってしまい、この辺りに住んでいる子どもは、どうしているのだろう。それとも、もう子どもなんて住んでいないのだろうか。

「この辺でいいですよ」

俺は、小学校跡地の少し先にある橋のたもとで、タクシーを停めてもらった。車一台がどうにか通れるくらいのコンクリートの橋だ。下を流れるのが那久川。これを越えた向こうが、〝沼〟だった場所だ。運賃は、一万一千六百二十円だった。

俺は「おつりはいいですから」と一万二千円を渡した。

「ああ、すいませんね。ありがとうございます。そこの橋を渡った先が、あれがあった場所ですんで」運転手はフロントガラスの先を指さす。

「はい」

「ここまで乗せてきてなんですが、もう更地《さらち》になってて、面白いものは何もなくなってますよ」

「ええ、わかってます」

俺は苦笑した。

「……あの、よかったら、そうだな、三十分くらい待っていてくれませんか」

「え、ああ、もしかして帰りも？」

「はい」

「そりゃ、こっちも助かります。三十分でいいんですか」

「ちょっと見てくるだけですから」

遅くとも十一時過ぎには宇都宮に戻って、新幹線に乗らなければならない。

俺はタクシーを降りると、歩いて橋を渡った。コンクリートはところどころひび割れてしまっている。

橋を渡り終えると、運転手が言ったように、そこには何もない更地が広がっていた。

――ああ、ぜんぶ、なくなっちゃったね。

一番古い記憶にある母の言葉を、ふと思い出す。

知っていたことだけれど、〝沼〟はすでに消滅していた。かつて俺が住んでいたアパートも、マンザイの住んでいたアパートも、空き地も、秘密基地も。すべてがなくなり〝沼〟と呼ばれた干拓地は、広大な荒れ地になっていた。

もう饐えた臭いはしないけれど、水はけが悪いのは相変わらずのようで地面はほんのり湿り、そこら中に枯れた雑草が生えている。

すべてがなくなり景色はまるで変わってしまったのに郷愁を覚えるのは、まるで〝沼〟全体が、あの空き地になったかのようだからか。


高度経済成長期に発展した日本各地の温泉地は、八〇年代のバブル期に入ると、豪華なホテル――たとえば、さっき見かけた宮殿のような――がいくつも建つようになり、最盛期を迎える。しかし、それは温泉地同士の過当競争を巻き起こし、九〇年代に入りバブルが崩壊すると、急速に衰退してゆくことになった。

ただし、霧遠沢が廃《すた》れた理由はそれだけじゃない。

一九八九年。バブル経済がその山の頂点に至った年、霧遠沢に、ある宗教団体が進出してくる。『シンラ智慧の会』。のちに機関銃を使った無差別テロを起こすカルトだ。

シンラは地元の人々が〝沼〟と呼ぶ干拓地は地価が安く遊休地が多いことに目を付けて、ここに本部機能を備えた〈繭《コクーン》〉と呼ばれる巨大な施設を建設した。

〝陸《おか》〟の住民たちからは、近くに得体の知れない宗教団体が進出してくることに対する懸念もあったようだが、反対運動のようなものは起こらなかった。場所がそもそも見下されている〝沼〟であったことと、当時はまだシンラは危険な団体とみなされていなかったからだろう。

　その直後、バブルははじけ、〝陸《おか》〟の温泉街は経営難に苦しむことになる。また、ほぼときを同じくして、暴力団対策法が施行され、温泉街での売春を仕切っていた暴力団の力も削《そ》がれる。時代の潮目が大きく変わってゆく中、シンラだけが勢力を拡大した。彼らは豊富な資金力で〝沼〟の土地の大半を買収し、〈繭《コクーン》〉の規模を拡大していった。

　そして、一九九五年。乱射事件後の強制捜査によって、霧遠沢の名は全国に知れ渡ることになる。危険なカルト教団の本拠地として。

　あのとき、温泉地としての霧遠沢は「終わった」のだと思う。

　そののち教団は解体され、〈繭《コクーン》〉は取り壊された。一度はその跡地に遊園地をつくり、温泉との二枚看板で、ファミリー向けの行楽地として霧遠沢を復活させる計画も持ち上がったようだが、資金繰りが上手くいかずに頓挫。結局、何もなくなった。

　俺は更地を奥まで歩くが、あの空き地がどの辺りかは、もうさっぱりわからなくなっていた。もちろん、秘密基地だった掘建て小屋もなくなっている。

　けれど「いいもの」が何一つない景色は、かつてのように優しかった。優しく、優しく、世界を赦すよう。

もしかしたら俺は、もう一度、この景色を見たかったのかもしれない。

マンザイはどうだったんだろう。やはりあの空き地の景色を忘れることができなかったのだろうか。

万博に行った直後、小六の秋に俺は〝沼〟を去った。その更に一年ほどあと、マンザイとその母親は、新潟に引っ越したらしい。そこでマンザイは、県立の進学校に進学したようだ。地頭《じあたま》がよかったのだろう、高校での成績はずっとトップクラスで、国立大学も十分狙えるほどだったが、卒業後は進学せず、上京し働き、母に仕送りをしていたという。

俺があいつの来歴を知っているのは、別に連絡を取り合っていたからではない。すべてあとから報道で知ったのだ。

一九八九年、三十一歳のときマンザイは、ここ霧遠沢の〝沼〟に戻ってくる。そして敷地を買いたたき、〈繭《コクーン》〉と呼ばれる自らの居城をつくった。その中心にあるのが、俺が夢で見たあの繭のような建物だ。

『シンラ智慧の会』の教祖、天堂光翅《てんどうこうし》は、乱射事件を起こす前から、マスコミにときどき登場し、「宗教界の若きカリスマ」のような触れ込みで顔を売っていた。俺も何度かテレビで見たことはあったけれど、マンザイと同一人物とは気づかなかった。髪と髭《ひげ》を伸ばし、見た目は別人になっていた。

だから逮捕後に、卯藤新《うどうあらた》というその本名が報じられたとき、俺は心底驚いた。そう言われてみれば、天堂光翅は関西弁を喋るし、かすかに面影があるようにも思える。

かつて万博に行きたいと神頼みをしていたマンザイは、大人になって、自らを神に等しい存在と称するようになっていた。

逮捕後、マスコミが書き立てたところによると、マンザイは幼い頃から行く先々で揉め事を起こしていたようだ。教団を立ち上げる前は、どこの勤め先でも客や同僚と喧嘩《けんか》をしていたというし、高校時代には美術の時間に彫刻刀を持って暴れたこともあるらしい。ある週刊誌には、小学校時代の同級生がこんな証言を寄せていた。

『小さな頃から、危ないやつでしたよ。五年生のときに僕の小学校に転校してきたんですが、その初日にいきなり暴力事件を起こしたんです。目つきが気に入らないとか、生意気だとか、確かそんな理由で、見ず知らずの六年生に殴りかかったんです。たまたま、僕は友達と一緒に近くにいて、みんなで止めようとしたんですが、あいつ小学生にしてはすごく大きくて力も強かったから、逆にこっちがボコボコにされてしまって。しかも、あとでそのことで先生に怒られたときも、全然自分の非を認めようとしないんです。思えば、当時から自分のことを普通とは違う特別な人間だと思っていたんでしょうね』

俺は、少なくともこの証言が嘘だということを知っている。ならば、他も同様に怪しいと考えるべきだろう。あいつがどんな人間だったのかなんて、結局わからない。

俺にわかるのは、四十年と少し前、俺とあいつは確かに友達だったということ。それだけだ。親友、と言ってもいいのかもしれない。

だって俺たちは、一緒に人殺しの計画を練ったくらいだったのだから。

*

あれは万博の年の、一学期の終業式の日だったから、七月のことだ。俺は十二歳になっていた。

大雨が降っていて、とても空き地では遊べないので、マンザイのアパートに行った。〝沼〟のアパートは、みな同じような二階建てのトタン屋根で、六畳に小さな台所がついただけの間取りも、うちと同じだった。

「あら、ヒロくん、よく来たわね」

まだ仕事に行く前のマンザイの母親がいて、俺を迎えてくれた。寝起きだったのだろうか、少し気怠げな感じで、寝間着のような薄いワンピースを一枚、着ただけの格好をしていた。下は穿《は》いていたようだが、上は下着をつけておらず、その豊かに膨らんだ胸に無防備な乳首が透けて見えていた。

「これ一緒に食べましょうよ」

そう言ってマンザイの母親は、西瓜《すいか》を切ってくれた。すかすかで甘みのない、瓜《うり》みたいな西瓜だったけれど、味なんて気にならなかった。俺は見てはいけないと思いつつも、どうしてもマンザイの母親の胸元ばかりを見てしまい、まだ毛が生えかけたばかりの性器は、ぱんぱんに膨らんでしまった。それがなんとも気まずく、俺はいつになく他愛もない話をマンザイにして、身体の変化を隠すのに必死だった。隠せていたのかどうか、わからないけれど。

そして、その夜。

昼間の雨があがり、蒸し暑く寝苦しかった夜。正確にはその明け方、俺は夢精をしてしまった。はじめての経験。精通だった。

たぶんマンザイの母親を淫夢に登場させてしまったのだと思うけれど、その内容は覚えていない。

記憶に刻まれているのは、このあと起きた悪夢のような出来事だ。

下半身の爆発に跳び起きると、すぐ隣で仕事から帰ってきた母とベムラーが眠っていた。

布団をめくり、パンツの中を見ると、べっとりと精液で汚れ、あの青臭く独特な匂いがした。一応、何が起きたかは理解していた。

とにかく、こっそり洗わなきゃ——と、布団から出ようとしたときだ。

「おめでとう！」

突然、声をかけられて、跳び上がらんばかりに驚いた。

振り向くと、いつの間にか目を覚まして身を起こしたベムラーが、口を大きく開けて笑っていた。

「宏道くん、精通したんだね。これできみも子どもを作れるようになったんだ。いやあ本当によかった！」

ときどきおかしなことを言う人ではあったけれど、何がこんなに嬉《うれ》しいのか、わからなかった。その目はつやつや光っている。神様の話をするときと同じ、禍々《まがまが》しい黒真珠の輝きを湛えて。

「栄子、栄子、起きるんだ」

ベムラーは隣の母をゆすって起こした。

「ええ、どうしたの」

少し不機嫌そうに顔を上げた母は、しかしベムラーが「宏道くんが、精通したんだよ！」と言うと、ぱっと顔を明るくさせた。

「あら本当、じゃあ、いよいよね」

「ああ、いよいよだ」

二人が何を喜んでいるのか、何がいよいよなのか、さっぱりわからなかった。ベムラーの黒真珠は輝きを増してゆく。その光に俺は恐怖と寒気を覚えた。予感がした。きっとこのあと、何かおぞましいことが起きる、と。

事実、起きた。

「栄子、早速、はじめよう。〈智慧《グノーシス》〉に従い、受胎の儀式をはじめよう」

「はい、あなた様」

母はずいと俺に近寄ると、両手で肩を摑《つか》んで言った。

「いいかい、宏道、これから母さんとするのはね、救世主様をおつくりするための、神聖な儀式なんだよ」

そして肩から手を離したかと思うと、それは素早く俺の下半身に伸びてきて、俺の汚れた下着を剝ぎ取った。

反射的に俺は逃げようとしたが、後ろからベムラーの岩のような身体で押さえつけられた。母の手は俺のまだかすかに膨らんでいる性器を摑み、ゆっくりとこすりはじめる。

背後からベムラーの声が聞こえた。

「近親相姦《きんしんそうかん》は、世界中のどこでも禁止されている。宗教や文化を問わず、全人類が血縁者で交わることを禁忌《タブー》としている。なぜか。それは僕たち人間がそういうふうにつくられているからだ。この〈悪の世界〉を支配する狂った神様によってね。じゃあ、狂った神様はどうして、人間をそんなふうにつくったのか。この問いに辿り着いたとき、〈智慧《グノーシス》〉は舞い降りたんだ。それは、そうしないと都合が悪いからだ。狂った神様にとってね。つまり、近親相姦によって生まれてしまうからだ。救世主が。真の神様の、我らが内なる神様の申し子が。それを防ぐために、狂った神様が仕組んだことなんだ。タブーによって生まれた子が、救世主になるんだよ！」

俺は泣き叫んだ。

「嫌だ！　やめて！　ねえ、母さん、やめて！」

しかし、ベムラーにがっちりと押さえられた身体はぴくりとも動かない。やがて俺の意志に反して性器は硬くなってしまう。

「さあ、宏道、母さんを聖母にしておくれ。怖がることはないよ。〈智慧《グノーシス》〉に耳を傾けなさい。内なる神様は親子が交わることを禁じてなんかいないんだからね」

母は腰を浮かせて、自らの性器を俺の性器にあてがう。いつの間にか母の瞳は、ベムラーと同じように黒真珠の光を放っていた。

未《いま》だに思い出しても身の毛がよだつ、あの受胎の儀式は、その日から毎日行われるようになった。

仮にベムラーの言う〈智慧《グノーシス》〉とやらが真実なのだとしても、自分の母親とそんなことをするのは耐えがたかった。そしてそれは、確かに耐えがたい行為のはずなのに、射精の瞬間には腰骨の辺りから全身を、えもいわれぬ快感が貫くのだ。

「おい、ヒロ、どないした。最近、えらい元気ないな」

夏休みに入ってからも毎日のように秘密基地で遊んでいたマンザイは、すぐに俺の様子がおかしいことに気づいた。さすがに打ち明ける気にはなれず「なんでもないよ。ちょっとお腹《なか》壊しちゃってさ」などと誤魔化していた。

けれどまだ子どもだった俺には、苦痛と秘密を一人で抱え続けることなんてできなかった。黙っていたのは、五日くらいか、長くてもせいぜい一週間だったと思う。

「なあ、ヒロ、ほんまどないしたんや。なんかあるなら、教えてくれ！」

秘密基地で何度もしつこく真剣に尋ねてくるマンザイに、俺は全部を話した。

「――俺は、嫌なんだよ！　〈智慧《グノーシス》〉だか救世主だか知らないけど、母さんと、あんなことしたくないんだ！」

話しているうちに、俺は感極まり、両目からはぼろぼろと涙をこぼしてしまった。

「頼むよ、助けてくれよ！」目の前にいるのが、自分と同い年の子どもだということを忘れて、俺は助けを求めていた。「助けてくれ、もう、俺にあんなこと、させないでくれ！」

「ええで。俺が助けちゃる」

吐き出すことに夢中だった俺は、思わず顔を上げた。

「俺が、助けちゃる」

マンザイは繰り返して、微笑みを浮かべた。

「でも……」

実際、助かることなんてないと思っていた。俺にはあのアパートの他に行くところはない。仕方がないのだと。どれほど嫌がったところで、結局、いつか母との間に赤ん坊が――ベムラー言うところの救世主が――できるまで終わらないのだと思っていた。

「どうもヒロのおかんは、あの間男のせいでおかしくなっとるようや。あいつさえなんとかできりゃ、きっと目が覚めるんちゃうか」

そうだ。諸悪の根源はベムラーだ。けれど、いくらマンザイだってベムラーに敵うわけない。そう思っていると、マンザイは少し声のトーンを落として言った。

「あいつ、殺したろ」

「え?」

「普通に喧嘩したら敵わんやろうけど、刃物かなんかでぶすっといったら、いけるやろ」

殺す? ベムラーを?

この瞬間まで、そんなこと考えたこともなかった。もし、あいつが死ねば、母は目を覚ましてくれるだろうか。殺せるものなら、殺してやりたい。だけど……。

「だけど、そんなことしたら、警察に捕まるよ」

「ええんよ、捕まったって。日本の法律では子どもは、何やっても無罪になるんや」

少年法の刑事責任能力についての規定のことだ。当時は十六歳未満、現在では十四歳未満の少年は刑事責任能力がないと見做《みな》され、仮に殺人を犯したとしても処罰されることはない。

「それ、本当?」

「ああほんまや。だから俺がやっちゃる」

「でも……、だったら、俺もやるよ」

「ほうか、一緒にやるか」

のちに自分自身こそが救世主であると宣言する少年は、嬉しそうに言った。

「うん」と頷いたとき、俺は不思議な高揚感を覚えた。

冷静に考えれば恐ろしいことのはずなのに。「仕方ない」とあきらめるのではなく、自分の力で何かを変えられるかもしれないという期待に、胸が高鳴った。たとえそれが人を殺すことだったとしても。

*

思えば、あの日、ベムラーを殺すと決めた十二歳の俺が感じた期待と似たものを、今、自分自身を殺すと決めた、五十三歳の俺は感じているかもしれない。

何もなくなった〝沼〟の景色をしばらく眺めたあと、俺は待たせていたタクシーに戻り、宇都宮に向かった。来たときと同じように、運転手は独りで色々と喋り、俺はそれを聞き流していた。

宇都宮から新幹線に乗り、仙台へ。そこから在来線に乗り換え、一時少し前には、待ち合わせのスーパーがある駅に到着した。

ホームに降りると、冷たい風が吹き付けてきた。宇都宮や霧遠沢は、穏やかに晴れていたけれど、こちらは曇っていて風もある。気温はそんなに違わないと思うが、体感としてはこちらの方が寒い。

駅の改札は一つだけで、降りたホームに直接ついていた。改札を抜けると駅前を大きな道が横切り、その向こうに戸建て住宅が建ち並ぶ住宅街が広がっている。

向かって左手のはす向かいに「イガタヤ」という看板を出したスーパーが見えた。あそこだ。

俺は駅を出て目の前にあった横断歩道を渡る。信号が青になっている間、「通りゃんせ」のどこか郷愁を誘うメロディが流れた。

スーパーの駐車場に入ると、店員が一人、ミニバンに段ボールを積み込んでいるのが目についた。ミニバンの車体には「イガタヤ　御用聞きサービス」という文字と、電話番号が書かれている。おそらく店がやっている宅配のサービスなのだろう。

その前を通ろうとしたとき、荷物を積み終わった店員がミニバンのリアハッチを閉めて顔をあげた。

背が高く、髪を短く刈り揃《そろ》えた男だった。

マンザイ？

俺は思わず足を止める。

が、次の瞬間には見間違いだと気づいた。少し似た風貌だが、明らかに他人だ。マンザイよりもだいぶ整った顔をしているし、歳も若すぎる。第一マンザイは今、東京拘置所で死刑を待っているはずだ。

店員はこちらの視線に気づかぬ様子で、ミニバンの運転席に乗り込んだ。俺は再び足を動かし、その脇を通る。

背中からミニバンのエンジンがかかる音が聞こえた。一方、前方には白いセダンとその傍らに立つ男女の姿が見えた。

赤いダウンジャケットを着た男と、白いダッフルコートの女。

男の方は若く三十そこそこといったところ。ダウンを着ているせいかやや小太りに見える。女の方は四十代後半くらいだろうか。こちらはずいぶんと線が細い。

間違いない、〝極楽鳥〟と〝さくら〟だ。事前に互いの服装を教え合っていた。

向こうも俺に気づいたようで、近づくと〝極楽鳥〟が声をかけてきた。

「〝沼〟さん？」

「あ、はい」

俺は自分のハンドルネームを、かつて住んだ町の通称にしていた。

「〝極楽鳥〟です。こちらは〝さくら〟さん」

〝さくら〟は目を合わせようとせず、斜め下に視線を向けたまま会釈した。俺も会釈を返す。

「じゃあ、行きましょうか。すぐそこですから」

言って〝極楽鳥〟は、セダンのドアを開いた。


ラ・ヴィ・アン・ローズ——玄関の上部に、カタカナのサイン看板が出ていた。これがこのマンションの名前だろうか。

「笑っちゃいますよね。ラ・ヴィ・アン・ローズですよ」

看板を見上げる俺に、〝極楽鳥〟が苦笑した。

「恥ずかしくて、住所書くとき、マンション名は省略してます」

確かに、俺でもこれは書かないだろう。

このマンションで〝極楽鳥〟は独り暮らしをしているという。車で移動したのは十分ほどだったが、土地勘がないので、ここが地図上のどこで、なんという町なのか、具体的にはわからない。

「まあでも、皮肉が効いているかもしれませんね。ラ・ヴィ・アン・ローズ《ばら色の人生》なんて。僕らこれから死ぬっていうのに」

そうだ。俺はこれから、ここで死ぬんだ。

〝極楽鳥〟の軽口に、〝さくら〟が少しだけ笑ったかのような息を漏らした。

彼女はネットの掲示板では、饒舌《じょうぜつ》に生きづらさを語り、自殺を肯定する発言をしていた。が、顔を合わせてからまだ一度も口を開いていない。もっとも俺も、口にしたのは返事と相づちくらいで、先ほどから喋っているのは、〝極楽鳥〟だけだ。

「ここが僕の部屋です」

案内されたのは、玄関から入ってすぐのところにある101号室だった。表札は出ていない。

促されるまま、中に上がる。部屋はワンルームだった。入って右手に小さなキッチンがあり、正面にはベッドと雨戸の閉まった掃出し窓。左手は壁で天井まである本棚が置いてあった。ずいぶんたくさん本がある。数百冊はあるだろう。文庫本、新書、ハードカバーとサイズで分けて収納してある。ぱっと見た感じ、難しい学術書が多そうだ。「神」「倫理学」「宗教」「世界」そんな文字が目にとまった。

エアコンは入っておらず、外と同じくらい部屋の中は冷えている。誰も上着を脱ごうとはしなかった。

部屋の中央にはローテーブルがあり、そこにコップが三つと、白い酒瓶と、小さな茶色い薬瓶が置いてある。

そして、そのテーブルの向こうに、黒いペール缶のような円筒が四つ——練炭コンロだ。

「この部屋、古いけど密閉はすごくいいので、目張りは必要ないと思います。どうぞ。その辺に適当に座ってください」

言いながら〝極楽鳥〟は、コンロの脇に座った。俺と〝さくら〟は彼と向かい合うようなかたちで座る。

「最後に確認します。本当にいいですね？」

〝極楽鳥〟はこちらを見回した。

〝さくら〟が俺の方に顔を向けてきた。しかしやはり目を合わせようとはしない。真っ青な顔をして額にびっしょりと汗をかいている。ひょっとしたら、怖いのだろうか。

俺は自分でも驚くほど落ち着いていた。

自分の意志で死ぬ。それがこの「いいもの」なんて何もなかった俺の世界に、唯一抗《あらが》う方法だ。もう迷いはなかった。

「はい」

俺は、はっきりと声に出して頷いた。

〝さくら〟も小さく息を吐き出し、首を縦に振る。

〝極楽鳥〟は大きく一回頷くと、「じゃあ火を入れます」とマッチを擦《す》って、四つのコンロに火を落としてゆく。コンロはオレンジ色の炎をあげて勢いよく燃えはじめたが、すぐに火は収まり、白い煙を吐き出すようになった。炭火の独特の臭いが、かすかに漂ってきた。

このまま放置すれば、部屋中に一酸化炭素が充満し、俺たちは死ねる……の、だろうか。だとして、それまでにどのくらいの時間がかかるのだろうか。

〝極楽鳥〟は、テーブルの上の薬瓶を開けて傾けた。テーブルの上に白い錠剤がざらざらと散らばる。

「睡眠薬です。ただ待っているだけだと怖くなってしまいますからね。これを四錠も飲めば、すぐ眠れると思います。もしアルコールが駄目でなければ、これで飲めば完璧です」

〝極楽鳥〟は白い酒瓶を手に持ち振って見せた。赤いラベルに「ＶＯＤＫＡ」の文字があった。

「眠っている間に、この世とおさらばです。飲みますか」

「ください」

俺は即答した。苦しくない方がいいのは当然だし、最後に一杯飲めるのは嬉しいくらいだ。眠っている間に死ねるなら申し分ない。

「〝さくら〟さんは？」

〝さくら〟は頷いた。飲むということらしい。

〝極楽鳥〟は三つのコップにそれぞれ半分くらいウォッカを注いだ。

「どうぞ」

俺と〝さくら〟はコップを受け取る。そしてテーブルに散らばる錠剤を四つ拾った。

これを飲んで眠ってしまえば……。

隣から「ん」と小さな声がしたかと思うと、〝さくら〟が錠剤を口に放り込み、喉を鳴らしてウォッカを飲み干した。そして「ああっ」といやに色っぽい声をあげた。

それにつられるように、俺も睡眠薬を口に入れた。舌が甘みを感じる。錠剤のコーティングだろうか。続けて、コップの透明の液体を流し込んだ。

熱い。濃い酒が喉を焼きながら通る感触を覚える。熱が腹に落ちるのをはっきり感じた。顔がかーっと火照《ほて》ってくる。

視界がぐにゃりと歪《ゆが》んだ。アルコールの効果なのか、薬の効果なのかはわからない。その歪んだ視界の端で、〝さくら〟がゆらゆら揺れているのが見えた。どさっと音がしたかと思うと、〝さくら〟は床に倒れ横になっていた。

俺の意識も朦朧《もうろう》としてくる。身体が重い、支えていられない。前のめりに倒れてゆく。そのままテーブルに突っ伏してしまう。視界がぼやけ、猛烈な眠気が襲ってくる。

ああ、眠い。眠い、眠い、眠い。眠ってしまおう。

俺は昏睡《こんすい》の深い沼にずぶずぶと沈んでゆく。

＊

俺は秘密基地でマンザイと計画を練っている。ベムラーを殺す計画を。

ああ、これは夢だ。あの日の。ベムラーを殺すと決めた、夏の日の夢だ。

夜道を後ろから襲う、どこかで待ち伏せして罠にかける、家に帰ってきたところを狙う——俺たちは思いつく限りのアイデアを出し合って、どうしたらあの怪獣のような男を殺せるかを話している。

「おお、そうじゃ、ヒロ」

話の途中で、マンザイは、ふと思い出したように言った。

「何？」

「今度、万博行こうや」

「え？　どうやって」

「へへ、俺な、気づいたことがあるんや。俺らでも、万博行く方法、あるんやで」

マンザイは悪戯《いたずら》っぽく笑った。

そうだ、確かあのとき、そんな会話もしたんだっけ。

「まあ、その前に、きっちりあいつを殺《や》らんとな」

この日、俺たちは日が暮れるまで夢中になって、ベムラーの殺し方について話し合った。

けれど俺たちは、いや、少なくとも俺は、ベムラーを殺せない。

失敗するわけでも、まして返り討ちに遭うわけでもない。

ベムラーは、この直後、俺たちの計画が固まるより前に殺されてしまうからだ。

夜半から大雨が降った日のことだった。その日は朝になっても、ベムラーも俺の母も家に帰ってこなかった。そして昼頃になって、増水した那久川で二人の遺体が発見された。俺の母は溺死だったが、ベムラーは腹を刃物で刺されており、大量出血が直接の死因だった。

仕事からの帰り道、ベムラーが何者かに襲われ川に落とされ、俺の母はそれを助けるために飛び込んで溺れてしまった——というのが、警察の見解のようだった。ベムラーは過去に人を殺したこともあり、多くの人から恨まれていたという。

警察がどの程度真剣に捜査したかは知らないが、結局、最後まで犯人はわからずじまいだった。

こうして母を亡くして孤児になった俺は、児童養護施設に引き取られ、〝沼〟を離れることになる。そして、マンザイとは離ればなれになる。しばらく手紙のやりとりをした気もするが、やがて音信不通になった。それから十年以上あと、マンザイはカルト教団の教祖となり、無差別テロを起こす。

「おい、ヒロ、起きた方がいいで」

マンザイが呼びかける。

あれ？　俺は眠ってしまっていたのか。ああ、そりゃそうか。だってこれは夢なんだから。

「起きないと、おまえ死んでまうぞ」

なんだよ、うるさいな。いいんだよ。俺はもう死ぬんだから。

「あほ。自分で死ぬんと、誰かに殺されて死ぬんは違うやろ！」

え？　殺される？

遠くで、はあはあという、荒い息づかいが聞こえる。それから、苦しげにうめく女の声。

＊

薄く瞼《まぶた》が開いた。

ここは……。

のろのろと覚醒する脳は、おぼろげな感覚に輪郭を与えてゆく。

頰のところに、硬いテーブルの感触。ぼやけた視界の向こうに、本棚が見える。

そうだ、〝極楽鳥〟のマンションだ。睡眠薬を飲んで……俺は、まだ生きているのか。それとも、もう死んでいて幽霊にでもなったのだろうか。

「はあ……があ……ぁ……」

聴覚に苦しげな声が飛び込んできた。

首を動かすと、すぐそこで男が女に馬乗りになっていた。〝極楽鳥〟と〝さくら〟だ。〝極楽鳥〟は上着を脱いでTシャツ一枚になっていた。両手で、〝さくら〟の首を絞めている。

えっ？　何をやっているんだ？

俺は身体を起こそうとしたが、ふらついて、後ろに倒れてしまう。そのもの音に気づいたのか、〝極楽鳥〟はこちらを向いた。

「あれ、〝沼〟さん、起きちゃったんですか。ああ、ちょっと待ってくださいね。もうこっちは終わりますんで」

〝極楽鳥〟は口元を歪め、全体重を乗せるようにして〝さくら〟の首を絞める。〝極楽鳥〟の顔には玉の汗が浮かんでいた。いつの間にか〝さくら〟のうめき声は途絶えていた。

「よし！」

〝極楽鳥〟はひと声かけて、手を離すと、汗を拭った。〝さくら〟はぴくりとも動かない。

死んでいる？

殺した？　首を絞めて？

なぜ、眠ったまま一酸化炭素中毒で死ぬはずの人が殺されているんだ。しかも、一緒に死のうとした人に。

〝極楽鳥〟はおもむろに近づいてきて、俺を見下ろす。

「〝沼〟さん、わかりませんか。僕があなたと〝さくら〟さんを騙《だま》したんですよ。こうやって殺すためにね。これはね、僕の趣味なんだ。この手で人を殺すときだけ、僕は自分が生きているって実感できるんです」

騙した……騙され、た？

状況からすれば、そうとしか考えられないが、思考が追いつかなかった。

「あなたは、死ぬことを望んでいた。自分の意志で死ぬと決めたんだ。尊重しますよ、その意志を。僕があなたの望みを叶《かな》えてあげます。やり方は想像してたのと少しだけ違うかもしれないけれど、結果は一緒ですよ」

〝極楽鳥〟はかがみ込み、俺の首に手を伸ばす。

殺される——。

俺は逃げようと身をよじるが、身体は上手く動いてくれない。まだかなり薬が残っているようだ。

〝極楽鳥〟は俺の肩を摑んで、そのまま馬乗りになった。

「あれ？　嫌なんですか。死にたいのでしょう。僕は殺したい。利害は一致してるはずだ。ウィン・ウィンの関係ってやつですよ」

何を言ってるんだ、この男は。利害の一致？　ふざけるな、話が違う。これじゃあ詐欺だ。

俺はこんな死を望んでいない。自殺と他殺は違う。自分で望んだとおりに眠ったまま死ぬのと、誰かに首を絞められて殺されるのは違う。断じて違う筈《はず》だ。おまえみたいな変態に、殺されてたまるか！

しかし、いくら暴れようとしても〝極楽鳥〟に軽々押さえ込まれてしまう。

ダウンを着ていたとき小太りに見えたこの男の身体は、しかし上着を脱ぐと、分厚い筋肉に覆われていた。Tシャツは張り裂けんばかりに膨れている。丸太のような腕が伸びてきて、硬い岩のような手が俺の首に掛かる。

「さあ、殺してあげますよ」

〝極楽鳥〟の瞳は暗く輝いていた。黒真珠のように。

俺は前にも、こんな目をした男に会ったことがある。

首に圧を感じた。〝極楽鳥〟が力を込めているのがわかる。

気道が圧迫され、息が詰まる。なんとか抵抗したかったが、身体は動かない。

「ほんの少し我慢してください。すぐに楽になれますよ」

〝極楽鳥〟は満面に笑みを浮かべていた。額と頬にびっしょりと汗をかき、口元からは、よだれをたらしている。恍惚《こうこつ》というべきその表情は、紛れもない異常者のそれに見えた。

苦しい、苦しい、苦しい。

空気が遮断され、酸素を求める肺が急激に縮こまるのがわかる。胸が潰れる感覚と、猛烈な苦痛に見舞われる。

苦しい、苦しい、苦しい、苦しい、苦しい。

酸欠のせいで頭が割れるように痛かった。

瞬間、目の前に景色が浮かんだ。

動く歩道、お祭り広場、太陽の塔、アメリカ館、月の石——一九七〇年の夏、マンザイと行った万博だ。

しかしその景色は、あの〝沼〟の雑草だらけの空き地に重なる。俺とマンザイはいつものように秘密基地の掘建て小屋の入り口のへりに腰掛けている。

「ええか、ヒロ、想像するんや。ここが万博の会場や」

俺が〝沼〟を発つことになった日の朝、あいつは「前に言ったとおり、万博行こうや」と、俺をあの空き地に連れ出した。

「なんだよ、万博行く方法って、ごっこ遊びかよ」

俺は拍子抜けして苦笑した。

「ごっことちゃうよ。真実《ほんま》や。ええか、ヒロ、俺な、気づいたんや。本当の神さんは——」

マンザイは人差し指を立てて、自分の頭をとんとんと小突いた。

「——ここにおるんや」

「頭に？」

「そうや、自分の頭ん中。内なる神さんやな。ヒロのおかんの間男、頭おかしいけど、言っとること一理あるで。確かにな、もしこの世界をつくった神様がいたとしたら、そいつは狂っとるわ。でなきゃ〝沼〟みたいな、ええもんがなんもない町、できるわけがない。狂っとらん、本当の神さんがおるとしたら、自分の中しかないやろ」

マンザイは力強い笑顔をつくって続けた。

「もう一度、言うで。想像するんや。そうすりゃ、神さんはなんだって叶えてくれる。俺らの世界になかったはずの、ええもん、くれるんや」

マンザイの言葉には、不思議な説得力があった。その両目は黒く艶《つや》やかで、あの黒真珠の輝きを湛えているようにも見えた。

マンザイ、もしかしてあの日、おまえが独りでベムラーを——ずっと頭の隅にあったその問いを、俺は発することができなかった。そのうちにそんなこと、どうでもよく思えてきた。それより、万博だ。俺は本当に万博に行けるような気がしてきた。いや、行けたんだ。

マンザイに言われるままに目を閉じ、ここが万博の会場だと想像した。そうしたら、確かに目の前に広がった。その世界が。

沼の底の暗い世界から抜け出して、太陽の照らす世界にたどり着いたような。明るくて温かい世界。理想、希望、幸福——そういう「いいもの」で満たされた世界。俺には関係ないと思っていた。仕方ないとあきらめていたその場所にたどり着けたんだ。

あのとき、確かに。あれは断じてごっこ遊びなんかじゃなく、真実だった。

のちにマンザイは、教祖になったとき、ベムラーと同じことを言うようになる。この世界は狂った神がつくった〈悪の世界〉であり、真の神は人間の内側にいると。その声に、内なる神の声〈智慧《グノーシス》〉に耳を傾け従え、と。

マンザイは信者たちに、俺があの日見たのと同じ「いいもの」で満たされた世界を見せていたのだろうか。

ちくしょう！　どうしてこんなときに、こんなことを思い出すんだ。

死にたくない！

もう遅いことは分かっていたが、俺は心の底から願った。

そのときだ。

世界が、揺れた。

酩酊《めいてい》とか目眩《めまい》とかではなく、物理的に。猛烈な力によって。揺れは左右に大きく、長く続いた。

すぐには地震だとわからなかった。半世紀以上生きてきた中で、俺はこんなに大きな地震を経験したことがない。

さすがの〝極楽鳥〟も驚いた様子で、一旦、手を止めた。首の圧が弱まる。

俺はその隙をついて、思い切り両手で〝極楽鳥〟の胸を突いた。タイミングがよかったのか、馬乗りになっていた〝極楽鳥〟は、よろけて仰向けに倒れた。

今だ。

俺は立ち上がって逃げようとする。

「待て！」

〝極楽鳥〟もすぐに立ち上がった。その瞬間。ごうん、という轟音《ごうおん》が響き、頭に衝撃が走った。

＊

気づいたとき、目の前には、建材らしきガレキとベッドと簞笥《たんす》がぐしゃぐしゃになって積み重なっていた。

何が起きたのか、すぐには理解できない。

頭がずきずき痛む。そうだ、いきなり何かが頭に……。それで気を失ったんだ。睡眠薬の効果はだいぶ薄れたようで、先ほどのように酩酊する感じはない。

ここはラ・ヴィ・アン・ローズの101号室、〝極楽鳥〟の部屋のはずだ。

顔を上げて俺は、ようやく、天井の半分ほどがくり抜いたように開いているのに気づいた。地震の衝撃で、二階の床が抜けたのだ。

ガレキの下から太い腕がにゅっと飛び出していた。〝極楽鳥〟の腕だ。ガレキの下敷きになっているようだ。身をかがめて覗き込むと、隙間から、わずかに彼の頭が見えた。後頭部に何か金属の棒のようなものが、刺さっていた。目を見開き、ぴくりとも動かない。

死んでいる？

俺は助かった……のか。

いや、どのくらい気を失っていたかはわからないけれど、ここにいたら危ない。床が抜けるくらいだ。マンションごと倒壊してしまうかもしれない。

俺はよろよろと立ち上がり、玄関に向かった。

ドアは歪んでしまい押しても開かない。ノブを手で回したまま、思い切り体重を乗せて足で押すと、ガコッと何か外れるような音がして、どうにか開いた。

外にはぱらぱらと粉雪が舞っていた。

マンションの前の通りに出て振り向くと、建物が傾いているのがわかった。

あの部屋では、二人の人間が死んでいる。誰かに知らせるべきか、それとも逃げた方がいいのか。

どうすべきか決められず、立ち尽くしていると、目の前の角から走る人の集団が現れた。

みな服装はばらばらで、ずいぶんと慌てた様子だ。

「おいあんた、やばいぞ、こっちだ！」

集団の一人が声をかけてくる。

「津波だ！　早く、逃げるんだよ！」

津波？　ここは津波が来るような場所だったのか。

俺は言われるまま走り出す。ほとんど何も考えず、走る。

しばらく進むと、斜面をコンクリートで舗装し、広い階段のついた丘が見えてきた。

「あの上だ！　あの上にあがれ！」

誰かが叫ぶ。集団と一緒になってその階段を上る。

こんなふうに、全力で階段を走るのなんて、何年ぶりかわからない。すぐに息が切れて、肺が爆発しそうになった。後ろから走ってきた子どもや、お年寄りにさえ追い抜かれる。それでも無心で足を動かした。

階段を上り切った先は、公園になっていた。俺は、足をもつれさせて少し進むと、へたり込んでしまった。がくがくと膝が笑っている。

でも、生きている。俺は、生きている——。

不意に「うわあああ」と悲鳴にも似た声があがった。

見ると公園の端に人が集まっている。

重たい身体を引きずって、そちらに行ってみる。

そこは自然の展望台といった感じで、丘の下の町が見渡せた。

なんだ、あれは。

鈍色《にびいろ》の空の下、真っ黒い何かに町が呑まれてゆく。津波だ。

黒い水が、そこにある何も彼《か》もを暗黒に引きずり込んでゆく。きっと、たくさんの人が死んでいる。

世界という巨大な装置が、そこに生きる人々の意志と関係なく駆動するのを見た気がした。

眼下に見覚えのある車が見えた。待ち合わせに使ったスーパー、イガタヤの駐車場で見たミニバンだ。波から逃げるように走っている。フロントガラス越しに、人影が見える。おそらく、さっきすれ違ったあの店員だろう。遠目で見えないはずなのに、彼が必死の形相でアクセルを踏んでいるのが見えた気がした。

しかし押し寄せる黒い波は、無慈悲に車に追いつき飲み込んでしまう。車は一瞬で消え去った。

きっと「いいもの」をたくさん持っていただろう人たちが、死んでいる。生きる意味を見出していた人たちが、数多《あまた》死に、ついさっきまで死を望んでいた俺が生きた。

「はは……」

誰かが嗤《わら》っている。いや、俺だ。俺の口からは、乾いた笑い声が漏れていた。

そうだ、ベムラーや、マンザイの言うとおりだ。もし神様がいるとしたら、そいつはおかしい。こんな世界をつくるなんて、確かに狂っている。

雲の切れ間から、光が射《さ》した。それは祝福するかのように、俺を照らす。その光の中に、蝶がいた。煌《きら》めく翅を羽ばたかせてゆっくりと宙を舞う、黄金蝶が。

選ばれた――。

その確信は、内側からわき起こった。内なる神の声〈智慧《グノーシス》〉を、確かに聞いた。

――俺は、選ばれたんだ。

蝶夢Ⅲ――1957

目覚めると、荒い息づかいが聞こえた。

聞き覚えのある声、いや、これは私の声だ。

それから、苦しそうなうめき声も聞こえる。

こちらの声も、やはり聞き覚えがある。ああ、父の声だ。

蝶《ちょう》になったわたしは、私の髪の毛に身を潜めたまま、隙間から様子をうかがった。

薄暗い。またも夜のようだ。なんともみすぼらしい狭い部屋に私はいる。

すぐ目の前に、白髪《しらが》頭の後ろ姿がある。父だ。満州《まんしゅう》にいた頃に比べると、ずいぶんと老け込んだ。しかも父は、服も下着もつけていない。全裸だ。薄闇の中に、染みだらけの痩せた背中が見える。

父の首には細長い布が巻き付けられていて、それを後ろから引っ張られて前屈《まえかが》みになっている。布を引っ張っているのは、私だ。

頭の上から顔は見えないけれど、私の身体《からだ》は満州にいた頃よりもだいぶ大きくなっているようだ。もう大人と言っていいだろう。下に視線を向けると、成熟した乳房の膨らみが見える。私も裸で、下着の一枚もつけていない。

裸の私が、裸の父の、首を絞めているのだ。

そうか。今日はあの日か――。


満州からの引き揚げ船に乗って、私と父が日本に戻ってきたのは、終戦から一年以上が経過したあとだった。もっとも、私の場合は満州で生まれたので、戻ったのではなく、やってきたというのが正確かもしれないけれど。

引き揚げ船の中で、私は花田《はなだ》さんという女の人と知り合った。たぶん二十代の後半くらいで、ふっくらとした優しい感じの人だ。

「ねえ、酔っちゃったの？　大丈夫？」

花田さんは、船室の隅で膝を抱えている私に声をかけてきた。別に酔っていたわけではないのだけれど、私はきっと酷《ひど》い顔をしていたのだと思う。

母が死んでから、私は、身体中の細胞に鉛でも埋め込まれてしまったかのように、重い憂《ゆう》鬱《うつ》をずっと抱えていた。

花田さんは何も応えない私ににっこりと笑って、飴玉《あめだま》を一粒くれた。

「色々大変なこともあったろうけれど、内地に着けばきっといいことがたくさんあるからね」

引き揚げがはじまってから、ろくなものを食べていなかった私は、半ば本能的にその飴玉を口の中に入れた。励ましの言葉以上に、その甘さが身体にしみた。

「……ありがとう」

ぽつりとお礼の言葉を言った私の頭を、花田さんは優しく撫《な》でてくれた。

「あなたは、内地に行ったことはある？」

私がかぶりを振ると、花田さんは日本の話を色々としてくれた。彼女は日本の女学校を出て、満州に渡ってきた音楽教師なのだという。日本には満州よりもずっと鮮やかで美しい四季があるという。彼女の故郷は九州の熊本というところで、大きなお城があるという。

「ようやく、帰れるんだよ。帰れるんだ……」

花田さんは、自分に言い聞かせるようにそう言うと、小さいけれど澄んだきれいな声で歌を口ずさんだ。

うさぎおいし、かのやま
こぶなつりし、かのかわ

『故郷《ふるさと》』だ。満州の小学校では教わらなかったけれど、聞き覚えがあった。はっきりとは思い出せないけれど、ずっと前に母が歌っていたような気がする。まだ見ぬ日本の山や川の情景が浮かんでくるようだった。

その歌声と、飴玉の甘みが相まって、鉛に満たされた私の身体が、ほんの少しだけ軽くなったような気がした。

けれど。

私はこのとき、全然わかっていなかった。

花田さんがどんな気持ちで「帰れる」と言っていたのか。どんな気持ちで『故郷』を歌っていたのか。

引き揚げ船が博多港に到着した直後、何人かの女の人が海に身を投げた。その中に、花田さんもいたのだ。あんなに、日本に帰るのを楽しみにしていたのに。

「露助どもに――」「子どもができてしもうて――」「ひと目日本の景色を見てから――」「不憫《ふびん》だねえ――」

大人たちの噂話で、ようやく私は悟った。花田さんは、母と同じ目に遭ったのだ。思えば花田さんのお腹《なか》は、肥《ふと》っているにしても大きかったような気がする。

花田さんは、引き揚げ船に乗る前に、とっくに壊れてしまっていたんだろう。

同じく身を投げた女の人たちも、それを噂する人たちも。きっと、誰も彼もが、多かれ少なかれ、壊れていたんだと思う。

それは、父と私も、例外ではなかった。

引き揚げてきたあとの父は、満州にいた頃とはまるで別人だった。ソヴィエト兵に撃たれた左足が不自由になってしまったせいか、定職に就くことができず、色々な仕事を転々とした。食が細り、痩せこけ、見た目は骸骨のようになってしまった。かつては明るく社交的だったのに、人付き合いなどほとんどせず、家族の私に対しても滅多《めった》に口を利くことがなくなった。家では独りで本を読んで過ごしていることが多く、ごくたまに、杖《つえ》をついてふらりとどこかへ行くこともあったが、どこへ行くのかは、私にもわからなかった。

そんな父との生活は暗く、お世辞にも楽とは言えなかった。私は中学を出てすぐに、縫製工場に職を得て働くことになった。

ちょうどその頃、夏のはじめ、梅雨の時期。雨の降る夜のことだった。

当時の私たちは、四国に渡り、松山の郊外にあるバラックで暮らしていた。赤茶けたトタンでできた、マッチ箱のような狭いバラックだ。

いつものように私が眠っていると、父が突然、布団の中にもぐり込んできた。父は服を着ておらず、私の寝間着を乱暴に剝ぎ取ろうとした。私は驚き、恐怖した。

無口な骸骨のようになってしまった父のことを、気味悪く感じることもあったが、こんなことをしてくるとは思っていなかった。まさに理外の行動だった。

「やめて！　お父さん、何考えてるの」

必死に抵抗しようともしたが、「和子《かずこ》！　和子！」と、父が母の名を呼んでいるのが聞こえたとたん、力が抜けてしまった。

私の脳裏には、幼い頃に目の当《ま》たりにした、あの陵辱劇が蘇《よみがえ》り、身体は石になったかのように動かなくなった。身体だけじゃない、心もだ。恐ろしいとも、おぞましいとも、思っているのに、抵抗する気力が湧いてこなかった。

それどころか、こうなることを望んでいたような気さえしていた。

父に犯されることを、ではない。相手は誰でもいいから、こんなふうに無慈悲に蹂躙《じゅうりん》されることを。いつかの母のように、徹底的に壊されることを。

父は、身体中から不快な臭いの汗を噴き出させ、私の上に乗った。私は目を閉じ、雨音を聞きながら、父のなすがままにされた。最後に父が精を吐き出したとき、一緒に別の何かが、私の内側に侵入してくるのを感じた。どろりとして真っ黒い、何かが。

翌日、父はまるで何事もなかったかのように、いつもどおりだった。昼過ぎまで寝ていて、杖をついてふらりとどこかへ出掛けて行った。私に対して、何か言葉をかけることもなかった。

昨夜の出来事は夢だったのかとも思えたけれど、一日過ぎても股に残る異物感がやはり現実であることを私に教えた。

このとき以来、ひと月か、ふた月に一度くらいの頻度で、父は私を犯すようになった。いつも「和子」と母の名を呼んでいたので、私と認識していたのかはよくわからない。どちらにせよ、父が正体をなくしていたのは、間違いなかったと思う。

そんな狂った交わりが日常になってしまい、数年が過ぎたのち、この日を迎えた。

私はもう十九歳になっていた。たぶんこの日、たまたま閾値を超えたのだと思う。犯されるたびに父から受け取っていた、あの真っ黒い何かが。石になった身体を動かし破壊に駆り立てるほどに、私の内側に溜《た》まりきったのだ。

だから事前に計画をしていたわけでもなかった。

この日、いつものように父に犯され、ことが済んだあと、部屋の隅にだらりと放り出してあった浴衣の帯が、目に入った。

闇夜に潜む毒蛇のよう――そう思ったのは覚えている。そして気がつけば、私はそれを手に持っていた。まるで蛇に誘惑されたかのように、身体が動いた。

私は無防備にこちらに背中を向けていた父に近づき、帯を首にかけて、思い切り引いたのだ。

――蝶になったわたしは、それを眺めている。かつての私が犯した、父殺しの一部始終を。

父はうめき声をあげ、手足をばたつかせてもがく。

かすかに首を曲げ、こちらを振り向こうとしながら、声をあげた。

「があぁらぁああ」

それは、言葉にならない咆哮《ほうこう》だったはずなのに、私の耳には私の名を呼んでいるように聞こえた。地獄の底から呼ぶような、恐ろしい、恐ろしい声だった。

その恐怖に煽《あお》られて、私はますます力を込めて帯を絞めた。すると首の真ん中を絞めていた帯が、少し上方、顎と耳の付け根のラインを絞めるようにずれた。父は突然、身体を硬直させ痙攣《けいれん》させた。そしてものの数秒で、がっくりとうなだれた。きっと、ちょうど頸動脈《けいどうみゃく》を絞め付ける位置に帯が食い込んだのだろう。

私は帯から手を離す。帯によって首ごと引っ張り上げられていた父は、糸の切れた人形のように、その場に崩れ落ちた。そのまま、ぴくりとも動かなくなった。

私は父の胸元に手を当ててみる。あるべき鼓動はなかった。

私は、蝶になったわたしの記憶のとおりに、父を殺した。

その場でしばし呆然《ぼうぜん》としていた私だったが、急に何か思い立ったように家にあった毛布で父の死体を包み、紐《ひも》で縛りはじめた。

そして、毛布にくるんだ父の死体を引きずって、バラックの外に出た。

バラックの裏手には滅多に人が近寄らない雑木林があり、その奥に大きな沼があった。黒く濁った泥だか水だかわからない何かが堆積し、いつも嫌な臭いを発していた。地元では底なし沼といわれていたが、実際どのくらい深いのかはわからない。

私はその沼の畔《ほとり》まで死体を運ぶと、毛布の中に、そこら中に転がる石を詰められるだけ詰めた。

そして、崖のようにせり出した岩場まで死体を引きずり、転がすようにして、沼に落とした。

どぷん、とねばっこい音を立てて父を包んだ毛布は落ち、そのまま、ずぶずぶと黒い汚泥に沈んでいった。まるで異界へ引きずり込まれるように。

これも、記憶どおりだ。

私は、警察に捕まりたくなくて、証拠を隠滅したわけじゃなかった。

単純に、怖かったのだ。

こうでもしないと、父が生き返ってしまうような気がした。

私はその場にへたり込んだ。内臓がめくれ上がるような不快感を覚え、その場で嘔吐《おうと》した。

蝶になったわたしは、そんな私の様子を眺め、ため息をつく。

本当に計画も何もない、場当たりだ。ここまで誰にも見られていなかったことでさえ、幸運としか言いようがない。

いや、幸運とは言い切れないか。

どうせやるなら、もう数ヶ月早くやっていればよかったのかもしれない。

わたしは知っている——このとき私は、すでに父の子を孕《はら》んでいるということを。自分を襲う不快感と吐き気の正体が、実はつわりだということに気づきもせず、私は重たい身体を引きずり、バラックの家まで戻る。そして、まだ父の残り香が染みついている布団に倒れ込んだ。

と、同時に私は泥のように眠ってしまう。その頭にとまっている蝶になったわたしも、眠気を覚える。

抗《あらが》いようもなく、わたしは眠りに落ちる。そして、夢を見た。

わたしではない、他の誰かの夢を。

——私は大きな川の畔にいる。歳《とし》の離れた兄と一緒に。

3　サブマージド —— 2012

　ゆったりと流れる川は、よく晴れた空の青と、生い茂る木々の緑を映している。私と兄は川辺の大きな岩に並んで腰掛けている。兄は釣り糸を垂れアタリを待ちながら、一生懸命、話をしている。世界とか神様についての話を。

　私はそんな兄の顔を見上げていた。髭《ひげ》の薄い滑らかな顎の下に隠れるようにしてある小さな黒子《ほくろ》が見える。話の中身は難しくてよくわからないけれど、その声は私の耳に歌のように心地よく響いている。

　私は歳《とし》の離れたこの兄のことが大好きだった。兄はすごく優しくて物知りで、そして——もしかしたらこれが私にとって一番重要なことかもしれないけれど——とても美しい顔をしていた。形よくアーチを描いた眉、その下の切れ長で物憂げな瞳、高く通った鼻筋、花弁を重ねたような薄いピンクの唇。これらのパーツが絶妙なバランスで配置されたその顔は、触れれば壊れてしまいそうな繊細さを湛《たた》え、それがまた美しさを引き立てるのだ。この兄と比べたら、乱暴な遊びとカードゲームにしか興味がないような同級生の男子たちなんて問題にもならなかった。

ずっと難しい話をしていた兄が、不意に言葉を止めて、私に顔を向けた。このときはじめて、私はお互いに一糸まとわぬ姿になっていることに気づく。かっと顔が熱くなるのを感じた。

「誰にも、内緒だよ」

言って兄は、おもむろに手を伸ばし、私の頬と首筋のところにあてがう。続けて兄の顔が近づいてくる。きれいな顔が。私はただただ見とれている。兄は目を閉じる。つられるように、私も慌てて目を閉じる。きれいな顔が視界から消えたかと思ったら、唇に、柔らかな感触。湿った何かがゆっくりと唇の表面を這《は》ってゆく。兄の舌だ。いくら子どもでも、何が起きているのかはわかる。キスされているんだ。口の中で舌が絡まっている。次いで兄の手が私の身体《からだ》をまさぐる。膨らみかけた乳房を優しく揉《も》まれる。乳首が充血し、かすかな痛みを覚える。やがて手はまだ陰毛の生えそろわない下半身に伸びてくる。血が沸騰するような熱と、総毛立つような寒気が湧いてくる。身体が浮遊するような奇妙な感覚にも囚われる。心臓は早鐘を打ち、私は閉じた目を更にきつく、ぎゅっと閉じている。性器に何か硬いものが触れる。思わず「あ」と声が漏れる。その何かはゆっくり私の中に侵入してくる。耳元で兄の荒い息づかいがする。痛みはまったくない。これまで一度も感じたことのない不思議な快楽に包まれる。と、同時に底なしの沼に引きずり込まれるような恐怖を覚える。気持ちいい、けれど怖い。怖い、怖い、怖い——。

いつ終わったのかわからない。嗚咽《おえつ》が聞こえる。私がゆっくり目を開くと、兄は両手で頭を掻《か》きむしり、泣いていた。「僕はなんてことを……まるで獣だ……」兄はきれいな顔を歪《ゆが》め、声を震わせた。

「大丈夫よ」

何が大丈夫なのか、わからないけれど、私の口からは勝手に言葉が漏れる。

「誰にも言わないから」

後ろから「おーい！」と声がした。振り向くと、誰かがロッジの前で手招きして呼んでいる。髭を長く伸ばした大きな男だ。兄は「はい」と返事をして立ち上がると、呟《つぶや》いた。

「行こう……、大師《マスター》が呼んでる。大師《マスター》なら救ってくださる」

行っちゃ駄目だ。あの髭の男のところでは、もっと恐ろしくていかがわしいことが待っている。そう直感した私は、歩いてゆく兄の背中に「待って」と声をかけた。そのとき目の前をすっと光がよぎった。煌《きら》めく翅《はね》をはばたかせて飛ぶ、黄金の蝶《ちょう》だ。

次の瞬間、目が覚めた。

＊

今朝はあんな夢を見たからか、目覚めてからしばらく身体の奥の方に、本当に誰かと交わったような官能がうずいていた。もっとも私は、まだ誰ともした経験がないので、あくまで「ような」だけれど。

少し前に読んだ日常の科学についてあれこれ書かれた新書によれば、夢とは睡眠中に脳の中で行われる記憶の整理が意識下に顕《あらわ》れたものだという。脳はこの整理の過程で、記憶と記憶を勝手につないだり、記憶を元にしたストーリーや、予測を紡いだりもする。だから夢はときに非現実的で荒唐《こうとう》無稽《むけい》になる。予測が偶然当たれば、それはいわゆる予知夢のようにも感じられる。

なるほど、確かに私が見た夢も、兄との記憶に基づいたものだ。あれは、私が小学校の中学年くらいのことだ。夏休み、当時大学生だった兄が、サークルのキャンプに私も連れて行ってくれたのだ。あの頃、まだ私は兄を見上げるほど小さかったし、兄のことが好きだった。初恋にも似た思慕を抱いていた。

けれど兄と私はあんないかがわしいことはしていない。当たり前だ。服だってちゃんと着ていた。他にも色々と事実と違うことがある。記憶を元に脳がつくった創作なのだろう。

私は、兄はもちろん、他の誰ともセックスをしないまま、もうすぐ三十になろうとしている。

これまで恋人がいなかったわけじゃない。学生時代に一人、社会人になってからも一人、計二人と付き合ったことがある。どちらもとても気が合って、一緒にいて楽しい人だった。でも、そのどちらとも、セックスはしなかった。向こうは当然のごとく求めてきたけれど、私が拒否してしまった。

怖いのだ。

セックスそのものに興味はあるけれど、怖い。

言葉にしてしまうと、酷《ひど》く幼く感じる。性への興味と裏腹の恐怖なんて、思春期の頃に誰だって多かれ少なかれ覚えるはずだ。みんなそれを跳び越えて大人になる。そういうものだと思う。でも私は跳べないのだ。どうしても。

二人とも、私が嫌がっているのに強引にしたがるような人ではなく、その後もしばらくセックスなしの交際を続けた。けれど結局、別れることになった。まったくなしというのは、やっぱり難しいらしい。

私だって人並みに恋愛して、将来は結婚したいと思っている。授かるなら子どもだって欲しい。でも、セックスができないんじゃ、原則、無理だ。このことは、私の胸にいつも魚の小骨のように、つかえている。

もしかしたら、あの夢は私が心の奥にしまい込んでいる願望が反映したものかもしれない。自分で跳ぶことのできない私を、兄が強引に跳ばせてくれるという……。

私は頭に浮かんだとんでもない考えを打ち消した。

私はそんなことを望んでなんていないはずだ。確かに兄のことを慕っていたけれど、あれは性的なものでなく、憧れに近いものだった。

それに仮にそうだとしても、なぜ、今なのか。あのキャンプはもう二十年近くも前のことだし、兄とも何年も会っていない。なのになぜ、私の脳は今頃になって兄の記憶を整理しようとしたのか。

科学は、夢の仕組みを説明してくれても、その理由までは教えてくれない。

この世で一番兄のことを憎んでいるだろう女《ひと》のスピーチを聞きながら、私はぼんやりと、昨夜見た夢のことばかりを考えていた――。

*

おかげさまで『はぐの森』は、今日で活動開始から丸五年を迎えることができました。思い起こせば……あ、またこの話かとお思いの方もおいでですね。ふふ。だけど、はじめての方もたくさんいらっしゃるので、まあ我慢して聞いてください。

今からもう、十七年も前になりますか。一九九五年、教科書に載るような大きな事件や災害があった年だから、みなさんもそれぞれに思い出すことがあると思いますが、私はあの年に、生まれたばかりの娘を抱えて夫と離婚し、シングルマザーになりました。

悪いことというのは続くもので、その直後に、今度は実家の両親が事故に遭いこの世を去ります。当時、実家にはまだ小学生だった妹がいたんですが、頼れる親戚もなく、私が引き取ることになったんですね。

かくして私は、娘と妹という二人の子どもを育てなければならなくなったわけなんです。この女の細腕で。いや、昔は細かったんですよ、ホントに。

まあ私は、こんな性格ですから、何とかなるだろうと楽観的に構えていたんです。元夫からぶんどった慰謝料もあったしね。それで私は心機一転、幼子を二人連れて瀬戸大橋を渡り、ここ松山にやってきました。

ところが……。

もうこれが想像していたよりもずっと大変でした。特に、最初の三年くらいでしょうかね。ちょっと目を離すとどこへ行くかわからない娘を預けるところが見つからず、妹は妹で思春期の難しい時期に入っちゃって、あ、今、二人とも苦笑いしてますけど、あの子たちの面倒をみるだけでもいっぱいいっぱいなのに、その上、世の中どんどん不景気になっていってしまって。

特に地方は本当に厳しくて、ダブルワーク、トリプルワークで働かないと食べていけませんでした。あの頃、私、横になって寝た記憶がありませんもん。我ながらよく生きていたって思います。

そんな毎日の中で実感したのが、この国では子育てへの公的な支援がきわめて貧弱だということです。それに、最近はいくらかましになりましたけど、当時はシングルマザーってだけで、変な目で見られることも多くてねえ。「自分で選んだんだから苦労するのは当たり前やろう」とか、人それぞれの事情を無視して「親や親戚を頼ればええ」とか、あ、こういうことを言う人、今でもいますけどね。

みなさんご存じでしょうけど、私はこういう理不尽に怒るタイプです。あの頃から少子化は社会問題になっていたんですよ。なのに、どうなっているんだよ、こんなに子育てしにくいんじゃ、そりゃ子どもだって減るよ、と。別に楽をさせろとは言わないけれど、最低限、人間らしく健康的な生活をしながら子どもを育てる権利が私にはあって、それを保障する義務が国にはあるんじゃないのかよ、と。

そんなふうに怒りばかりを溜《た》めていた私の転機になったのは、地域の子育てサークルに参加するようになったことです。

そこでは、私と同じようなシングルマザーや、そうでなくても様々な事情で子育てに悩みを抱えている人、それにすでに子育てを終えた人たちが集まって、互いに支え合っていました。その輪に加わることで、私の負担はとても軽減されたんです。

行政はあてにならないけれど、人のつながりはあてにできる。社会全体の制度をすぐに変えることはできなくても、自分一人の環境ならなんとかなる。これは、私にとって目から鱗《うろこ》でした。

それで、ですね、こういう地域の人と人とのつながりを、もっと強くしていけないか、ということを考えるようになったのです。

私が個人で「愛媛のママネット」というホームページを開設したのが、二〇〇二年、ちょうど十年前のことです。娘が小学校にあがったのと、妹もなんだか分別がついてきたので、私にも多少は余裕ができたんですね。

最初は、掲示板で愛媛や松山のあるあるネタや愚痴を言いあうのが目的のホームページだったんですけどね。あと、ときどき気が向いたときに日本の子育て政策の不備を指摘するような文章を載せたりね。これは、今でもブログで「オピニオン」というかたちで続けてますけどね。当時は、長年溜まった鬱憤《うつぷん》を晴らすためというか、ずいぶん過激なこともたくさん書いてました。

それが妙に注目されたのか、ときどきタウン誌やローカル局で紹介されるようになってアクセスがどんどん増えていったんですね。やがて掲示板の常連さんたちと定期的にオフ会をするようになって、バザーや、送迎代行、一時預かりといった、相互扶助的なこともやるようになりました。

こうして活動の幅を広げていくうちに、私の中でこれをホームページで知り合った仲間だけのもので終わらせるのは、もったいないという気持ちが生まれてきました。しっかりした組織のかたちで継続的な子育て支援をする団体にできないかな、と。類は友を呼ぶじゃないですけど、当時の仲間たちも、って、今は理事になってるんですが、多くが同じように思っていたと賛同してくれて、五年前にＮＰＯ法人『はぐの森』の立ち上げにこぎ着けたというわけです。

手探りでの船出で、どうなることかと思っていたんですが、寄付金をはじめ、本当に望外としか言いようのないご支援をいただくことができ、今日まで順調に活動を継続、拡大することができています。

しかし広く視野を取れば、私が十七年前に直面した公的な子育て支援の貧弱さは、まったく解消されていません。いやむしろ、長く景気が低迷した影響で、悪くなってしまっているとさえ言えます。こういうことはあまり言いたくありませんが、少子高齢化が進む中で、どうしてもお年寄りに対する福祉が優先され、子どものことは後回しにされがちです。特に地方はその傾向が強いと私は思います。

それに加えて、去年の春には、東北であの東日本大震災も発生してしまいました。被災地では多くの家族が、直接的間接的な困難に直面していることと思います。もちろん、愛媛を中心に活動している私たちが、被災地で困っている子どもや親にできることは限られています。しかし、手の届く範囲だけでも、しっかりとつながり合うことは、いずれ大きな輪になり、被災地にも、いや、日本のどこまででも届くはずです。

そう信じて、これからも活動を続けていきたいと思っております。

では、乾杯！


「乾杯！」の声が響き、そこかしこでグラスをぶつける高い音がする。

会場として借り切った市民ホールには、会員や支援者、その子どもたち、合わせて二百人近くが集まっているだろうか。

大したものね、と思う。

信用金庫に勤めている私は、窓口業務とはいえ、仕事柄、さまざまな起業の実例を見聞きする。この不景気の中、地方で事業をはじめるというのは本当に大変なことで、営利目的のビジネスでさえ、ほとんどのケースでは軌道に乗せることができずに頓挫してしまう。

個人のホームページから始めた非営利の事業をここまで広げた姉には、行動力だけでなく経営の才覚も備わっていたんだろう。

スピーチで姉は被災地のことを案じてみせたが、実は東日本大震災の打撃は『はぐの森』にも降りかかっている。昨年三月以降、集まる寄付金が減ってしまったのだ。

毎月、大口の寄付をしてくれていた匿名の篤志家《とくしか》が、寄付を打ち切ったようだ。相手が匿名なので確認しようもないけれど、タイミングからしてやはり震災の影響なのだろう。ああいう大きな災害があると、そちらに寄付を変更する向きは少なくないという。

無論、文句を言う筋合いのことでもないのだが、活動費の大半を寄付に頼っている小さなNPOとしては、突然の減収は痛い。それでも姉は、経費のやりくりをして、新たな支援者を募り、赤字を出さずに運営を続け、今日の五周年を迎えた。本当に大したものだ。

「なあ、お姉ちゃん、いやんなっちゃうなぁ、お母さん、いっつも、うちらのことネタにして」

姉の娘、沙貴《さき》がそう言ってジュースを一口飲んだ。赤ん坊の頃から松山で育った沙貴は、この土地の言葉で喋《しゃべ》る。

戸籍上、彼女は私の姪《めい》なので本当は「おばさん」になるはずだが、昔から「お姉ちゃん」と呼ばれている。私から訂正する気はない。

姉曰《いわ》く「ちょっと目を離すとどこへ行くかわからない娘」だった沙貴も、もう高校生だ。学校では生徒会で副会長をやっているという。

私は苦笑いをしてみせた。

「まあ、いいんじゃない？　私らが姉さんに苦労かけたのは本当なんだしね。私は感謝しているよ」

これは本心だ。姉が生活を支えてくれたおかげで、私は大学まで進学することができた。もし姉がおらず、両親が死んだあと一人きりになっていたら、どうなっていたことかと思う。

「えーっ」

沙貴は口を尖《とが》らせる。けれどその顔は言うほど嫌がっていない。

彼女は実の娘だから、感謝ばかりというわけじゃないだろう。家では姉と沙貴が本気の大《おお》喧嘩《げんか》をしているのを何度も見たことがある。けれど、なんだかんだいって姉のことを尊敬しているのだと思う。今は私と同じように、ボランティアというかたちで『はぐの森』の活動に関わっているし、ゆくゆくはもっと積極的に姉の仕事を手伝うようになるんじゃないだろうか。

私はグラスに注がれた愛媛の地ビールに口をつけた。協賛してくれている酒造会社からの差し入れだ。苦みの薄いすっとした飲み口で、少しだけ甘みもある。ドライビールなんかよりだいぶ飲みやすくて美味《おい》しい。

グラスの半分も飲むと、顔が火照《ほて》るのを感じた。下戸《げこ》ではないし、お酒は好きなのだが、弱くてあまり飲めない。我ながら損な体質だと思っている。

グラスを片手に、会場中を挨拶して回っている姉がやってきた。

「奈都《なつ》、沙貴、お疲れさま！　今日はありがとね」

「姉さんも、お疲れさま」

グラスを合わせたあと、沙貴が早速、姉に抗議する。

「お母さんさあ、うちらのことネタにすんのやめえやぁ」

「ん？　にゃっはっはっは、ごめんねえ」

姉は上機嫌で、笑いながら両手を合わせる。

その顔はもう真っ赤になっている。私と同じで、好きだけど弱い損な体質なのだ。私と姉は母親が違うから、たぶん、父の遺伝なのだろう。

「あー、全然、ごめんと思うとらんね！」

「思ってるってば。亥《い》年生まれは、誠実なのよ」

「みんな、そうやし！」

沙貴は、頬をふくらませた。「亥年生まれは云々《うんぬん》」というのは、姉がときどき言う内輪受けの冗談だ。

私は顔も見たことのない姉の母が亡くなったのは、姉が小学校にあがってすぐのこと。詳しく聞いたことはないけれど、脳梗塞だったらしい。それからしばらくして、父は再婚、その後、姉が十二歳になる年に私が生まれた。そんな事情だから、私と姉はちょうどひと回り離れている。そして姉が沙貴を産んだのも、私が十二歳になる年。私と沙貴もやはりちょうどひと回り離れている。だから、私ら三人はみんな同じ亥年なのだ。

姉は声をあげて笑った。「もう！」と言った沙貴もつられて吹き出していた。

「ああ、姉さん、そう言えばさ――」

「ん？」

口を開いたあとで、はっとした。すんでのところで、そのあとに続くはずだった言葉を飲み込む。

——昨日、兄さんの夢を見たんだよ。

私、何を言おうとしたの?

「あー、えっと、なんだっけ」

しどろもどろになりつつ、誤魔化した。

「何よ、あんたもう酔っぱらってんの」

「ああ、うん。そうみたい。でも姉さんだって、人のこと言えないでしょ」

「ふふ、そうね」

姉は赤い顔でにっこり笑う。

さっきの姉のスピーチに嘘はないけれど、実は話していないことがある。たとえば、姉が私と沙貴を連れて、ここ松山にやってきた理由。私たちの地元は、埼玉県の春日部《かすかべ》市だった。姉は「心機一転」と言うが、首都圏を離れて縁もゆかりもない四国までやってきたのには、それなりのわけがある。

それは私と姉の間にいる、もう一人のきょうだいのせいだ。姉にとっては同じ母親から生まれた弟、私にとっては腹違いの兄。もしあの兄がいなかったら、私と姉の人生はずいぶん違ったものになっていただろう。たぶん姉は離婚なんてしていないだろうし、松山にも来ていない。この『はぐの森』というNPO法人も誕生していなかったはずだ。

兄のことを人に話しても、たぶん誰も幸せにならない。だから姉は黙っている。娘の沙貴にも、一生告げる気はないのだろう。姉は離婚の理由を「性格の不一致」と説明しているし、沙貴は今のところそれを信じているようだ。

すべての真実を明らかにすればいいと言いきれるほど、この世界はシンプルじゃない。ときに隠しておくべき真実もあるだろうし、兄のことは少なくともこの場で私が漏らすべきことじゃない。

「二人とも、今日は本当にありがとうね」

言って姉は別のテーブルに挨拶をしに移っていった。

「やんなるわぁ」

やはり沙貴は言うほど嫌そうじゃない。

私は内心、すんでのところで言うべきでないことを言わずにすんだことに安堵《あんど》しながら、ビールをもう一口くちにする。

ふと、兄と最後に会ったときのことが頭をよぎった。

二〇〇四年だから、もう八年前か。六月の、小雨が降って少し蒸し暑い火曜日だった。当時大学生だった私は、一人でこっそりと兄に会いに行ったことがある。

兄は私の顔を見ると酷く驚いていた。

――ああ、なっちゃんか。すっかり大きくなったね。

幼い頃以来、久しぶりの再会だった。兄は少し老けていたけれど、相変わらずきれいな顔をしていた。私はぽつりぽつりと、私や姉の近況を知らせた。

――どこか遠くに行くよ。

そう告げた兄に、私は思わず「死なないで」と言っていた。

――死なないよ。

兄はくすりと笑った。

――死なないで、生きる意味を探すよ。

遠くってどこだろう？　兄は今、どこで何をしているんだろう？　生きる意味は、見つかったのだろうか。

そう、この時点ではまだ、私は兄がその言葉のとおりに、どこかで生きていると思っていたのだ。

＊

子連れの参加が多いため日曜の昼に催されたパーティーは、二時半にはお開きになった。その後、ファミレスで二次会をすることになったが、私はこれには参加せず、独りで先に家に帰ることにした。少し熱っぽいと、嘘をついて。

姉には感謝しているし『はぐの森』の活動もできる限り手伝いたいと思っている。でも、あのNPOの人たちと長い時間接していると、私はどこかいたたまれなくなる。

姉はもちろん、スタッフもボランティアも、誰も彼も、女が子を産み育てることを全力で肯定して支援している。そういう団体だし、私だって共感はしている。

けれどときどき、眩《まぶ》しすぎる。子どもをつくる行為さえ怖くてできない自分が、女として壊れているような気にさせられる。

こんな考えが馬鹿げていることはわかっている。わかっていても、感じることや思ってしまうことは、止めることができない。

こういう自分でコントロールできない思いや感情は、一体どこから来るのだろう。

自宅の最寄り駅のコンコースを抜けた駅前広場で、知った顔を見つけた。信金で同期の落《お》合《ち》くん。職場で見かける白いワイシャツじゃなく、ポロシャツにジーンズという出《い》で立ちだ。自販機で飲み物を買おうとしているところだった。

向こうもこちらに気づいたようで、手を振った。

「野々口《ののぐち》さん？　あ、きみんち、こっちやっけ」

「うん。落合くんは、どうしたの」

「例の加山《かやま》さんの件で、警察に呼ばれてん」

ああ、そういうことか。警察署はこの駅からすぐのところにある。彼は今、ちょっとした

「事件」に巻き込まれている。

「どうだった？」

「前に信金で訊《き》かれたことと同じ。いつ頃から加山さんの姿を見なくなったかとか、娘さんがどう説明しとったかとか、確認する感じじゃったわ」

加山さんは、外回りで落合くんが担当していた顧客だ。いや、「だった」と言うべきか。二年くらい前から、調子を崩したとのことで家に伺っても本人は出てこず、娘さんが対応するようになったという。もう八十過ぎのお婆《ばあ》さんだったので、そういうこともあるかと誰も特に疑問に思っていなかった。

が、先日、警察が信金にやってきて、加山さんがすでに亡くなっており、娘さんがずっとそれを隠していたことを知らされた。自宅で自然死したのに死亡届を出さず、生きていることにしていたのだ。年金を詐取《さしゅ》するために。

同種の事件は全国で起きているようで、一昨年だったか、東京で戸籍上百十一歳の男性が白骨化した死体で発見されたことや、長崎県で二百歳になる男性が戸籍上まだ生存していたことなどが、「高齢者所在不明問題」として大きく報じられた。

くだんの加山さんは、まだ元気だった頃に、支店にもよく来ていて私も覚えていた。気の好《い》いお婆ちゃんで、年金口座を持っている顧客が来店したときに、漏れなく渡していた黒飴《くろあめ》を素直に喜んでくれていた。あの人が、人知れず死んでいたのかと思うと、悲しいというより寂しい気分になる。

「ほうや、そいから、あとから見つかった骨のことも心当りないか訊かれたけん、なんせ俺の生まれる前のことやけ。なんとも言えんかったわ」

「あれは加山さんと関係ないの？」

「ああ、警察もそう考えてるみたいやったよ」

警察が取り調べたところ、加山さんの娘さんは、母親の遺体を郊外の丘陵地にある沼に棄てたと供述したらしい。これを受けて警察が捜索したところ、供述どおり加山さんと思われる白骨化した死体が見つかった。が、もう一体、別人と思われる白骨も見つかったという。そちらの方は、死後、五十年は経過しているとみられ、まったく身元はわかっていない。このことは新聞にも載り、ニュースでも取りあげられた。

「野々口さんは？　今日はなにしとん」

「うん、あの、ほら、私の姉さんがやってるＮＰＯの五周年パーティーがあってさ」

「ああ、あの、シングルマザーの」

「そう。あ、中沢《なかざわ》さんに、もしシングルになることがあったら、いつでも相談してって、伝えといてよ」

「うちは大丈夫じゃっての」

私の危険球気味の冗談を、落合くんは、苦笑いでかわしてくれた。さすがにもう、気まずいってことはない。

中沢さんというのは、落合くんが去年結婚した奥さんの旧姓だ。やはり同じ信金の職員で、私たちの後輩にあたる。で、その中沢さんの前に落合くんと付き合っていたのが、私。彼は私の人生で二人目の、そして今のところ最後の、セックスを拒否して別れることになった恋人だ。

「じゃ」と私たちは互いに手を振り、その場を立ち去った。

中沢さんは結婚後、退職して双子の赤ちゃんを産んだ。二卵性で、男の子と女の子だ。落合くんが写真を見せてくれたけれど、とても愛くるしい。

心から、よかったねと思う反面、ちょっと悔しいし、中沢さんのことを羨《うらや》ましいと思ってしまう。

駅へ向かう落合くんの背中を見つめながら、もしもセックスができたら、私は彼の子を産んでいたのだろうか——なんて、くだらないことを考えてしまう。

*

自宅マンションの玄関で靴を脱いで中に上がると、まるでそれを待っていたかのように電話の呼び出し音が響いていた。

小走りにリビングまで行って、電話機を見る。ナンバーディスプレイには馴染《なじ》みのない市外局番の番号が表示されていた。

誰だろう?

わたしは受話器を取った。

「はい」

とりあえず、知らない番号からの電話のときはこちらから名乗らないようにしていた。

『突然のお電話で申しわけありません。私、宮城県警S署の竹林《たけばやし》という者です。野々口勲《いさお》さんのご家族の方でしょうか』

私は、心臓がどくんと跳ねる音を聞いた。

突然、電話をかけてきた警察官は、柔らかい印象の淡々とした声で、昨夜、夢に見た兄の名前を口にした。

思わず絶句してしまう。

『あの?』

「あ、はい。そう……です。妹、です」

私はてっきり、兄がまた何かやってしまったんだと思った。だとすれば、姉の『はぐの森』は活動休止に追い込まれるかもしれない。それに沙貴は、最悪のかたちで叔父の存在を知ることになる。

『ああ、そうですか。妹さん。実はですね、先日、海中で発見された遺体が、お兄さんのものと判明しましたのでね、こうしてご連絡を差し上げた次第なんです』

「え？」

死体？　兄さんが、死んだ？

『お兄さんは、海底から引き揚げられた車の中から見つかったんです。検視の結果、死後、一年ほど経過しており、やはり震災のときに津波に呑《の》まれたものと思われます――』

ここまで聞いて、私は宮城県警というのが、被災地の警察だということに思い至った。

死なないと言った兄は、海の中で死んでいた。

『ご愁傷《しゅうしょう》様です』

私は「いえ……」とぼんやりとした相づちを打った。兄が東北にいたことすら知らなかった。

『身元につきましては、所持していた身分証明書と、DNAで判明しました。それで、可能な限り早急に、ご親族に、ご遺体と所持品の引き取りをお願いしたいのですね』

これが本題のようだ。竹林というその警察官は、引き取りの手順を丁寧に説明してくれた。

加山さんがそうだったように、通常、水中に一年もあった死体は白骨化してしまうのだが、兄の死体は、特殊な条件が重なったのか、死蠟《しろう》というミイラのような状態になって、かなり原形を留《とど》めているという。長距離の輸送には適さないので、できれば宮城かその近隣で火葬の手配をしてから引き取りにきて欲しい、とのことだった。

私はとりあえず、いつになるかわからないが、引き取りに行くことだけは了承し、今後何かあれば連絡は家でなくこちらにして欲しいと、携帯電話の番号を教えた。

電話を切ったあと、気づいたことがある。DNAで身元が判明したということは、警察のデータベースに兄のDNA情報があったということだ。


その日の深夜、沙貴が寝たあとで姉に電話のことを話した。これは予想していたことだったけれど、五周年パーティーを無事に終え上機嫌だった姉は、私が引き取りを了承したと聞くなり、人が変わったように怒った。

「何、勝手に決めてんのよ！　明日、断りの電話しなさい！　たとえお骨でも、あの男にこの家の敷居をまたがせるなんて絶対に嫌！」

姉は兄のことを「あいつ」とか「あの男」と呼ぶ。

姉が憤るのも無理はないし、それだけのことを兄はしている。

私は、火葬や引き取りにかかる費用は全部自分で持つこと、お骨も家には持ち帰らないこと、この件で姉や沙貴に迷惑がかからないようにすることを約束するから、行かせて欲しいと頼み込んだ。

「どうして、そこまでしたがるの？」

問われてはっとした。私は自分がなぜ兄の遺体の引き取りにこだわるのかよくわかっていなかった。けれど、口からは答えが出た。

「お願い、せめて最後くらい弔《とむら》ってあげたいの」

私は自分の言葉で自分の思いを知った。決して赦《ゆる》されないことをしてしまった兄だけど、最後くらいは弔ってあげたい。そういう情が確かにある。

しばらくの押し問答のあと、私がどうしても折れる気がないと察したのか、姉の方が折れた。

「もういいわ。勝手になさい」

姉は最後にため息をついて、こう付け足した。

「あんたやっぱり、桃《もも》さんの子だね」

桃さんというのは、私の母のことだ。


一九九五年、姉が離婚した年に起きた「教科書に載るような大きな事件や災害」のうち、「事件」の方を――丸の内乱射事件と呼ばれるあの事件を――起こしたのは、兄が熱心に信仰する宗教団体『シンラ智慧《ちえ》の会』だった。

当時、兄は家を出て、北関東の霧遠沢《きりとおさわ》という土地にある〈繭《コクーン》〉と呼ばれる教団本部で生活をしていた。乱射事件には関与していなかった兄だったが、強制捜査の際に警官隊の侵入を阻止しようとし、公務執行妨害で逮捕された。これが姉が離婚することになった直接の原因だ。姉の元夫の家族が縁を切ることを強く望んだという。

更にその直後、教団の儀式で女性信者が死亡したことを隠蔽《いんぺい》した事件に、兄が関わっていたことが発覚する。

兄は教祖、天堂光翅《てんどうこうし》の指示により、その死亡した女性信者の死体を解体したあと、家庭用のミキサーを使って粉々にして、川に流していたのだ。

逮捕された他の信者の証言や、教団本部から発見されたミキサーにわずかに残っていた肉片などの証拠により事件は立件され、兄は逮捕監禁致死及び死体遺棄の容疑で再逮捕された。

あの頃、マスコミ各社のシンラ周辺への取材攻勢は凄まじく、我が家は様々なメディアで「狂信者を生んだ家庭」と報じられることになった。

そんな中、父と母は車で事故を起こして死んでしまう。私が学校に行っている間の出来事だった。国道の対向車線を走るトラックと正面衝突したという。遺書はなかったけれど、姉は父による無理心中だと信じているし、私もそう思う。私や姉を巻き添えにしなかったのを、不幸中の幸いと思うべきか、薄情と思うべきかはよくわからない。

私たちが松山にやってきたのは、とてもじゃないが地元では暮らしていくことができなくなったからだ。

「一番気の毒なのは、桃さんよ。うちの男どものせいで」

姉はあの当時のことを思い出すと、いつもそう言う。

母はすべての原因をつくった兄とは、まったく血がつながっていない。それこそ、姉の元夫のように縁を切り逃げることだってできたはずだ。しかし母はそうしなかった。たぶん、母にとって家族というのは、血のつながりとは関係のないものだったのだろう。それどころか、兄をかばうようなことさえよく口にした。

「勲さんは、悪い人じゃないの。むしろ真面目な人よ。それはみんな、わかっているでしょう。ただあまりにも純粋で繊細すぎただけなの。だからいつも何かに悩んで、苦しんでいた。もちろん、勲さんがしたことが赦されないのはわかってる。けれど、せめて私たちだけは、勲さんが罪を償って帰ってきたら、家族として迎えてあげましょう。引き留めることができなかった私たち家族にも責任があるのよ」

母の言うとおり、兄は純粋で繊細な人だったのだと思う。大学に入学した頃から、うわの空で何かを考え込んでいることが多くなった。個人的な人間関係か、あるいはもっと大きな社会のことか、悩み事があったのはたぶん間違いない。けれど私の知る限り、兄は家族の誰にもそれを打ち明けず、信仰に救いを求めた。

決まって姉は「桃さん、悪いけど私にはそんなふうに思えない」と反発し、母は「そんな悲しいこと言わないで」と泣き、父は無言で苦痛の表情を浮かべていた。

もしかしたら、父はそんな時間に耐えられなかったのかもしれない。

作りかけの人形みたい――ひと目、そう思った。

それは、頭頂部と腹から下腹部にかけて白い布をかけられストレッチャーに横たわっていた。全体的にふやけたようにむくみ、奇妙なむらのある淡い琥珀《こはく》色に覆われている。その質感は硬く、生々しさやグロテスクさはない。かろうじて人らしきかたちをしてはいるが、造形は曖昧で未完成な印象だ。

でもこれは、未完成なのではなく、完成していた人が壊れた姿だ。すでに決定的なものは失われ、どんなにかたちを整えても、色をきれいに塗り直しても、もう人に戻ることはない。

あの電話を受けてから二週間後、被災地の町の火葬場。火葬炉前の小さなホールで、私は変わり果てた兄と再会した。

地元の葬儀社に電話をして火葬の予約をしたところ、葬儀社が改めて警察と段取りをしてくれ、遺体の引き渡しはここで直接行われることになったのだ。

ちょうど上手《うま》いこと日程を調整できたので、私は夏休みを当てることができた。

「どうでしょう。面影はありますか」

背後から柔らかな声で尋ねられた。最初に連絡をくれ、今日も立ち会うことになった警察官、竹林だ。彼は実際に会ってみると、その物腰や声色に似合わない鬼瓦のような厳《いか》つい顔をした五十がらみの刑事だった。

面影と言われても、目鼻立ちはぐずぐずに崩れてしまっている。ふと思い、身をかがめ、顎の下の部分を覗《のぞ》き込んでみた。そこには小さな黒い染みのような点が一つ。幼い頃見上げたあの黒子だ。

「はい。兄だと思います」

「お悔やみ申し上げます。電話でも話しましたが、死後一年以上経過して、これほどきれいなまま残る遺体は本当に珍しいんです」

竹林はどこか慰めるように言った。

そうか、これでも「きれい」なのか。

かつて私が見とれた美しさなど、見る影もなくなっているけれど。

「では」

竹林は振り返り、後ろに控えていた葬儀社の人たちに合図をする。

「失礼します」

黒いスーツを着た葬儀社の男性職員二人が、遺体をストレッチャーから台車に載った棺《ひつぎ》に移す。

「最後のお別れを」

促されて、私は棺の前に立ち、兄の顔を覗き込んだ。死蠟化して曖昧になった顔には現実感はなく、悲愴《ひそう》さも気味の悪さも感じなかった。

——どこか遠くに行くよ。

——死なないよ。

兄がかつて信じた教義によれば、人間は、物理的な肉体だけでなく霊的な次元でも存在しており、本質的に不滅なのだという。肉体が死んでも魂は死なず、内なる神と共に転生を繰り返し、より高いステージへと昇ってゆくのだという。その最も高いステージにいるのが、信者が「大師《マスター》」と呼ぶ教祖。夢で兄と私を呼んでいたあの髭の男、天堂光翅だ。私もあのキャンプのときに一度だけ会ったことがある。

兄は本当は死んでいないのだろうか。魂はこの肉体を離れて、どこか遠くに行ったのだろうか。

いや違う。兄は逮捕後、信仰を棄てている。裁判でもはっきりと証言している。

兄は死んだんだ。魂なんてものは存在しない。兄の思考と意志は、脳の機能が停止したときに、どこにも行かず消滅したんだ。

私は一度だけ手を合わせると、葬儀社の職員に「お願いします」と声をかけた。

火葬を待つ間、ラウンジで引き取りのための書類を書き、所持品を受け取ることになった。

館内には喪服を着た人がたくさん行き交っている。

「遠いところ、本当にありがとうございました」

ラウンジの隅にあるテーブルにつくと竹林が頭を下げた。

礼を言われるのも少し変な気がしたので私は「いえ」とかぶりを振った。

「今日は、どうやって来られましたか。飛行機で？」

「ええ仙台までは。空港でレンタカーを借りました」

「そうですか。お疲れさまです。お足も出せませんで、申しわけありません」

「いえ、いいんです」

「お兄さんも、身元が明らかになって、ご家族に弔ってもらえてよかったと思います。未《いま》だに、身元がわからない方や、わかっても引き取り手がいない方がずいぶんいますから」

「そうなんですか……」

「震災直後は、小学校やら公民館やらを遺体の収容所にして身元確認をしていたんですが……、なんせ数が尋常じゃなかったので、それはもう大変でした」

自身も関わっていたのだろう竹林の声には、陰のある実感がこもっていた。

広い施設の床に、おびただしい数の遺体が安置されている。身元の確認に来た遺族たちは沈痛の面持ちで家族の死と向かい合う——たとえばそんな言葉から想像するものよりも、はるかに生々しい現実をこの人は見たのだろう。

「いくら冷やしたところで何日も置いておけるものじゃありませんから、身元がわからなくても、少しずつ処置をしていくしかありません。火葬じゃ間に合わないので、仮埋葬と言って、かなりの数の方を一時的に土に埋めさせてもらったんですよ。荼毘《だび》に付すときくらい、どこの誰かがわかればいいんですがね……」

一番最近の報道では、東日本大震災による死者の数は一万五千人を超え、行方不明者もまだ三千人以上いるという。その中にはおびただしい数の名前のない死が含まれているのだろう。

「復興もまだまだでねえ。これで、原発事故も起きていたらと思うと、ぞっとしますよ」

竹林は首をすくめた。

東日本大震災の際、福島県の福島第一原発は津波の直撃を受けて、すべての外部電源が喪失してしまった。しかし非常用電源が作動し、原発は緊急停止して事故を免れたのだ。これは地震の二年前に、万が一を考え、地下にあった非常用電源を高台に移設していたのが功を奏したかたちだ。もし、非常用電源を地下に設置しておいたままなら、全電源喪失により原発が暴走し、甚大な事故を起こしていただろうと言われている。

「さて。これが、お兄さんが身につけていた持ち物です」

竹林はテーブルの上に黒いウエストポーチとキーホルダー、財布、数枚の小銭、そして保険証と免許証を並べた。

兄はウエストポーチをつけた状態で死んでおり、そのポーチの中に財布とキーホルダーが、さらに財布の中に保険証と免許証が入っていたという。

キーホルダーには、錆《さび》が浮いた鍵が四本ついていた。どれもまったく形状が違う。身分証明書はどちらも酷く文字がかすれていたけれど、どうにか判別はできた。住所の欄に、私には馴染みのない宮城県内の市と町の名が記載されている。

「アパートの方には?」

「一応、このあと、伺うことにしています」

兄が住んでいたアパートの大家とも、すでに連絡を取り合っており、今日、ついでに引き払いの手続きもすることになっていた。

「そうですか。それと、お兄さんが亡くなられたときの状況ですが……。はっきりと断定するのは困難なのですが、仕事の配達中に津波にさらわれてしまったようですね」

「配達、ですか」

「ええ。『イガタヤ』というスーパーにお勤めだったようです。ご遺体は海に沈んでいた配達用の車の中から発見されました」

竹林は保険証の隅を指さす。そこには事業所名称として「有限会社イガタヤ」と記載されていた。それを見て今更、その保険証が社会保険のものだと気づいた。

「スーパーで働いていたんですね……」

「ご存じありませんでしたか」

「ずっと音信不通でしたので」

私は兄がどこか遠くで生きていると思っていながら、具体的にどんな生活をしているのかまで考えたことなどなかった。

「店長さんの話では、大変、真面目に働いていたようです」

竹林の口調には、かすかに、兄を弁護するような響きがあった。

「あの……」

「はい？」

「竹林さんは……その、兄のことを？」

「ああ、ええ。DNAを調べたときに、ね。わかりましたんで」

竹林は一度言葉を切り、やや逡巡《しゅんじゅん》したあと続けた。

「実はね、DNAの照会後、公安から死亡状況の問い合わせがあったんです」

公安という言葉にぎくりとする。

どうやら顔に出てしまったようで、竹林は取り繕うように言った。

「あ、いや、念のための確認という感じでしたから、気にされることはないですよ。ただ、震災のあと、東北《こっち》に、シンラと似たことを掲げてる団体が出てきましてね」

「え？」

「いや宗教なのかすら、よくわからないんですがね、震災の直後から〝沼〟と名乗る男が、辻説法《つじ》のようなことをやってましてね。『この世界をつくった神は狂っている』とかなんとかね。それに共感する連中が集まっているみたいなんですよ。今のところ規模としては小さいし、妙なことはしていないようですが、主張が主張だけに、公安は気にしているようです」

「あの、その団体と兄は何か関係が……」

「いや、ないようです。そもそも〝沼〟は震災前にはこっちにいなかったみたいですしね」

竹林は顔の前で手を振って、苦笑した。

「そうですか」

「まあ、わからんじゃないですけどね、あんな災害のあとじゃ、もし神なんてもんがいるなら、そいつは狂っているに違いないって、思うのも。もっとも私は神自体、信じませんけどね」

私もそう思う。

神様なんて、きっといない。

でも、だとしたら、この世界はなぜあるのだろう。以前読んだ新書には、宇宙がどのように誕生したかを科学的に解明することができたとしても、なぜ誕生したかについてはわからないだろうと書いてあった。夢の仕組みがわかっても、夢を見る理由まではわからないのと一緒だ。

「あの事件から十五、いや十七年ですか……。正直、私はお兄さんの名前だけでは、わかりませんでしたよ。勤め先の店長さんもね、知らなかったんじゃないですかね」

竹林の言葉に、少しの安堵を覚えた。

乱射事件後、起訴されたシンラの信者は二百人近くもおり、これまで教祖をはじめ十一人の死刑が確定している。乱射事件と関わりのなかった兄は、全体からすればワンノブゼムの小さな一人に過ぎない。その名前は、かつてテレビや雑誌で幾度も報じられ、今なお、ネットで兄の名前を検索すれば、すぐにシンラや事件の情報にたどり着く。私と姉をはじめ、何人かの当事者は、兄のことを一生忘れようもない。しかし世間の人々の記憶からは、もうほとんど失われつつある。だから姉だって、兄のことを隠し、いないことにできているのだ。

――なっちゃん！

私は思わず振り向いた。

喪服を着た四人ほどの集団だった。先頭の男性が桐箱《きりばこ》を抱え、その傍らで女性がすすり泣きながら、名前を呼んでいる。

「ねえ、なっちゃん……菜々子《ななこ》……」

私を呼ぶ声ではなかった。私とは別の、なっちゃん。

泣いている女性は、母親のようだ。あの桐箱の中に納められているのは、竹林が言っていた仮埋葬されていた被災者の遺骨だろうか。

仮にあと十七年したら、私はこの震災のことをどのくらい覚えているだろう。

＊

兄は一時間ほどで灰になった。

所持品と遺骨を受け取った私は、レンタカーで兄の住んでいた町へ向かった。途中、少しだけ遠回りして海の方を通ってみることにした。

市街地を抜けて、住宅と畑が点在するのどかな町の中を走り、海へ近づいてゆく。すると突然、奇妙な景色が眼前に広がった。

一本の川を境に切り取られたように、町が消えているのだ。

私は路肩に車を駐《と》めて、外に降りてみた。川からは饐《す》えたような嫌な臭いが、かすかに漂ってきた。

こちら側には、平穏と言っていいほどの町並みがあるのに、川の向こうは荒野のような更地になっている。まさに町を根こそぎどこかへ持っていかれてしまったようだ。

川の堤防で津波が止まったんだと気づく。同じ町の数メートルほどの距離で、明暗がくっきりと分かれてしまったのだ。この町に住む人々は、地震が起きる直前まで、いや、津波が襲ってくる直前まで、こんなことになるとは夢にも思わなかっただろう。

近くの電信柱に妙な張り紙がしてあるのに気づいた。黄ばんだ紙に、酷い乱筆でこう書かれている。


——神は発狂している。


他には署名も何もない。四隅をのり付けしているようだが、右下が剝がれて、バタバタと風にはためいている。

見ると、隣の電信柱にも、その隣の電信柱にも、ずっと同じ張り紙がしてある。

先ほど竹林が言っていた〝沼〟なる者が貼っているのだろうか。

〝沼〟がどういう人物で、何を目的にこんな主張をしているのかはわからない。ただ、確かにかつて兄が信じた宗教も、同じような主張をしていた。

『シンラ智慧の会』によれば、この世界は狂った神がつくった〈悪の世界〉であり、ゆえに様々な苦しみに溢《あふ》れているのだという。彼らはこの〈悪の世界〉を一度滅ぼして浄化するため、東京の真ん中で銃を乱射した。シンラの教えでは魂は不滅なので、肉体を滅ぼすだけの殺人は肯定されてしまう。

のちに逮捕された実行犯らの証言によれば、彼らは自らが正しいことをしていると確信していたようだ。傍目《はため》には殺戮《さつりく》でしかないものを聖戦と信じ、世界を救うために引き金を引いていたという。

当時まだ子どもだった私はもちろん、父と母や姉もきっと、シンラがそんなことをするなんて夢にも思っていなかった。乱射事件以前は市井《しせい》の多くの人々もそうだったろう。兄は事件の四年前、大学の友達から「現代社会研究会」というどこにでもありそうな名前のサークルに勧誘された。それが、シンラのダミー団体だった。

シンラの信者には、学歴が高く、内向的な若者が多かったという。兄はまさにそのタイプだ。

シンラの教えは兄の心の隙間にすっぽりと収まったようで、すぐに入信することになった。父と母は多少心配していたようだけど、反対まではしていなかった。世間的にも、当時、シンラは危険な団体とはみなされていなかった。宗教学者や文化人の中には教祖を「本物の宗教家」などと持ち上げ、シンラを現代に生きづらさを感じる若者の受け皿として評価する者すらいたのだ。加えて、くだんのサークルに加入して以来、それまで何かに悩んでいたふうだった兄は、嘘のようにすっきりした顔をするようになった。父と母は、これなら宗教も悪くないと思ったのかもしれない。

夢で見たように、私は一度だけ兄に連れられてそのサークルのキャンプに参加し、天堂光翅にも会っている。大きな身体と長い髭、そしてつぶらな瞳が印象的で、黒い髭のサンタクロースのようだと思った。関西弁で周りの人に気さくに話しかけ、キャンプの間中、ずっとにこにこと笑っていた。現実の私は夢の中のように危険な予感を覚えることも、警戒することもなかった。優しいおじさんなんだなと思っていた。

川で魚を釣って、バーベキューを食べ、ロッジで一泊した。他のメンバーも家族を連れてきていたので、様々な年代の人の姿があった。

夜、ロッジで行われた集会では、様々な社会問題を討論したり教養の話などもしていたようだけれど、小さな私にはよくわからなかった。

このキャンプには、のちに兄が死体を解体することになる女性信者も参加していたという。彼女は、夫と娘と三人で来ていたらしいけれど、それはあとから報道で知ったことで、私はよく覚えていない。私より少し年下の女の子がいて、一緒に遊んだ記憶がおぼろげにあるので、もしかしたらあの子がその娘だったのかもしれない。

逆に印象に残っているのは「聖母様」のことだ。そう呼ばれている女性がいて、彼女は天堂光翅の母親らしかった。優しい雰囲気の、物静かな人だった。夕方、水遊びを終えた私が川から上がると、彼女は一人、岸辺に佇《たたず》んでいた。よく見ると涙ぐんでいた。それに気づいた私は近づいて「どうしたの？」と尋ねた。聖母様は指で涙を拭《ぬぐ》うと、絹のように柔らかな声で言った。

「きれいな景色でしょう」

夢中で遊んでいるうちは気づかなかったけれど、熟したような赤い夕陽《ゆうひ》を映して流れる川は、確かにえもいわれぬ美しさだった。私はこくりと頷《うなず》いた。

「私の生まれ故郷にも、大きな川が流れていたの。もう一度、こんなにきれいな景色が見られるなんてね。馬鹿なことをしないで、本当によかったわ」

聖母様は穏やかな、本当に穏やかな笑みを浮かべていた。「馬鹿なこと」とは具体的になんなのか、わからなかったけど、私は景色に見惚《みと》れているうちに、聞きそびれた。

このキャンプの時点で私はシンラに対して少しも悪い印象を持たなかった。もしもここで時間が止まっていたら、聖母様の言うとおり「本当によかった」と思えただろう。

けれど、事件は起きた。

シンラの本性は、すべてあとから報道で知った。私にとってよりショックだったのは、シンラは暴力的な面だけでなく、いやらしい面も隠し持っていたということだ。シンラ内で「秘儀《イニシエーション》」と呼ばれていた儀式の中には、性的でいかがわしいものが多くあったという。天堂光翅はその立場を利用し、多くの女性信者と肉体関係を結んでいた。またときに「解放の儀」などと称し、若い信者たちを集め乱交させていたという。週刊誌が扇情的に書き立てた。

思春期の入り口に立っていた私は、テロや人殺しよりも、強い嫌悪を覚えた。それでいながらどういうわけか、夜、布団にもぐり込んだときなどに、兄があのキャンプに参加していたメンバーたちと行為に及んでいる様子を想像してしまうのだった。それどころかときには、その行為に自分が加わっていることさえも想像していた。そしてそのあと、いつも私は激しい罪悪感と自己嫌悪に苛《さいな》まれた。

私がセックスに恐怖を抱くようになったことに何か原因があるとすれば、たぶんこの経験なのだと思う。想像と自己嫌悪を繰り返すうちに、セックスそのものが嫌悪の対象になってしまったのではないだろうか。

もっとも、専門家の診断を受けたわけでもないし、そうだと言いきれる証拠があるわけでもないのだけれど。

＊

海からそう遠くないところにあるそのアパートに着く頃には、もうすっかり陽がかたむいていた。年季の入ったモルタル二階建てだ。

「津波はここまではこなかったんですけど、こんなんなっちゃいましたからね。じき取り壊す予定だったんです」

すぐ隣に住んでいるという大家の老人は、夕陽に染まったアパートの外壁に刻まれた大きなひび割れを見ながら言った。よく見ると土台のコンクリートも、ところどころに亀裂が入っている。

「ですから、ゴミとか、いらないものは、そのまま置いておいてくれて構いませんよ。どうせ丸ごと処分することになるんでね」

「助かります。ありがとうございます」

大家は、仮に空き部屋になっても新規の入居を募るつもりはなかったとのことで、未払いの家賃については不問にしてくれた。対してこちらも敷金の返還を求めないことで話がついた。

「お兄さんね、ときどきアパートの周りを掃いたりしてくれていたんですよ。本当にいい方でした」

大家はしみじみ言った。きっと兄の過去については知らないのだろう。

「こちらが、お兄さんの部屋になります。これ、鍵です」

兄の部屋は一階の端にあった。表札は出ていない。大家から合い鍵を受け取った。兄のキーホルダーにあった鍵と比べてみると、そのうち一本、同じものがあった。

「あ、お持ちだったんですね」

「遺品で……。でも、これちょっと錆びてるみたいなんで、合い鍵お借りしていいですか。最後にまとめて返しますので」

「もちろんです」

私は鍵穴にそれを差しこんで扉を開けた。一目で見渡せそうな狭い部屋から、もわっとした空気が這《は》いだしてくる。熱気が籠《こ》もっていたようだ。

「その……うちは構わないんですが、本当に泊まっていかれるんですか」

大家は怪訝《けげん》そうに尋ねた。

「ええ。整理に時間がかかるかもしれませんし、宿代の節約にもなりますから」

事前に電話でそのように話をしていた。

「そうですか。じゃあ、鍵は明日、帰るときにお願いします。もしうちが留守にしてたら、ポストに入れてくれればいいですから」

「了解しました」

大家は「それじゃ」と、立ち去り、私は兄が暮らしていた部屋へ足を踏み入れた。

部屋は、手前に小さな台所と風呂があり、奥が畳敷きの居室というつくりになっていた。沓脱《くつぬ》ぎの隅に、次の回収日に出そうと準備していたのだろうか、チラシとテレビ雑誌が紐《ひも》で縛って置いてあった。雑誌の表紙は少し黄ばんでいる。流しの水切り台には、乾いた食器が並んでいる。台所の隅にあったワンドアの冷蔵庫を開けてみると、顔をしかめたくなる腐臭が漂った。卵や、半分残ったまま茶色くなった精肉のパック、表面に青いカビが生えたオレンジなどが入っていた。私はすぐに冷蔵庫のドアを閉めた。

帰ってくるべき主が帰ってこず、ある日突然、時間が止まった住居では、古紙は棄てられず、食器は片付かず、食品は腐敗していた。

次いで流しの下の収納扉を開けてみて、私はギクリとした。洗剤のストックなどの雑貨に交じってミキサーがあったのだ。かつて兄は、この家電製品を使って死体を処理していた。

いや、おかしなことなんてない。別にミキサーくらいあるでしょう――。

私は自分に言い聞かせる。

冷蔵庫にオレンジだって入っていたし。こんなところで、変な使い方していたわけがない。

私は妙なことを考えてしまわないよう収納扉を閉めて、居室の中に入ってゆく。

標準的な六畳間だ。チェスト、カラーボックス、ノートパソコンが載ったローテーブル、テレビといった家具が整然と並んでいる。どれも独り暮らし用の小ぶりなものだ。物が少ない上に、すっきりとよく片付いていた。ただ、一年以上も放置されていたからか、部屋全体がうっすら埃《ほこり》をかぶっているようだった。

この部屋にあるものを形見として持ち帰っても、姉を怒らせるだけだ。簡単に掃除だけして、部屋のものは、大家の言葉に甘え、すべて処分してもらおう。

窓を開けると、涼やかな風が通り、籠もっていた熱をどこかへ運んでいってくれた。これなら、夜寝苦しいということはなさそうだ。

昔、実家にあった兄の部屋も、こんなふうによく整理整頓されていたけれど、決定的に違うところがあった。本棚がないことだ。兄は本の虫で、部屋には天井まである本棚にぎっしりと本が並べてあった。あの兄と同一人物かと思うほど、この部屋には本が少ない。カラーボックスに数冊、販売士試験のテキスト本や、販売員向けのクレーム対応のためのハウツー本など、仕事のために買ったとおぼしき本と、あとは、いかにも暇つぶしに読むような雑誌があるだけだった。

私は、チェストを開いてみる。一番上の段に、預金通帳と印鑑がしまってあった。兄の秘密を覗き見るようで、少しそわそわした気分になりつつ、通帳を開いてみた。

仕事柄、通帳は見慣れている。お金の出し入れの記録は案外雄弁に、その人の生活を物語るものだ。

兄の口座には、毎月、二十五日に十五万前後の給料が振り込まれていた。そしてその直後に決まって五万が引き出されている。これは家賃の支払いのためだろう。その後は三日に一度ほどのペースで生活費らしき小さな額の引き出しを繰り返し、各種公共料金も引き落とされ、翌月の給料日まで残るのは多い月は一万円強、少ない月で数千円といったところか。ぎりぎりの生活ではあるが、収入より支出が上回る赤字の月はないようだ。だから、少しずつ残高は増えていた。

最後に記帳された去年の三月八日の時点で、残高は四十万と少しだった。カード利用を含め、借金の形跡はない。水も電気も止まっていないので、光熱費の引き落としはまだ続いているのだろう。ならば、実際の残高は多少目減りしているはずだ。

私は通帳に並ぶ数字に、若干の気味の悪さを覚えた。あまりにも規則的で淡々としすぎている。普通、人の生活にはムラがある。付き合いで飲みに行ったり、趣味にお金を使ったり、その反動で節約をしたり。余裕がなければないほど、そう言ったムラがお金の出し入れに反映されるものだ。しかし、この通帳にはそれがない。

思えばこの部屋もそうだ。生活の痕跡はあるものの、どこからも趣味の匂いもしなければ、無論、女性の匂いもせず、無味乾燥としている。

それから気になるのは、鍵だ。キーホルダーにあった四本の鍵。うち一本はこの部屋の鍵だが、あとの三本が何かわからない。少なくともこの部屋のどこにも、鍵穴のあいたものはない。たとえば職場のロッカーの鍵だろうか。それにしたって、あと二本残る。合い鍵を預かるような親しい友人や恋人がいたのだろうか。

さっきミキサーを見つけてしまったことと相まって、胸騒ぎを覚えた。

ローテーブルの前に座り、パソコンを開いてみた。この中には何かあるだろうか。電源ボタンを押すと、カタカタとハードディスクが音をたて画面が明るくなった。パスワードはかけていないようだ。部屋と同じようにデスクトップはすっきりしていて、最初から入っているソフト類のアイコンしか並んでいない。

私はこれが、遺品の整理という言い訳を超えたプライベートの盗み見であることを自覚し、一抹の気まずさを覚えつつ、メールソフトを開いてみた。しかし画面には、メールアカウントの登録を促すアラートが表示される。兄はメールを使っていなかったようだ。送る相手も、もらう相手もいなかったのだろうか。

次にブラウザを立ち上げ、ブックマークを見てみたとき、私は思わず「あ」と声をあげた。そこには、一つだけ登録があった。NPO法人『はぐの森』の公式サイトだ。

*

いつの間にか、夜になっていた。

私は呆然とパソコンの画面を眺める。シンプルで温かみのあるデザインの見慣れたサイトが表示されている。兄は『はぐの森』のことを知っていた。考えてみれば、そんなに不思議なことじゃない。姉の名前で検索すれば簡単にヒットするのだから。

兄がブックマークしていたのは、サイトのトップページではなく、活動の報告をする「インフォメーション」のページだった。遠く離れたこの部屋で兄は、姉の活動をずっと見つめていたのだろうか。いったい、どんな気持ちで……。

パソコンの中からも、部屋の中からも、兄の感情を窺わせるようなものは、何も見つからなかった。

私はコンビニで買ってきた菓子パンで夕食を済ませると、部屋の掃除に取りかかることにした。冷蔵庫の食品をポリ袋にまとめ、埃を払う程度に部屋全体を掃いた。もともと片付いていたから、掃除はあっという間に終わってしまった。

もうこの部屋ですべきことは何もない。私は呆としたまま、ただ無為に時間を過ごした。兄は仕事から帰って寝るまでの間、この部屋でどう過ごしていたのだろう。あの三本の鍵は何に使うものなのだろう。頭の中を疑問は泳ぐが、答えを知る術《すべ》は一つもなかった。

灯《あか》りを消して横になったのは、ちょうど日付が変わる頃だった。一応、寝袋も持参してきてはいたけれど、押し入れにあった布団が汚れもなくきれいだったので、敷き布団だけ敷いて、タオルケットを羽織った。ほんの少しだけ開けておいた部屋の窓から、心地よい夜気と、ほのかな月明かりが忍びこんでくる。

私、何をしているんだろう。

今更、そんな問いが湧いてくる。

遺体の引き取りやアパートの引き払いはまだしも、まるで兄の生活の残滓《ざんし》を探すかのように、住んでいた部屋に泊まっているなんて。これはもう、弔うということとは違うだろう。自分でもよくわからない。なぜか引き寄せられるように……。こうするのが務めのような気さえしていた。

わかったことは、兄が姉がやっているNPOのことを知っていたということくらいだ。兄が、このことを知らせるために私を呼んだのだろうか。

ふと浮かんだそんな思いを私はすぐに打ち消した。

死者が呼ぶだなんて、そんなことはあり得ない。馬鹿なこと考えてないで、もう寝てしまおう。

けれどなかなか眠気はやってこず、振り払っても振り払っても、私の頭には奇妙な想像が次々と浮かんでくる。

兄がブックマークしていた『はぐの森』のインフォメーションのページには、活動の報告とともに、ある情報が記載されている。それは寄付金募集のメッセージと振込先の口座番号だ。

もしかしたら、震災の直前までずっと高額の寄付をしてくれていた匿名の篤志家は、兄だったんじゃないだろうか。たとえば検索で姉の活動を知り、罪滅ぼしのつもりで寄付を……。

いや、それこそあり得ない。くだんの寄付金は毎月四十万以上あった。預金通帳を見る限り、兄にそんな寄付をする余裕はなかったはずだ。あり得ない。あり得ないのに、私の心はそれを確信していた。兄は寄付をしていたんだ。

——そうだよ。

兄の声が聞こえた気がして、思わず目を開いた。無論、うっすら月明かりが射《さ》すその部屋に兄の姿はない。当たり前だ。兄はもう、灰になっているのだから。兄は不滅の存在ではないのだから。

不意に光を感じ顔を向けると、わずかに開けた窓から一羽の蝶が入ってきた。金色に輝く蝶が。前に見た夢にも出てきたあの蝶だ。シンラはこれとそっくりの黄金蝶をシンボルにしていた。いやでも、こんな蝶は現実には、いないはずだ。

実在しないはずの蝶は優雅に舞いながらゆっくりと部屋を通り過ぎ、台所へ向かう。そして、沓脱《くつぬ》ぎのところにまとめてあった古紙にとまった。

次の瞬間、蝶は灯りを消したようにいなくなってしまった。跡形もなく。

*

凪《な》いだ海はオレンジ色に染まっていた。

最低限のことだけでも確認しようとあちこち回っているうちに、夕方になってしまった。が、なんとか最終の飛行機には間に合いそうだ。

特にあてもなくどこかいい場所はないかと車を走らせるうちに、海に突き出たこの堤防を見つけた。

路肩に車を駐めて、降りる。堤防には先客がいて海を眺めていたが、ちょうど帰るところのようだった。私と同じくらいの年頃の、女の二人組。やや小柄なショートカットと、背の高いロングヘア。なんとなく対照的な二人だ。ともにパンツルックで、ヘルメットをぶら下げたリュックを背負っている。ボランティアで被災地に来ているのかもしれない。

二人は手をつないで、談笑しながら歩いてくる。とても仲がよさそうで、なんだか微笑《ほほえ》ましい。

堤防から戻ってくる彼女たちと、堤防に向かう私が近づいてゆく。あと数歩ですれ違うというそのとき。私は愕然《がくぜん》として思わず足を止めてしまった。

二人のうちの一人、ショートカットの方の女に見覚えがあったのだ。くりっとした目が少し吊《つ》り上がっていて、どこか猫っぽいその顔は、報道写真で何度も見た。

兄がミキサーで粉々にした女《ひと》だ。

向こうも立ち止まり、怪訝そうにこちらを見る。

「あの、どうかされましたか」

ロングヘアの方の女が尋ねてきた。

「あ、いや、なんでもないんです。ちょっと、目にゴミが入ってしまって」

私は手を振って適当に誤魔化した。

二人は顔を見合わせる。

私は会釈をすると足早に歩き、すれ違った。

あの女性信者が、こんなところにいるはずがない。だってもう死んでいるんだから。もし生きていたとしても、若すぎる。他人のそら似だ。そうに決まっている。いや――。

私は思い出す。

あの女性信者には娘がいたんじゃなかったか。そうだ、キャンプで一緒に遊んだあの子――。

再び足を止め後ろを振り向いた。二人はもう海岸沿いの通りを歩いている。

仮に彼女があの女性信者の娘だったとして、どうしようもない。まさか追いかけていって「私、あなたのお母さんの死体を粉々にした男の妹なんです」なんて、声をかけるわけにもいかない。

元信者、被害者、加害者、その家族まで含めれば、シンラに人生を狂わされた人はごまんといるだろう。きっとこんなふうに、互いのことを知らず、すれ違っているに違いない。そういうものなんだろう。

でも、よりによって、このタイミングで……。

まるで、神様が「すべて知っているぞ」と言っているよう――そう思いかけ、そんなわけはない、とすぐに打ち消した。

神様なんていない。狂った神様も、まともな神様もいない。奇妙なことも不思議なことも、何も起きていないんだ。

昨夜見た蝶は夢だったのだ。窓を少し開けていたけれど、網戸が閉まっていたから、蝶なんて入ってくるわけがない。ましてや、突然消えるわけがない。そもそも金色に輝く蝶なんて実在しない。そういう荒唐無稽なことが起きるのは夢だからだ。

私は兄のパソコンのブックマークを見て、匿名の寄付者は兄ではないのかと思っていた。仮にそうだとしたら、預金通帳を見る限り、兄が寄付していたお金は普通に稼いだお金ではないことになる。兄にはなんらかの秘密の収入があり、それを寄付していた。あの狭い部屋に秘密を隠せる場所はそう多くない。さり気なくまとめられた古紙の中は、有力な候補の一つだ——。

無意識のうちに、こんな風な推測をしていた。それが夢として顕《あらわ》れた。そして、それがたまたま当たってしまった。と、考えれば説明がつく……はずだ。

まとめられていた古紙をほどくと、チラシや雑誌に交じって、B5サイズの茶封筒が見つかった。その中に、秘密の欠片《かけら》が収められていた。銀行のキャッシュカードが三枚、つまり使い道のわからない鍵と同じ数だけ。それぞれ別の名義のもので、名前からして女性が一人、男性が二人のようだ。それから、写真が一枚——。

＊

私は今朝、スーパー「イガタヤ」の兄が勤めていたという支店を訪ねてみた。

目についたレジで来意を告げるとバックヤードに通され、四十過ぎくらいの店長が応対してくれた。男性にしては背が低く、人のよさそうな丸顔をしていた。

「野々口くんは、本当に真面目に働いてくれていたんです……」

店長は、昨日、刑事の竹林から聞いたのと同じ言葉を口にし、ずいぶん恐縮した様子で小さな身体をなお縮こまらせていた。地震のあった日、海辺の町に配達に行かせたことを悔やんでいるようだった。けれど、店長が地震を起こしたわけでもなければ、予想できたわけでもない。

「ありがとうございます。店長さんに悔やんでいただけると、兄も報《むく》われると思います。兄は家族と折り合いが悪くて、家を出たきり、もう何年も音信不通でした。今回、警察の方から連絡を受けて、こちらにいたことを知ったくらいで」

店長は「そうですか……」と頷き、家族と何があったかとか、そういった事情は詮索《せんさく》しようとしなかった。大家と同じように、兄の過去については知らないのだろう。

「あの、兄はいつ頃からこちらでお世話になっていたんでしょうか」

「私がこの店舗に赴任してすぐだったんで、七年くらい前ですね――」

私が出所した兄に会いに行ったのが八年前の六月だったので、たぶんあのあと、兄はこっちに来たのだろう。

店長によれば兄はその勤務態度が認められ、バイトから正社員に登用されたとのことだった。仕事の内容としては、売り場に出る店員ではなく、この店が震災前まで独自に取り組んでいた「御用聞きサービス」の専門スタッフで、客の自宅に定期的に伺い、注文を受け、配達をする仕事をしていたという。

兄が配達車ごと行方不明になり、またサービスを提供していた地域の大半が被災してしまったため、現在は中止し再開の目処《めど》も立っていないとのことだった。

これを聞いた時点で、私にはある種の予感があった。

「そのサービスを利用していたのは、やっぱり独り暮らしのお年寄りが多いんですか」

「ええ。多いというか、ほとんどです。野々口くんは、お年寄りの世間話なんかにもよくつきあっていたみたいで、お客さんからの評判、とてもよかったんですよ」

予感は色を濃くしていった。

「あの、ところで、なんですが……。兄が懇意にしていた人で、こういう名前の人たちに心当りはありませんか」

私は用意していたメモを見せた。そこには「スギモトカツヨシ」「スズキハジメ」「カトウヤスエ」と、三人の人物の名前がカタカナで記してある。例の三枚のキャッシュカードの名義なのだが、私は嘘をついた。

「兄の遺品に日記があったんですが、その中に名前が出てくる方たちなんです」

「はあ。ちょっといいですか」

店長はメモを受け取ると、目を細めてじっとそれを見る。

「あ、これって、あの杉本さんか」

心当りがあるようだ。私ははやる気持ちを抑えつつ尋ねた。

「ご存じですか」

「ええ、このスギモトさんというのは、たぶんその御用聞きサービスを利用してくださっていた方なんですよ。もしかしたら、こっちのカトウさんもそうかも知れません。ちょっと待っててください」

店長は奥にあるデスクに向かうと、パソコンを操作しはじめた。

「ああ、やっぱりそうでした」

店長はこちらを振り向いた。

「三人とも、名簿に名前がありますから」

私は小さく息を飲み込んだ。

「お仕事でお伺いしていた方たちだったんですね……。その、みなさん、兄が一人で担当というか、訪問していたんですか」

「ええ。毎回、違う人間が行くんでは、お客様に不安を与えることもありますから、基本的にずっと同じスタッフが担当するようにしていました」

「その方たちのご住所を教えてもらえませんか。もしかしたら、生前の兄がお世話になったかもしれないので、帰る前にご挨拶をしたいんです」

「ああ、いいですよ」

店長はすんなりと、三人の住所をレポート用紙に写して渡してくれた。私が勤める信金だったら、懲戒ものの不祥事だけれど、とりあえず、その大らかさに感謝だ。

私が紙を折りたたんでバッグにしまうと、店長は少し暗い顔つきになって言った。

「ただ、住所からいって、鈴木さんと加藤さんは、被災してしまっているかもしれませんが……」


イガタヤをあとにした私はレンタカーのカーナビを頼りに、教わった三つの住所を順番に巡った。表記の最後に物件名も部屋番号もないので、どこも一戸建てのようだ。

店長の危惧《きぐ》は的中しており、最初に回った二軒、鈴木肇という男性と加藤安江という女性の家は津波に呑まれた地域にあり、確認することができなかった。

残った杉本勝慶という男性の家は、郊外の住宅街にある小ぶりな平屋建ての住宅だった。外壁はクリーム色の漆喰《しっくい》で、エンジ色の瓦屋根が載っている。敷地を囲むブロック塀には数カ所、ひび割れた部分があった。震災の影響なのか経年劣化なのかはよくわからない。

塀の正面に郵便受けのついた鉄扉があった。塗装がところどころはげて、真っ赤な錆が露出している。郵便受けには、ポスティングされたチラシが溢《あふ》れていた。特に鍵はかかっておらず、取っ手をひねるとかんぬきが開くようになっていた。私は鉄扉を開けて、敷地に入った。

ひと坪あるかないかといった程の狭い庭は、雑草で覆われていた。家の玄関前にも、来る者を拒むかのように背の高い草が生えている。長い間、誰も手入れをしていないことが窺えた。

念のため玄関の呼び鈴を押してみた。家の中で高い音が響くのが聞こえるが、反応はない。玄関の引き戸についている鍵穴に、兄のキーホルダーにあった鍵を順番に試してみた。果たして一本、どうにか差し込める鍵があった。錆のせいか中で酷く引っかかっている感触がするが、合ってはいるようで奥まで入った。力を入れて回してみると、ガチッ、と乾いた音をたてて鍵は開いた。

もうこれで間違いないだろう。残り二本の鍵は、鈴木肇と加藤安江の家のものだ。

私は「ごめんください」と声をかけ、家の中に足を踏み入れた。一応靴を脱いで、かまちをあがる。

家の中は小ぎれいに片付いているが、少しだけカビ臭い。三間に区切られたどの部屋にも人はいなかった。

おそらく、この家の主、杉本勝慶という人は、もうこの世にいないのだろう。

私は元通りに玄関を閉めて家を出ると、思い切って、その隣の家を訪ねてみることにした。

杉本家よりも少し新しめのその家の呼び鈴を鳴らすと、六十前後の小柄な女性が玄関から出てきた。

「あの、お隣、空家みたいになってるようなんですが、杉本さんは、どうされたのでしょう」

「杉本さん？」

「ええ、以前お世話になって、その、震災のあと、どうされているかなと思って、訪ねて来たんですが……」

「へえ、杉本さんに、あなたみたいな若い人の知り合いがいたの」

「その、私、信金に勤めていて、前に杉本さんに定期を組んでもらったことがあって」

「ああ、そうなの」

女性は私のでまかせを怪しむそぶりは見せなかった。そして一度、ため息をついたあと、声のトーンを落として続けた。

「実はねえ、震災のあと、役所の人がね、安否確認に来たのよ。だけど、姿が見当たらなかったみたいなの。一応、行方不明ってことになってるらしいけど、あの日出掛けて、津波に呑まれちゃったんじゃないかって」

「え、津波に、ですか」

私は少し大げさに驚いて見せた。

女性は顔の前で手を振る。

「あ、いや、多分そうじゃないかなって話なの。ほら、あの人、近所づきあいとか全然しないから、いまいち、どんな人なのかわからなかったし。私なんて隣に住んでいるのに、もう何年も顔、見てなかったからねえ」

「……じゃあ、震災の前にいなくなっていたかもしれないんですか」

「どうかしらねえ。ご本人の顔は見なかったけれど、震災前はちょくちょく、スーパーの宅配？ みたいなのが来てたからねえ。やっぱり、震災が原因じゃないのかしらねえ」

きっと兄がやっていた御用聞きサービスのことだろう。

女性に礼を言って、その場を辞した。

私は確信していた。杉本勝慶は津波に流されてなどいない。もっと前に別のかたちで亡くなっていたはずだ、と。家が流されていた鈴木肇と加藤安江も、同じく。

彼らは、落合くんが担当していた加山さんと同様に、人知れず死んでいて記録の上でだけ生きていたのではないか。そして兄は、すでに存在しない三人に自動的に支払われ続ける年金を『はぐの森』に寄付していたのではないか。それで、金額的にも辻褄《つじつま》が合う。

兄は仕事をしながら、あらかじめ目星をつけていたのだろう。

独り暮らしで、近所づきあいをあまりせず、親戚が訪ねてくることもない、孤独なお年寄りを。もしかしたら、認知症だったりしたのかもしれない。御用聞きとして近づき、話し相手になり、上手く、キャッシュカードの暗証番号を聞き出して——殺した。

都合よく三人も自然死すると思えないから、やはり自分の手でやったのだと思う。

そして、死体を消した。兄はその方法を知っている。部屋にあったあのミキサーは、そのためのものだったのかもしれない。

もちろんこれは全部、私の想像だ。はっきりと証明できる証拠があるわけじゃない。

でも、私がやるべきは、警察が気づいていない身内の犯罪を暴くことなどでは、もちろん、ない。

これ以上、藪《やぶ》をつついて蛇を出すことはないだろう。

＊

——私は堤防の先端に立ち、担いできたバッグから骨壺《こつつぼ》を取り出す。蓋をあけて思い切り振って、兄の遺骨を海に撒《ま》いた。

あまり思い描いたようにはならなかった。大きな骨は海に吸い込まれたが、灰の方は風に煽《あお》られて押し戻され、そこら中に散ってしまった。

まあ、いいか。とりあえず、骨を棄てるところさえ見られなければ、誰に咎《とが》められるわけでもない。

兄の遺骨を持ち帰らないのは、姉との約束だったので、最初から処分するつもりでいた。予定外だったのは、三本の鍵と、三枚のキャッシュカードだ。

鍵はすべてキーホルダーから外し、キャッシュカードはハサミでバラバラにした。風が止《や》むのを待ってから、それらも海に投げ入れる。キャッシュカードの破片が海面に散らばり、波間を漂う。夕陽を反射してきらきら光る。

——死なないで、生きる意味を探すよ。

兄の言葉を思い出す。

これは兄の罪滅ぼしだったのだろうか。

すでに死んだ人の真意はわかりようもないが、兄が法的にも倫理的にも赦されない方法で手にしたお金が、姉の活動を助けたのは、たぶん間違いない。延《ひ》いては、姉と同じように子育てに苦労する母親と、その子どもを助けた。

兄にとってそれは正しいことだったのだろうか。生きる意味を見出していたのだろうか。

一つ確かなのは、姉は正しいとは考えないだろうということだ。姉がこのことを知れば酷く傷つくだろうし、最悪、活動を辞めてしまうかもしれない。

いつの間にか、波間に浮いていたキャッシュカードの破片が見えなくなっていた。仮に一部が浜に打ち上げられたとしても、復元は不可能だろう。これで、兄のやったことを探るための手がかりは、もうなくなった。

やはり、私は呼ばれたんじゃないだろうか。こうするために。兄がやっていたことを、誰にも知られず終わらせるために。

そんな思いが拭えない。

最後に私は、封筒の中にキャッシュカードとともに入っていた一枚の写真を手に持つ。一人の女性が笑っている。これを見つけたとき、一瞬、私は心臓が止まるかと思うほど驚いた。毎日鏡で見る自分の顔が写っていると思ったからだ。けれど違った。似てはいるけれど、私じゃない。私に似た、もうこの世にいない、別の人。

兄がこの写真を大事に持っていたという事実は、まるで悪魔の指先のように、私の記憶の底をかりかりとひっかいた。封印するように無意識の奥にしまい込んでいたそれが、漏れてゆく。

夢で見た兄との淫靡《いんび》な行為は、すべてが私の妄想というわけではなかった。

幼い頃に私は偶然見たのだ。兄と彼女の情事を。私は聞いているのだ。兄が頭を掻きむしり「僕はなんてことを……まるで獣だ……」と泣くのを。そして彼女が「大丈夫よ。誰にも言わないから」と兄を慰めるのを。

昼だったのか夜だったのかは、思い出せない。幼いなりにも、二人が決して赦されないことをしているのはわかったし、決して見てはならぬものを見てしまったこともわかった。おそらく私は私を守るために、それを忘れたのだ。ただ、その行為への嫌悪と恐怖だけを残して。

彼女とのことが、兄の苦しみだった。兄は信仰に救いを求めたが、それは予期せぬ結果を招いた。姉をはじめ、無関係な家族の運命を狂わせた。きっと苦しんでいたのは彼女もだろう。もしかしたら彼女は、父に打ち明けてしまったんじゃないだろうか。だから、父はあんなことを……。

いや、そんなこと、わからないじゃない。

私は首を振る。

これも大部分は想像だ。記憶だってあてにならない。この写真を見た瞬間、前に見た夢と辻褄を合わせるために、私の脳が捏造《ねつぞう》しているのかもしれない。

もう真実なんて確かめようがないし、確かめる必要もない。余計な詮索《せんさく》を生むようなものはすべて棄ててしまった方がいい。

「もしかして、私を呼んだのはあなた？」

写真の中の彼女に尋ねてみても、無論、答えはしない。

私はゆっくりと写真をちぎる。二枚、四枚、八枚――。そして、海に投げつけた。

そのとき、強い風が吹き付け、ちぎれた写真は海に落ちずに巻き上げられた。

ひらひら、ひらひら、ひらひら、と宙を舞ううちに、やがてそれらはかたちを変え、金色の翅を生やして羽ばたいた。

蝶だ。内なる神の使い、黄金蝶。

実在するはずのないその蝶が、群れを成し、煌めきながら、オレンジの夕陽に向かって飛んでゆくのを、私は見た。

蝶夢Ⅳ ―― 1958

目覚めると、車が走る音が聞こえた。

蝶《ちょう》になったわたしは、私の髪の毛に身を潜めたまま、隙間から様子をうかがった。目の前に橋があり、その向こうに木々に囲まれた瓦葺《かわらぶ》きの櫓《やぐら》が見える。橋の下は川ではなく大きな道路だ。片側に路面電車が走る線路が通っている。頭上の空はよく晴れていて、雲一つない青が広がっている。

見覚えのある景色。ああ、そうだ、この橋は熊本城のすぐ近くにかかる新堀橋《しんぼりばし》だ。下の道路はかつて空堀《からぼり》だったという。

ここを訪れているということは……。

わたしは視線を下げる。私のお腹《なか》は大きく膨らんでいる。もう臨月だ――。

私が父を殺したあと、あの沼で死体が見つかったという話は聞かなかったし、定職に就かず普段から人付き合いの希薄だった父がいなくなったことに気づく人もなかった。

けれど、私は結局、松山を離れることにした。

恐ろしかったのだ。警察が死体を発見し、私を捕まえにくることはもちろんだが、それ以上に、沼に沈めたところで、やはり父は生き返ってくるような気がして、それが恐ろしかった。

ここにいては駄目だと思った。どこかへ逃げなければ。

とにかく遠くに行こうと思い、四国を出て南へ向かい、九州の熊本までやってきた。どこでもよかったのだが、福岡でも長崎でもなく熊本にしたのは、引き揚げ船で出会った花田《はなだ》さんの故郷として地名を聞いていたからだ。

かといって何かあてがあったわけじゃなかった。仕事も住む場所もなかなか見つからず困っていたところを、女衒《ぜげん》まがいのやくざ者に拾われた。熊本駅のほど近く、戦前は遊郭《ゆうかく》街として栄えたという二本木《にほんぎ》にある連れ込み宿を紹介され、そこで、ときどき客に身体《からだ》を売る住み込み女中としての仕事を得た。

私に与えられたのは、二階の隅にある物置を兼ねた狭い部屋だった。それでも、父と暮らしていたバラックよりはずっと清潔で日当たりがよかった。宿の主人は、いかにも好々爺《こうこうや》といった感じの小柄な老人で、商品でもある私のことはそれなりに大切に扱ってくれたように思う。売春することに抵抗はあまりなかった。背に腹は代えられなかったし、父とのことで、心が麻痺《まひ》していたのかもしれない。

けれど働きはじめてすぐに、お腹が大きくなってきてしまった。このとき私はようやく自分が妊娠していたことに気づいた。すでに堕胎できる時期は過ぎていた。

私は戦《おのの》いた。

時期からいって父の子に違いなかった。

やっぱり父は生き返って、追いかけてきたのだと思った。

宿の主人は「腹ぼてとやりたがる好事家《こうずか》に、高う売れるばい」と喜び、女中としての仕事を減らしてくれ、その代わり、多めに金を払ってでも妊婦を抱きたがる客をあてがってきた。

私はそれに文句を言わず、膨らんだ腹を客に見せ、奥に赤ん坊のいる股を開いた。

いつも心の奥では、こうしていれば、いつかこの子が流れてくれるんじゃないかと、期待していた。

けれど流産することなく、私の中で赤ん坊は、順調に育っていった。

何も知らぬ宿の主人は、無責任に笑って私を励ました。

「まあ、そう暗い顔すんな。産んで育てりゃよか。こん仕事してりゃ、誰が父親かわからん子ぉ、産む女なんちゃ、ごまんといると」

しかし私の場合、誰が父親かわかっているから、問題なのだ。

私は、日に日に膨らみ、重さを増してゆくこの腹の中に、汚泥が詰まっているような錯覚を覚えた。父を沈めたあの沼の、真っ黒な汚泥が。そしてその底から、父の声が聞こえるような気がした。

——待っていろぉ。もうすぐだぁ。もうすぐ、そっちに行くからなぁ。


父はひたひた追いかけてくる。

けれど、逃げることはできない。

だって父は、この私の中にいるのだから。

どこにも逃げ場はない。

私は自分の腹が割れ、そこから黒い汚泥とともに父が這《は》いだしてくる様を何度も想像した。考えまいとしても、私の頭は勝手に、その光景を思い描くのだ。

怖かった。父の子を産むことが、ただひたすらに恐ろしかった。

その恐怖の中で、決して逃げ切ることのできない相手から逃げ切る方法を思いついたのは、もう臨月を迎え、私の腹が破裂せんばかりに膨らんだ頃だった。

死ねばいい。

思いついてしまえば、簡単なことだった。私が死ねば、私の中の父も一緒に死ぬ。すべてを終わりにできる。そうだ、そうすればいい。

私は覚悟を決めた。

死のう。腹の中の子が生まれる前に、死のう。父に追いつかれる前に、死のう。母のように、あるいは花田さんのように。

思えば七歳のとき、ハルビンが空襲を受けたあの日から、私の世界はずっと壊れたままだった。かつて私は、子を産み兵隊にすることが、自分の生きる意味だと信じていた。しかしそれはとうに失われた。今私に宿っているのは、実父とのおぞましい交わりでできた、呪われた子だ。生きる意味など、何一つ見出せなかった。


――だから私は、この日、死ぬつもりで新堀橋を訪れたのだ。

橋の高さは十メートル以上あり、おまけに下の道路には車や路面電車が走っている。のちに欄干に転落防止の柵がつけられるが、当時はそんなものはなく、ときどき身投げをする者がいた。いわゆる自殺の名所の類で、幽霊が出るという噂もあった。

私は橋に足を踏み入れる。橋の長さは二十メートルと少しといったところか。路面は隆起せず真っ平らだ。一歩一歩、歩いてゆく。

私は唾を飲み込んで喉を鳴らした。

ああ、そうだった。

蝶になったわたしは思い出す。

この橋に上がったとき、突然、心臓がばくばくと鳴りはじめたんだ。

未練など、何もないはずだった。死ぬ覚悟を決めたはずだった。なのに、一歩、一歩、橋を進むたびに、心の内にはためらいとしか言いようがない感情が生まれていた。

私は橋の中央で立ち止まり、欄干から道路を覗《のぞ》き込んだ。

思った以上に、高い。背筋に寒気を感じた。

怖いのだろうか。

私は自問した。

そうだ。死ぬのは怖い。たとえこの世に未練がなかったとしても、本能的に。でも、この子を産んでしまうことの方が、父に追いつかれてしまうことの方が、もっと恐ろしいはずだ。

ごうん、と腹が動く感触を覚えた。赤ん坊が蹴ったのだ。己の存在を主張するかのように。

このとき、私は奇妙な感覚に囚われた。

恐怖とは別の、ふわりと柔らかな。

それは頭ではなく、文字通り胎《はら》から、湧き上がってくる感覚だった。父に怯《おび》える私とは別に、およそ十ヶ月かけて母親になるための準備をしてきた身体が、何かを訴えていた。

それを強いて言葉にするなら――期待だ。

私の身体は、期待しているのだ。この子を産むことを。死なずに、生きることを。

その感覚は、私の頭が感じている恐怖を和らげてくれる。私の身体は知っている。この腹に詰まっているのは、あの沼の汚泥などではない。羊水だ。母が子を育《はぐく》むためにつくる、命の水だ。そして生まれてくる子は、父ではない。血がつながっていても、別人だ。父はもう死んでいる。死者が私の中に宿っているわけじゃない。

赤ん坊はもう一度、腹を蹴った。

たとえ今、生きる意味が見出せないとしても、もしかしたらこの子は、私に生きる意味を与えてくれるかもしれない。

しかし身体から湧き上がる思いを、私の頭は否定しはじめる。

血は水よりも濃い。生まれてくるのは、やはりあの父の子だ。それに私だって人殺しだ。まともな子を産めるわけがない。期待なんてするだけ無駄だ。こんな壊れた世界にいつまでもこだわる必要はない。死ねばすべてちゃらにできる。死ぬべきだ。死のう、死のう、死のう――。

私は橋の真ん中で立ち尽くした。

その頭上で、蝶になったわたしは息を潜める。

この私は、わたしと同じ選択をするのだろうか。

果たして、私は欄干に手をかけた。そして目を閉じる。が、欄干を越えることはなく、手を離して目を開けた。それから、小さく頷《うなず》いて、歩きはじめる。一歩、二歩、三歩。

ああ、やはり、この私は、過去のわたしだ。同じ選択をした。

死ぬこと自体を完全にあきらめたわけじゃなかった。ただその前に一度、身体の期待に応えてみようと思ったのだ。私はすでに一人、殺している。その気になれば、子どもと一緒にいつだって死ねる。そんなことを思いながら。

わたしは知っている——これが、決定的な選択だったことを。

生まれてきた子は、男の子だった。生まれたての匂いを嗅《か》ぎ、無防備でくしゃくしゃの顔を見たとき、死のうという気持ちは消えてしまう。息子は、確かに私に生きる意味を与えてくれた。このとき働いていた連れ込み宿は、息子を産んですぐに取り締まりを受けて廃業してしまう。私は土地を転々としながら息子を育てた。大阪、近江《おうみ》、霧遠沢《きりとおさわ》、新潟。どこに行っても私なりに懸命だった。それに応えるように、息子は健やかに成長し、ひとかどの人物になった。たくさんの人を救い、慕われるような人物に。正直、息子のやっていることはよくわからなかったが、私は嬉《うれ》しかった。自殺なんて馬鹿なことをしないでよかったと思った。

しかし、のちにそれは反転する。

息子は、私も含めた周りの人々に夢を見せていただけだった。その夢が醒めたとき、血が流れた。たくさんの人が死に、もっとたくさんの人の人生が狂った。私は選択を後悔した。あのとき、死んでいれば。息子を産まなければ、よかったのに、と。

でもそれは、ずっとずっと先の話だ。

未来予知などできない私は、どこかさっぱりした心持ちで帰路についた。その途中で熊本城の近くに洋菓子を売る屋台が出ているのを見つけた。もの珍しさで、私は袋入りのクッキーを買った。お腹の中の子に食べさせてあげるような気分だった。

屋台から出てしばらく歩くと、道で独り佇《たたず》んでいる子に出くわした。三歳くらいの小さな男の子だ。見ると泣いたあとのようで目を真っ赤にしていた。

「どうしたの？」と声をかけた。

男の子はまだ小さく、なかなか要領を得なかったが、どうやら迷子らしい。家は八代《やつしろ》の方だが、今日は家族と一緒にこちらの方に遊びにきていて、はぐれてしまったようだ。

「父ちゃんも、母ちゃんも、行ってしまったけん。僕のこと、いらんとよ」

そんなことを言ってべそをかく男の子を、私は近くにあった木陰の縁石に座らせてなだめた。買ったばかりのクッキーを食べさせてやる。

クッキーを頬張ると男の子は、ぴたっと泣き止《や》んで「美味《うま》かあ！」と目を丸くした。なんとも微笑《ほほえ》ましい。

泣き止んだ男の子は、今気づいたかのように、私のお腹を見つめた。

「ここにはね、赤ちゃんがいるんだよ。ほら、触ってごらん」

私は男の子の手を引いて、お腹に当てさせる。すると、ちょうど赤ちゃんが蹴った。

「ひゃあ」と男の子は驚いた声をあげる。

「私はねえ、この子のために生きることにしたんだよ。きっときみのお父さんやお母さんも、きみのこと、大切に思っているよ」

私は、半分自分に言い聞かせるように、そんなことを言った。

男の子は、よくわかっていない様子だったが、小さく頷いた。

泣き止んでくれたのはいいが、どうしたものかと思っていると、道の向こうから「いた！」と声がした。

声の方を見ると、中年の男女二人と、子ども数人の集団がいた。

男の子は「父ちゃん！　母ちゃん！」と叫んで駆け出した。どうやら、はぐれた家族のようだ。ずいぶんときょうだいが多く、しかも母親のお腹は私と同じように膨らんでいた。

私は、目を細めて、家族の元に走る男の子を見送った。その頭にとまっている蝶になったわたしは、眠気を覚える。

抗《あらが》いようもなく、わたしは眠りに落ちる。そして、夢を見た。

わたしではない、他の誰かの夢を。

——僕は暗闇に追い詰められた、たった独りで。

4 パラダイス・ロスト ―― 2013

そして、いよいよ僕は追い詰められた。

真っ暗だ。僕は真っ暗な狭い部屋の中で寝そべっている。

外から、声が聞こえる。

「教祖がいないぞ！」

「どこだ」

「探せ、壁を引っぺがせ！」

捜査員たちが僕を探している。まずい、この隠し部屋が見つかるのも時間の問題かもしれない。

ああ、ちくしょう！

僕の胸には、怒りが渦巻いている。激しく、熱い、暗黒の。この身を焼き尽くしてしまいそうなほどの怒りだ。

ふざけんな！　どうして、こんなことになっているんだ。どうして、こんな目に遭わなくちゃいけないんだ。くそ！　くそ！　くそ！　ああ、まずいぞ。本当にまずい、このままじゃ大変なことになる。

怒りの熱は反作用を働かせ、同じくらい強い恐怖の寒さを呼び込む。

僕は震える。

怖い。恐ろしい。このままじゃ全部、台無しだ。破滅だ。破滅がくる。せっかく積み上げたというのに、楽園をつくったというのに。みんなを救ってやれるのに。愚か者どもめ、全部ぶち壊す気なのか。ああ、ちくしょう。どうしてだ。どうしてこんなことになってしまったんだ。

恐怖が呼び込むのは、後悔だ。あのとき、ああしていればよかった、こうしていればよかったと、僕は過ぎていってしまった選択肢のことばかりを考えてしまう。

もっと上手《うま》くやれたはずなんだ。ちくしょう、どこで間違ったんだ。いつ間違ったんだ。わからない。ちくしょう！　ちくしょう！　ちくしょう！

教団を大きくしすぎたのか。強引なことをやり過ぎたのか。人を殺したのがまずかったのか。いや、でも、必要だったんだ。救いのために。やらなければならなかったんだ。

後悔が燃料になり、再び怒りが燃えはじめる。

悪いのはやつらだ。僕らのことを、理解しようとしない愚かな社会の方だ。

怒りと、恐怖と、後悔は、回転運動を繰り返し、僕の中でどんどん大きくなってゆく。

不意に大きなもの音がした。

僕は顔をあげる。

目の前の暗闇に亀裂が走り、光が漏れてきた。いや、蝶《ちょう》だ。黄金色に輝く蝶が、大量に侵入してくる。光が溢《あふ》れ、暗闇は崩壊する。すべてが白日の下《もと》に曝《さら》される。

光の向こうから叫び声がした。

「いたぞ!」

そして手が伸びてくる。僕を捕らえようとする、手が。

次の瞬間、目が覚めた。

*

僕は布団から跳び起きた。

夢?

寝間着の下に着ているTシャツが、汗でぐっしょりと濡《ぬ》れ、肌に張り付いていた。

僕は、息を吐き出す。

なんだったんだ、今の夢は。

夢の中で僕は、大きな宗教団体の教祖だった。伝統的な宗教ではない。かなりラディカルな教義の新宗教だ。多くの信者を獲得し、教団の規模を拡大していたが、反面、強引な勧誘などが問題視され、社会との軋轢《あつれき》も多くあったようだ。やがてマスコミからバッシングされるようになり、行政や警察にも目をつけられるようになった。疑心暗鬼に駆られた僕は、とんでもないことをしてしまう。

テロだ。

教団は警察の捜査を妨害するために、首都東京の真ん中で大量殺戮《さつりく》を行ってしまう。そんなことをして、足がつかないわけはなく、教団本部は警察の強制捜査を受けることになる。僕は、隠し部屋に逃げ込み、息を潜めているが、最後には見つかってしまう――。

まるで、シンラの天堂光翅《てんどうこうし》のようだ。

一九九五年に丸の内乱射事件を起こした『シンラ智慧《ちえ》の会』。〈繭《コクーン》〉と呼ばれるその教団本部が強制捜査を受けた際、教祖、天堂光翅は施設の壁の間につくられた狭い隠し部屋に身を潜めていたという。

また、夢の最後に登場する蝶は、まるでシンラがシンボルにしている黄金蝶だ。

なぜ、あんな夢を見たのだろうか。

確かに僕には、『シンラ智慧の会』と浅からぬ因縁がある。でも……。

布団に半身を起こして呆然《ぼうぜん》としていると、目覚まし時計がけたたましくベルを鳴らした。

いつもの起床時間、午前五時だ。僕は手を伸ばして、ベルを止めた。

不可解な夢で起こされ、決して寝覚めがいい朝とは言えないが、今日も一日がはじまる。

僕は立ち上がり、寝室の灯《あか》りをつけた。

部屋は明るくなるが、僕の視野は切り取ったように狭い。先日、かかりつけの眼科で測定したところ、普通の人の三分の一程度になっていた。

僕の目には、生まれたときから緑内障という病気がある。眼圧が上昇し、視神経に障害が発生し、視野が狭まってゆく病だ。そのせいで、僕の左目には生まれつき視力がなかった。もう一方の右目の方は、長年一・〇程度の視力を維持していたのだけれど、五十を過ぎた頃から、こちらも急に視力が弱まり、視野が狭まってきたのだ。

眼科医によれば、たまたまずっと症状が出ていなかっただけで、この右目も元々緑内障だったのだという。加齢とともに突然、進行がはじまるというのは、まあることのようだ。この病気には根治できるような治療法はなく、一度失われた視力を取り戻すのは不可能だという。進行を遅らせる薬を処方してもらっているが、失明する可能性は低くないと告げられている。

これは一応、兄貴の言ったとおりになったのか――。

家族の中で目を不自由にしていたのは僕だけでなく、十一歳年上の一番上の兄貴も、同じく緑内障を患っていた。ただ、兄貴は僕と違い、幼い頃から両目に症状が出て、十代のうちに視力を失い、全盲になってしまった。

僕の故郷は熊本の片田舎にあり、少し離れた所に、国策企業が水銀を垂れ流した公害の海があった。僕が生まれた一九五五年前後は、ちょうどその企業が一番多く海に毒を棄て続けていた時期だった。

兄貴は、僕たちの目の病も、この公害のせいだとよく言っていた。けれど本当のことはわからない。後年、兄貴は一度、公害病の申請を試みたが、却下されている。僕たちの故郷は、あの海から遠くはないけれど、近くもない。でも、同じように申請を却下された人の中には、明らかに公害病らしき人もいる。

ともあれ兄貴や僕の両親は、原因がなんであれ、同じ病気である以上、僕も全盲になると考えたようだ。

だから僕は、小学校に入ってすぐ、県立の盲学校に転校させられた。片方だけとはいえ、はっきり見える目があるというのに。

みんな「それがおまえのため」と言っていたけれど、本当は口減らしの意味があったのだと思う。ぼくの実家は貧乏人の子だくさんを絵に描いたような家庭で、僕を含めてきょうだいが九人もいた。子どもを盲学校の寄宿舎に入れると、食費や生活費の援助が出るのだ。

幼心にも僕は自分が家族から棄てられたと感じていた。そのわだかまりは、いつまでも消えず、僕は十八のときに、家族の反対を押し切って上京したのだ。

寝室を出てリビングに向かうと、先に起きていた娘の瑠璃《るり》が、テーブルで朝食をとっていた。

切り取られた狭い視界の中に、その姿が収まった瞬間、はっとする。

少し俯《うつむ》き加減になってテーブルに座っている佇《たたず》まいが、死んでしまった妻の繭子《まゆこ》によく似ていたのだ。

もういなくなってしまった妻の断片は、けれど日常のあらゆるところに潜んでいて、こんなふうに不意に顔を出すことが、未《いま》だにある。

「あ、おはよう」

僕に気づいた瑠璃がもぐもぐと口を動かしながら言った。彼女が食べているのはチョコレート・ケーキのようだ。

我が家の朝食は、パンでもご飯でもなく、ケーキだ。テーブルの上にはトレーがあり、そこに昨日の売れ残りが置いてある。どうせ廃棄するのなら食べた方がいいし、朝の仕込みの前に手軽に素早くカロリーが取れるのもいい。

「おはよう」

僕はリビングと一つながりになっているキッチンに行って、顔を洗って口をゆすぐ。透明のコップについた水滴が、窓から射《さ》し込むまだ寝ぼけた薄い朝陽《あさひ》を反射して光っていた。

「瑠璃、コーヒー飲むか」

「あ、うん。お願い」

僕は、二人分のインスタントコーヒーを淹《い》れて、テーブルに持っていく。

「ありがとう」

瑠璃はマグカップを受け取り、ふうふうと二度吹いてから、口をつけた。

僕は娘と向かい合うようにテーブルにつくと、トレーに残っていたチーズケーキを手で摑《つか》んで、そのまま齧《かじ》った。

口の中に、さっぱりとした甘みが広がる。いい出来だ。瑠璃がつくったものだが、これなら申し分ない。繭子にも仕事を手伝ってもらっていたけれど、彼女は一人でここまでのものはつくれなかった。洋菓子づくりに関しては、繭子より瑠璃の方が向いているようだ。

「美味《うま》いな」

そう言うと、瑠璃は照れくさそうに「何よ」と笑った。

僕はこの娘とともに、ここ千葉県八千代《やちよ》市の東葉高速線村上《むらかみ》駅からほど近い自宅でケーキ屋を営んでいる。

専門学校を卒業した瑠璃が店を手伝うようになったのが、六年前。ちょうど僕の目が弱ってきた時期だった。僕が完全に失明してしまうより前に、瑠璃が一通りの仕事をできるようになってくれたのは、不幸中の幸いと言っていいのかもしれない。

食事を済ませ、コックコートに着替えた僕と瑠璃は、一階に下りて店の作業場に入った。

店には小さな喫茶スペースもあるので、昼間はパートさんに来てもらっているけれど、ケーキづくりは、僕と瑠璃の二人だけでやっている。瑠璃が棚にあるラジオのスイッチを入れた。開店前の朝の仕込みのときはいつもラジオをかけるのが習慣だ。

ニュースを読むキャスターの声が聞こえる。

アメリカとロシアと中国が、核軍縮を進める合意をしたという話題を伝えていた。これを受けてこれまで六分前だった世界終末時計の針は、十分前まで戻されたという。

六分後だった世界の終わりが、十分後まで遠ざかった。実感はまるでないけれど、きっとこれはいいニュースなんだろう。

仕込みの担当作業は、定期的に瑠璃と僕とでローテーションしている。今日から僕がカスタード炊きをやる当番になっていた。

——菓子づくりは化学だ。厳密につくれ。

僕に基礎を叩き込んでくれた職人は、よくそう言っていた。

洋菓子は、材料を混ぜ合わせたり熱したりしたときに起きる、化学反応によってできあがるものだ。コンマ一グラムの分量、コンマ一秒のタイミングが味を決定的に変えてしまう。それはどこまでも冷徹な物理現象で、感情や偶然が入り込む余地はない。決められた手順を厳密に踏めば、必ず同じものができる。

原因と結果は、常に強力な因果律によって結びついているのだ。

冷蔵庫とストッカーから、卵、ミルク、砂糖、薄力粉といった材料を出して、調理台の上に並べる。

大きめのボウルの中に卵十五個分の卵黄を落とし、泡立て器を使ってよくほぐす。丁寧に、切るようにして。ほぐれてきた卵黄は、絹布《けんぷ》のような滑らかで淡い光沢を放つようになる。

若い頃から、何千、何万回と繰り返し、身体《からだ》に染みこんだ作業をする中で、頭に他念が浮かんでくる。

今朝の夢の最後に出てきた、黄金蝶。実際には、あんな蝶はいないはずだ。

が、僕はあの蝶を見たことがあるのだ。それもシンラが世に出てくるよりもずっと前に。

僕はカスタードクリームをつくりながら、束の間、追想に浸る。

*

僕は思い出す。もうほとんどおぼろげな、幼い頃の記憶を――。

あれはたぶん三歳くらいの、まだものごころつくかどうかという頃だったと思う。

季節はいつだったか、真冬でも真夏でもなかったはずだ。とにかく、よく晴れた日のことだった。僕は家族に連れられて、どこかに出掛けた。たぶん熊本城を見物に行ったんじゃなかったかと思う。

その途中で僕は家族とはぐれて迷子になってしまった。当時はまだ盲学校に入れられる前だったけれど、九人きょうだいの七番目だった僕は、普段から両親にあまり構われていなかった。親の方も、九人もいる子ども全員を四六時中構っているわけにもいかなかったのだろう。僕は一人だけ置き去りにされてしまったようで、酷《ひど》く心細かったのはよく覚えている。はぐれた場所から動かずにじっとしているのが一番よかったに違いないのだけれど、幼い僕にそんな冷静な判断ができるわけもなく、家族を探し町を彷徨《さまよ》ってしまった。

どこをどう歩いたかは覚えていない。ともかく歩いても歩いても家族が見つからず、僕はいつしか泣き出してしまっていた。

泣きながら、どれくらい歩いたのだろうか。僕はわかれ道に差し掛かった。路地が股を裂いたように左右に分かれているY字路だ。

どちらに進めばいいのかなんて、もちろん僕にはわからない。すると、どこからともなく、あの蝶が飛んできたのだ。金色に煌《きら》めく蝶が。

僕は瞬間、その姿に目を奪われた。

蝶はまるで僕を誘うように、そのわかれ道を左へ進むように飛んでいった。僕は自然とそのあとを追いかけた。家族のことや、一人の心細さも忘れ、僕はただ、その美しい蝶のあとけれど、しばらく進んだところで、蝶は突然、空へと上昇した。僕はそれを見上げた。無論、空まで追いかけてゆくことなどできない。やがて蝶は真っ青な空の光に紛れるように消えてしまった。僕は呆然とその場に立ち尽くした。

すると、正面から女の人が歩いてきて、声をかけられた。その女の人の顔は、もうまるで覚えていないけれど、大きく膨らんだお腹《なか》は印象に残っている。妊婦だったはずだ。

女の人は僕が迷子だと知ると、木陰の縁石に僕を座らせて、クッキーを食べさせてくれた。クッキーなんて菓子を食べるのは、はじめてだった。それは、今僕が店でつくっているクッキーと比べれば、だいぶ素朴な味だったはずだ。けれど当時、おやつと言えば、せいぜい煮干しくらいしか与えられなかった僕には、この世のものとは思えないほど、濃厚で甘く美味《おい》しく感じられた。あのとき感じた衝撃は、今でも鮮明に記憶している。

それから女の人は「ここにはね、赤ちゃんがいるんだよ。ほら、触ってごらん」と、お腹を触らせてくれた。

僕が手を当てると、赤ちゃんが蹴ったのか、お腹がどうん、と跳ねた。

「私はねえ、この子のために生きることにしたんだよ。きっときみのお父さんやお母さんも、きみのこと、大切に思っているよ」

女の人がそんなことを言ってくれたのも、クッキーの味と一緒に、よく覚えている。僕は大きくて優しい何かに包まれるような感覚を覚え、束の間、寂しさや心細さを忘れた。

それから……確か、僕らのいた路地を家族が通りかかったんだ。あとから両親と兄貴にこっぴどく叱られたような気がするけど、よく覚えていない。

思えば、このときの経験が、僕の人生を大きく変えたと言える。

あのわかれ道は、文字通り僕の人生の分岐点だったのかもしれない。

あの蝶を追って左に進んでいなければ、僕は全然別の人生を歩んでいただろう。たぶん、洋菓子職人にもなっていなかったんじゃないだろうか。


僕のことを盲学校に入れた兄貴や両親は、僕を鍼灸師《しんきゅうし》にするつもりだったようだ。

県立盲学校には、一般の短大にあたる専攻科という課程までがあり、これを卒業すれば鍼灸師の資格を得ることができる。

マッサージや鍼と言えば盲人の仕事というコンセンサスがあった当時、鍼灸師は視覚障害者にとって、最もつぶしの利く資格だった。実際、兄貴は全盲でありながら、盲学校を卒業したあと資格を活かして地元で鍼灸院を開業していた。

「おまぁ、学校出たらぁ、俺《おい》の医院ば、手伝えばよかよ」

兄貴は僕によくそう言っていた。

けれど僕は、学校を出てまで兄貴のいいなりになるのなんてまっぴらだったし、鍼灸師にもなりたくなかった。

だって、僕は片目とはいえ、しっかり目が見えるのだから。

兄貴の予想に反し、僕の右目はちっとも悪くならなかった。少なくとも盲学校にいる間は。視覚障害者のための学校において、目の見える僕は明らかに異物だった。寄宿舎で、目が不自由な生徒たちと寝食を共にする日々の中で、ここは僕の居場所ではない、僕の本当の居場所はどこか別のところにあるはずだ、という思いは日増しに募っていった。

では、僕の居場所はどこなんだろう。鍼灸師にならないとしたら、なんになるんだろう——そう考えたときに、心に浮かんだのが、幼い日に食べたあのクッキーの味だ。いつしか僕は、ああいう菓子をつくる仕事をしたいと思うようになった。

けれど、そのことを誰にも打ち明けたことはなかった。菓子づくりなんて男らしくないと馬鹿にされるような気がしたのと、真剣に言ってみたところで両親や兄貴から反対されるのはわかりきっていたからだ。だから黙って、心に秘めていた。

中等部に上がってからは、むしろ、兄貴の鍼灸院を手伝って、小遣いをもらったりしていた。兄貴はいずれ本格的に働くときのための予行演習のように思っていたかもしれないが、僕はこうして稼いだお金をずっと貯《た》めていたのだ。

東京に行くために。

盲学校では、菓子づくりは教えてくれない。そういう学校はやはり、東京が一番多いらしい。

東京に行って、菓子づくりを学ぶ。僕は、そう心に決めていた。

＊

十分にほぐれた卵黄に、砂糖と薄力粉を加え、混ぜ合わせる。砂糖は、上白糖に隠し味として少しだけ黒砂糖をブレンドしたものを使っている。卵黄に浮かんだ砂糖の結晶が、きらきらと光る。泡立て器越しに、ざらついた粒子の感触が手に伝わる。しかしそれらは、混ぜてゆくうちに、卵黄の中に消えてゆく。

僕は思い出す。盲学校の高等部を卒業したあと、上京してきた頃のことを――。

盲学校の専攻科には進まず、上京すると言ったとき、家族は猛反対した。特に兄貴は激怒した。

「馬鹿言うな！　おまぁ、俺《おい》と同じたい。そのうち、目ぇ、見えなくなる。資格取って、ここで按摩の仕事やんのが一番たい！」

兄貴は兄貴なりに、僕のことを思っていたのかもしれない。でも僕は、そ<ruby>こ</ruby>をどうしても自分の居場所とは思えなかった。長く留《とど》まれば留まるほど、自分が自分でなくなってしまう気がした。

「俺《おい》は、兄ちゃんとは違うけん！　目ぇだって、片方はちゃんと見える。按摩なんかやらん！」

「そんなん、俺《おい》が赦《ゆる》さん！」

「兄ちゃんに赦してもらう必要なんか、なか！　俺《おい》は俺《おい》の好きにやる！」

兄貴とは激しくやり合ったけれど、最後までわかってもらえなかった。

でも、僕は別に鎖でつながれているわけじゃない。決して多くはないけれど、上京資金も貯めてある。僕は高等部を卒業した翌日に、荷物をまとめて家を出た。

誰も見送りに来てくれなかったけれど、あまり寂しさは感じなかった。新天地への期待の方がずっとずっと勝っていた。

僕は、もう家族と縁を切る覚悟を決めて、東京行の電車に乗り込んだ。


上京した僕が住むことになったのは、江東区大島《おおじま》のアパートだった。風呂なしの六畳間で、家賃は確か七千円くらいだったと思う。最初に入った不動産屋で「最近どこも値上がりしてる中、掘り出し物ですよ」と紹介された物件だ。

窓からは、すぐ近くに走る首都高速の高架が見えた。四六時中、車の音が聞こえるようだが、部屋はなかなか小ぎれいで、日当たりもよかった。近くに商店街もあり、暮らしやすそうだったので、特に迷うことなく決めた。

引っ越して初日の夕方、荷ほどきを終えた僕は辺りを散策しようと、ぶらぶらと街を歩き、商店街に向かった。

古くは大正時代から商店がいくつも軒を連ねるようになったという、大島中の橋商店街は、短い路地にいくつもの店がひしめきあい、下町らしい活気に溢《あふ》れていた。

魚屋や八百屋の「らっしゃい！」「安いよ、安いよ」という、標準語、というか、江戸弁の気《き》っ風《ぷ》のいい呼びこみを聞いたとき、僕は改めて東京に来たのだと実感した。

商店街の一番端まで歩いてゆくと、僕は不意に、甘い匂いを嗅《か》いだ。

匂いの元はすぐにわかった。目の前にある「浅野《あさの》洋菓子店」という店だ。入り口のところに白いペンキを塗った木製のアーチがある洒落《しゃれ》た店構えをしていた。

自然と口の中に唾液が溜《た》まり、腹が鳴った。

東京に来て、はじめて目にする洋菓子店に、僕は吸い寄せられるように入っていった。

三坪ほどの狭い売り場にショーケースがぽつんと置いてあり、その中に袋詰めのクッキーが一つだけあった。壁が外のアーチと同じように白く塗られていて、店の中は明るく感じられた。

ショーケースの奥に扉のない出入り口があり、その向こうが厨房《ちゅうぼう》になっているようだ。

そこから、ピンクのエプロンをし、頭に白い布巾を巻いた中年のおかみさんが姿を現した。

「いらっしゃいませ」

おかみさんは愛想のよい笑顔を浮かべて言う。

「ごめんなさいねぇ、今日はもうケーキは売り切れちゃって、これしかないのよ」

値札を見るとクッキーは五十円だった。

「じゃあ、これ、ください」

「あら、ありがとう。これで今日は店じまいできるわ」

おかみさんはショーケースからクッキーの袋を取り出して、そのままこちらに差し出す。

僕はそれを受け取って、五十円玉を一枚払った。

「ありがとうございました」

おかみさんの声を背に受けて、店を出た。そしてすぐに、歩きながら袋の中からクッキーを一枚取り出して、囓った。

衝撃だった。

心地よい歯ごたえとともに口に入ったクッキーは、ほろほろと崩れ消えてゆく。同時に、バターの香りと、すっきりとした甘みが口の中に広がる。風味は濃厚にして、後味はさっぱりとしている。記憶の中で美化されていた、はじめて食べたクッキーと比べても、こちらの方が美味いと断言できた。

僕はあっという間に袋を空にしてしまった。そして気がつけば、回れ右をして走り出していた。

店の前に戻ると、先ほどのおかみさんが、コックコートを着た小柄な男性と一緒に、シャッターを閉めていた。この人がご主人なのだろう。

「あの」

「あら、お客さん、どうしたの？　もしかして、クッキーに何か」

「あ、あの、弟子にしてください！」

「はあ？」

ご主人とおかみさんは、顔を見合わせた。ご主人の方がおかみさんより、頭ひとつぶん小さい。いわゆる蚤《のみ》の夫婦というやつのようだ。

「俺《おい》、洋菓子職人になりたくて、熊本から上京してきました。どっか学校、通うつもりだったんですけん。こん店のクッキー食べて、気が変わりました。すごかです。こんな美味か菓子、つくれる人に直接教わりたいです。なんでもします、弟子にしてください！」

そう言って僕は、深々と頭を下げた。

若さとは恐ろしいもので、今思い出しても、冷や冷やする。このときの僕には、たまたま住むことになった街の商店街の、たまたま入った店で、感動するほど美味い菓子に出逢えたことが、まるで天の巡り合わせのように思えたのだ。

実際、それは向こうにとってもタイミングがよかったようだ。

おかみさんは、苦笑しながら傍らのご主人に言った。

「ですって、あなた、どうします？　ちょうど人を雇おうって言っていたところですよね」

「そうだな……」

ご主人はじっとこちらを見る。

「そんなに美味かったか」

「はい、そりゃ、もう」

僕は何度も首を縦に振った。

ご主人は少しくすぐったそうに笑った。

「きみ、菓子づくりの経験あるのか」

「い、いえ……」

ご主人は肩をすくめて、こう言った。

「そうか。じゃあ、とりあえずひと月は見習いで給料は半額だな。俺は弟子はいらないが、人手なら欲しい。だから雇ってやる。と言っても、慈善事業じゃないからな、ひと月の見習い期間で見込みがないと俺が判断したら、馘首《クビ》だ。どうだ、それでもいいなら、明日の朝、六時までに店に来い」

望むところだった。翌日僕は、朝五時過ぎから店の前に立っていた。

この浅野のご主人の口癖が「菓子づくりは化学だ。厳密につくれ」だった。

ご主人は、若い頃は有名なホテルで長年修業し、フランスに留学したこともあるのだという。仕事には厳しい人で、最初のうち、ほとんど何もできなかった僕は、毎日のように怒鳴られていた。

そうこうするうちに「見習い期間」のひと月はあっと言う間に過ぎてしまった。ほとんど仕事を覚えられていなかった僕は、てっきり馘首《クビ》を言い渡されるのだとビクビクしていた。けれど、ひと月が過ぎてもふた月が過ぎても、ご主人は何も言わなかった。ただ、ふた月目から給料が倍になっていたので、どうやら僕は見習い期間を終えて、正式に雇われているらしかった。

半年もすると、だんだん怒鳴られることも少なくなっていった。そんなある日、おかみさんがこっそり教えてくれた。

「これまで、うちの人の下でこんなに続いた人いなかったわ。あの人ね、全然誉《ほ》めないけど、いつも家ではあなたのこと、すごく筋がいいって言ってるのよ」

それは素直に嬉《うれ》しかったし、実は僕自身「好きこそものの上手なれ」ではないけれど、自分が思った以上に菓子づくりに向いているんじゃないかと思いはじめていた。性分というやつなのか、僕は、分量や時間を細かくはかったり、同じ作業を何度も繰り返して正確さを増していくようなことが、どうも得意らしいのだ。

才能、と自分で言うのは口幅《くちはば》ったいが、たぶんこれは、菓子づくりの世界に入らなければ、一生気づかなかった自分の特性だと思う。

＊

卵黄を混ぜたボウルとは別に、銅製の鍋を用意してミルクを温める。こちらにも、黒砂糖をブレンドした砂糖を、少量溶かす。熱を帯び始めたミルクから、独特の甘い香りが漂ってくる。むらなく熱が行き渡るように、鍋を軽く振ってミルクを攪拌《かくはん》する。

僕は思い出す。のちに妻となる繭子にはじめて出逢った頃のことを——。

あれはモスクワで日本がボイコットしたオリンピックが開催された夏のことだ。僕が浅野洋菓子店で働きはじめて七年が過ぎていた。日付までは覚えていないけれど、確か金曜日だったと思う。

もうすぐ夕方の六時になろうという閉店間際。普段は厨房にいる僕が、売り場に立っていた。このくらいの時間帯は、おかみさんが近所に買い物に行くので、ほぼ毎日、僕が店番を任されていたのだ。

その日は昼間からよく売れて、ショーケースの中には、袋詰めのクッキーが一つ残っているだけだった。ちょうど、僕がはじめて店を訪れたときと同じ状況だ。ただ、この七年でクッキーの値段は、一袋八十円に値上がりをしていたけれど。

彼女はふらりと店に入ってきた。ストライプ柄のシンプルなシャツに、膝丈の紺色のスカート。肩からハンドバッグを下げていて、ひと目、帰宅途中の会社員だとわかる風情だ。少し吊《つ》り上がった大きな目が、猫のようで印象的だった。

「いらっしゃいませ。すみません、あとこれだけなんです」

僕はショーケースを見つめる彼女に言った。

この七年で、僕の言葉から、故郷の訛《なま》りはすっかり抜けていた。

「じゃあこれ……ください……」

彼女は小さな声で、七年前の僕と同じ注文をした。

「八十円になります」

「あ、はい」

彼女はハンドバッグから財布を出して、百円玉を一枚払う。僕は、二十円のおつりを返したあと、クッキーを詰めた袋を差しだした。

彼女はそれを受け取り、店を出ていった。

ただ客が来て菓子を売っただけの、よくある日常の一コマだった。互いに目を合わせることもなかった。

なのに僕は、無性に彼女のことが気になった。

別段、好みのタイプというわけでもなかった。自分でも何が気になるのかは、まったくわからなかった。

もしも来訪が一度切りならば、僕は彼女のことを深く考えることもなく、忘れていっただろう。けれど、彼女は数日後の閉店直前、またやってきた。

ドアが開きその姿が見えたとき、僕は心臓が大きく飛び跳ねる音を聞いた。店の中の照明が増え、明るさが増したような錯覚を覚えた。

その日は、雨が降っていて売れ行きが芳《かんば》しくなく、ショーケースにはケーキがいくつか残っていた。彼女はその中からショートケーキを一つ、買った。

ケーキを箱に詰め、会計を済ませる間、僕はずっと、動悸《どうき》がして顔が上気しているのを感じていた。おつりを渡すときには、指先が震えた。

僕は戸惑った。

どうして彼女に対してだけ、こんなふうになってしまうんだろう。

同時に心配になった。

変なやつだと思われなかっただろうか。

彼女はそれからも、月に一度か二度ほどのペースで、店に来た。決まって、閉店直前に。

この近くに住んでいるんだろうか。それとも勤め先が近所にあるんだろうか。歳《とし》はいくつで、名前はなんというのだろう。恋人は、いるのだろうか。

いつしか僕は、彼女のことばかりを考えるようになり、彼女が店に来るのを心待ちにするようになった。そしてそのことが、仕事のやりがいにもなった。

この頃になると、浅野のご主人は多くの仕事を僕に任せてくれるようになっていて、もう、店に出している菓子は二人で手分けしてつくっている感じだった。

今日、彼女が来るかもしれない。僕の焼いた菓子を、食べるのかもしれない——そう思うと、仕事に張りが出た。感覚が研ぎ澄まされ、より厳密に、量り、混ぜ、焼くことができたのだ。

あるとき、ご主人は冗談めかして言った。

「おまえ最近、調子いいな。もしかして、自分のつくった菓子を食わせたい相手でもできたか」

とっさに「そ、そんなんじゃ、ないですよ」などと、しどろもどろになって、誤魔化した僕だけれど、このときようやく、自分が彼女に恋をしていることに気づいた。

ろくに喋《しゃべ》ったこともなく、名前さえ知らない彼女のことを、僕は確かに愛《いと》おしいと思っているのだ。こんなことは、はじめてだった。

「あ、あの……いつも買ってくれて、ありがとう、ございます」

箱に詰めたケーキを渡すときに、そんなふうに声をかけたのは、はじめて彼女が店に来てから、かれこれ二年近くも過ぎた頃だった。

普段どおりの「ありがとうございます」に「いつも買ってくれて」を付け足しただけだけれど、それは確かに、こちらが彼女を認識していると示す言葉だ。

こんな些細《ささい》なひと言をいう踏ん切りをつけるのに、二年もかかってしまったのだ。

彼女は、箱を受け取りながら、少し驚いたような顔で、僕のことを見上げた。

このときはじめて、一瞬だけ、目が合った。猫のような瞳が僕をまっすぐに見つめる。でも彼女は「は、はい」とうわずった返事をすると、すぐに顔を背けてしまった。そして逃げるように店を出ていった。

僕は、てっきり気味悪がられたのだと思い、酷く落ち込んだ。

閉店時、ご主人から「どうした、元気がねえな」と心配されたけれど、本当のことなんて言えなかった。柄にもなく女性に声をかけて振られてしまったなんて恥ずかしいし、もしかしたら、僕のせいで常連客を一人失ってしまったかもしれないのだから。

この日の夜は、飲めない酒を無理矢理飲んで、翌朝、二日酔いになったことを覚えている。

けれど、それから三日後に、彼女はまた店に来た。

彼女は僕を認めると、小さく会釈した。僕も会釈を返す。すると彼女の表情が少しだけ和らいだ気がした。

そして彼女はクッキーを一袋買い、会計のときに、僕に話しかけてきた。

「あの……いつも、美味しいです。あなたが、つくっているんですか」

「は、はい。その、ご主人……店長と一緒に」

「そうなんですね……」

それ以上、会話は続かなかったけれど、少なくとも嫌われているような感じはしなかった。それだけで、僕は天にも昇るような気持ちになった。

その後も変わらず、彼女はときどき店に来た。そしてその度に、ほんの少しだけ言葉を交わすようになった。

それは「今日は好《よ》い天気ですね」とか「天気予報が外れましたね」とか、ほとんどが季候の話題で、会話未満の言葉のキャッチボールでしかなく、未だに名前さえ聞けていなかったのだけれど、彼女との距離は確実に縮まったような気がした。

僕はもっと色々な話をしてみたかったし、できればデートに誘ってみたいなんて思っていた。正直に言えば、眠れない夜に彼女のことを考えて自分を慰めてしまったことも何度かあった。

心のどこかに「もしかしたら、彼女も僕のことを憎からず思っているんじゃないだろうか」なんていう期待もあった。でも、これ以上、踏み込むような勇気は持てなかった。下手《へた》なことをして、今度こそ嫌われてしまうのが怖かったからだ。そうなるくらいなら、ときどきでも彼女が店に来てくれて、言葉を交わせるだけでもいいと思っていた。

＊

ミルクが沸騰する直前に、ボウルの中身を流し込む。鍋の中で一瞬、純白のミルクと山吹色の卵黄のマーブル模様ができる。それはすぐに混ぜ合わさり、赤ん坊の肌のような優しい薄いベージュが生まれる。

僕は思い出す。細くて頼りない僕と彼女のつながりが、大きく揺れて変わったときのことを――。

僕と彼女が言葉を交わすようになってから、更に半年以上が経過した春のことだ。僕はもう二十八歳になっていた。

その日も、いつものように閉店間際に来店した彼女は、ショーケースを指さし「クッキー、ください」と注文した。はじめて来たときと同じだ。ただし、このとき、クッキーの袋詰めは更に値上がりして、一袋百円になっていた。

僕は何かひと言、声をかけようと言葉を探した。すると彼女の方が先に、口を開いた。

「あの……」

「あ、はい」

僕はクッキーを詰めた袋を差しだしながら、返事をする。

「わ、私……その……。お、お見合い、すすめられているんです……」

彼女は顔を俯き加減にして、僕のことを見ないまま言った。

「えっ」

「どう、お、思いますか」

彼女はかすかに顔をあげ、上目遣いにこちらを窺う。

僕は何を訊《き》かれているのかよく理解できず、混乱した。

「あ、ご、ごめんなさい！　なんでもないです」

彼女はすぐに目を伏せると、財布から出した百円玉をショーケースの上に置いた。

「へ、変なこと言って……、本当に、ごめんなさい……」

彼女は、回れ右をする。

「え？　あ、あの！」

僕が呼び止めるのも聞かずに、彼女は小走りになって店を出ていってしまった。

一瞬、呆然としてしまった僕だが、自分がまだクッキーの袋を持っていることに気づいた。

受け取るのを忘れていってしまったんだ。

「ちょっと、外、出てきます！」

厨房にいるご主人に声をかけ、僕は駆け出した。

「おい、なんだ、どうした」というご主人の声を背に、僕は店を飛び出した。

商店街の路地を小走りになって進む彼女の背中が見えた。それを追いかける。クッキーを渡すため、というより、ここで追いかけなければ、もう二度と彼女に会えなくなるという予感に駆られて。

ちょうど、商店街を抜けたところで、追いついた。

「あの！」

後ろからでもよくわかるくらい、びくっと身体を震わせて、彼女は立ち止まった。そして、恐る恐るこちらを振り向いた。

僕は手に持っていた袋を差しだした。

「あ……。ご、ごめんなさい」

彼女はそれを受け取ろうと、手を伸ばす。

「い、嫌です！」

ほとんど何も考えずに、口から言葉が出ていた。

「事情はよくわからないけど、あなたが、お見合いするの、僕は嫌です」

袋を受け取ろうと伸びていた彼女の手がぴたっと止まった。僕はその手を包むように、握った。

「ずっと、あなたのことが、気になっていたんです」

彼女は、驚いたようにぽかんとした顔で僕を見ている。大きな目が更に見開かれている。

いや、僕自身、こんなことを口にしていることに驚いていた。

やがて彼女は、消え入るような小さな声で言った。

「……私も、です」

そのひと言を聞いたとき、まるでボリュームを絞ったように街の喧騒《けんそう》が消えた。

互いに気になっていた？　そんなことがあるんだろうか。

にわかには信じがたいが、恥ずかしそうに顔を俯けてしまった彼女の耳は、真っ赤になっていた。

「あの、名前を教えてください」

彼女がはじめて店に来た日から、三年近く経《た》って、僕はようやく名前を聞いた。

「新山《にいやま》です。新山繭子」

繭子は僕より五つ下で、このとき二十三歳。商店街からほど近いところにある印刷工場で、事務の仕事をしていた。

住まいも比較的近くの月島《つきしま》にあり、今は独り暮らしだという。ただし、彼女は僕のように上京してきたわけではないし、家を出たわけでもなかった。

高校生のときに事故で父親を亡くして以来、繭子は亡父が遺《のこ》してくれた家で母親と二人で暮らしていた。が、この母親の方も、父親が死んだ直後から具合を悪くし、去年、年を越せずに逝《い》ってしまったのだという。

両親共に亡くし独りになってしまった繭子を心配してか、遠縁の親戚が縁談を持ってきた。相手は茨城の比較的裕福な農家の跡取りなのだという。

「紹介してくれた親戚は、とてもいい話だから、家を処分して持参金つくってでも嫁げって言いました。私も、この先独りで生きてく自信なんかなかったから、受けようと思ったんです。でも、その……そうしたら、あなたに、もう会えなくなるんだなと思って。そうなる前に、気持ちを確かめたくて……」

繭子は繭子で、はじめて来店したあの日から、ずっと僕のことが気になっていたそうだ。僕の方から「いつも買ってくれて――」と、声をかけたときは、彼女の方も舞い上がってしまっていたのだという。

つまり、僕たちはほとんど同じような想《おも》いを抱えて、ずっと足踏みをしていたわけだ。

こうして繭子は縁談を断り、僕たちは交際をスタートさせた。

もどかしくもたついていた恋は、しかし、はじまってしまえば、早かった。その次の週には、僕は月島にある彼女の家で一緒に暮らしはじめた。

はじめて肌を合わせたとき、彼女は服を脱ぐのをためらった。

恥ずかしがっているのかと思い、興奮の極みに達していた僕は強引に剝ぎ取るように脱がした。

すると彼女の背中、肩口のあたりに、蝶がいた。

否、肌が一部痣《あざ》のように変色しており、それが蝶とよく似た形をしているのだ。

「火傷《やけど》の痕なの……」

繭子は顔を俯けて、そう言った。

「どう……したの？」

「小さな頃にね、お湯をかけられたの。お母さんに――」

彼女の母親は、人前では優しく上品で、良妻賢母で通っていた。しかし家の中で、特に娘に対しては、少しでも気に障ることがあると、人が変わったように怒り狂い、ときに度を超した暴力を振るうこともあったという。

「――でもね、私が悪いのよ。お湯をかけられたときだって、私がお母さんが大切にしていたお皿、割っちゃったんだから。みっともないでしょう。嫌よね、こんな痕のある女」

「そんなことない。きっときみは悪くないし、この痕だって愛おしいよ」

僕は舌を伸ばし、火傷の痕を舐《な》めてみた。そこは、少しざらざらとした感触がした。

「ううん。私は悪い子なの。ずっとお母さんに、そう言われてきたし、実際ね、私、お友達や、よその人が楽しそうにしていると、すごく嫌な気持ちになってしまうの。私は怒られて嫌な目に遭ってばかりなのに、どうして、って。最低でしょ」

藹子は、小さな頃からずっと、他人の幸せを喜べないのだと泣いた。

それから、母が死んだのも自分のせいだと、自分を責めた。

「私のお給料だけじゃ、食べていくだけで精一杯で、お母さんをろくにお医者に診《み》せてあげることもできなかった。なのにね、衰弱したお母さんが、ほとんど寝たきりになったとき、私、嬉しかったのよ。昔、さんざん私に酷いことをしたお母さんが、私を頼るのが嬉しくて仕方なかったの。結局、お母さんだって、私が殺したようなものなのよ」

「そんなことないよ。きみは悪くない。ちっとも悪くなんかない」

僕は藹子を抱きながら、そんな言葉を繰り返した。

そして、わかった気がした。どうして、彼女のことがずっと気になっていたか。

この藹子もまた、自分の居場所がなかったのだ。

僕たちは、道ばたに転がるよく似た石ころだ。互いに少し欠けていて、その欠けた部分が、鍵と鍵穴のように、ぴったりと合う。だから惹《ひ》かれ合ったのだ、きっと。

それまで三年もかけた初心《うぶ》なやりとりが嘘のように、僕たちは淫《みだ》らな日々を過ごした。特に最初の半年ほどは、彼女が生理のとき以外は、毎日、セックスをした。

僕たちは、互いの身体のいたるところに指と舌を這《は》わせ、およそ考えられる限りのあらゆる仕方でつながった。

「愛している」「私もよ」「きみに会えてよかった」「私もよ」「気持ちいい？」「ええ、気持ちいいわ」「ここは？」「ああ、そこはもっといい」「欲しい？」「ちょうだい」「いくよ」「きて」「大好きだ」「大好き」

獣が鳴くように、口から愛の言葉を漏らし、身体を貪《むさぼ》りあった。肌を重ねれば重ねるほどに、快楽は深まり、多幸感に包まれるようだった。

僕たちは居場所を手にいれた。それは互いの隣だ。

僕と繭子は二年ほどの交際を経て結婚した。阪神タイガースが球団史上初となる日本一に輝き、大阪の道頓堀《どうとんぼり》にカーネル・サンダースが浮かんだ秋のことだ。

前々から浅野のご主人にすすめられていたこともあり、この結婚を機に、僕は月島の家を新居兼店舗に改装して、洋菓子店を開業することになった。

浅野のご主人は、僕の開業を見届けると、店を閉めて、実家のあるという青梅《おうめ》に越していった。だいぶ腰の具合が悪くなっていて、ずっと隠居を考えていたという。融資を受ける信用金庫の担当者や、安くて新鮮な材料の仕入れ先などを紹介してくれたり、まだ使える業務用の冷蔵庫やショーケースを譲ってくれたりと、ご主人は本当に色々と世話をしてくれた。

そんな浅野のご主人のご厚意に加え、繭子の持ち家で開業したので家賃がかからなかったこと、更に、のちにバブルと呼ばれることになる時代のはじまりで景気が上向いてくれたことなど、よい条件が重なった。そのお陰で、店は実に順調に滑り出すことができた。

そして結婚して一年と少し経った頃には、長女の瑠璃も生まれた。

繭子が懐妊したとき、僕は、もしかしたら目の病が子に遺伝してしまうんじゃないかと、不安に駆られた。けれど繭子は「大丈夫よ。万が一、どこかに生まれつきの障害があったとしても、私たちが目一杯愛して健やかに育てればいいでしょう」と、鷹揚《おうよう》に笑った。いつの間にか繭子は、自分を責めるようなことを言わなくなっていた。

果たして、瑠璃は特にどこにも病気や障害を抱えることなく、健康に生まれてきてくれた。

「わかったのよ。私がこの世に生まれてきた理由が。それはね、こうして、あなたと、この子と、家族になるためだったのね。私ね、この子やあなたの幸せなら、心から願うことができるよ」

繭子は産院で生まれたばかりの瑠璃を抱いて言った。

それは僕も同じ思いだった。

きっと、運命なのだ。

僕と繭子は出会うべくして出会ったし、瑠璃は生まれるべくして生まれた。

あらかじめそうなると決まっている化学反応のように。攪拌しながら熱した、卵黄とミルクが、カスタードクリームに変化するように。

僕たち家族は運命の力で結びついている――そう思っていた。

コンロの火を強火にする。木製の大きなへらを使って、鍋の中の卵黄とミルクを混ぜてゆく。焦げつかないように、一定のペースで、鍋全体をさらうようにして、混ぜる。

僕は思い出す。運命の力で結びついているはずの僕らの背後に、いつの間にか彼らが、忍び寄ってきた頃のことを――。

*

繭子と結婚してしばらくは、仕事も家庭もすべてが上手くいっていた。完璧と言ってもよかったかもしれない。

夫婦間で喧嘩《けんか》することもなく、瑠璃は健やかに育ち、そして、店は大いに繁盛した。開業資金はあっという間に繰り上げ返済できてしまった。

それだけではない。知人にすすめられて少しだけ買った商社の株が、何倍にも値上がりした。証券会社の営業マンが日参してきて、さらなる投資をすすめられた。地価もうなぎ登りで、自宅兼店舗の土地を目が飛び出るほどの高値で買いたいという話が、ひっきりなしにくるようになった。

テレビをつければ、日本企業が海外のビルや名画を買ったというような話を連日、伝えていた。月島周辺の湾岸地区を副都心化する計画がはじまり、いたるところで工事が行われるようになった。

世の中は浮かれ、ずいぶんとせわしなくなっていった。

僕の店も、売り上げの上昇に合わせて売り場を広げる改築をしたり、新しく人を雇ったりした。でも、それがせいぜいで、大きな投資話には乗らなかったし、店を売ったりもしなかった。

別に僕が賢明だったわけじゃない。繭子が反対したからだ。店の不動産は、彼女の名義なので、彼女が賛成しない限り売ることはできない。

繭子はよく、こんなことを言っていた。

「なんだか、怖いの。景気がよくなって、経済的には豊かになったのかもしれない。でも、心の方は逆に貧しくなってしまっているんじゃないかしら。最近はこの辺りにもたくさんビルが建って、スーパーに行けば選びきれないくらいの商品が並んでいる。だけど昔ながらの趣のある商店や、みんなの憩いの場だった公園は、どんどんなくなってしまっている。上手く言えないんだけどね、今、この国の人たちは、偽物に囲まれて馬鹿騒ぎしているだけのように思えるの。分不相応なお金を持って、その中に加わってしまうのは、嫌なのよ」

言わんとするところは、よくわかった。彼女の言葉は、あの時代の空気をよく表していたように思える。

あの頃、日本が経済的に豊かだったのは間違いない。でもそれは、軽薄であることと、やはり表裏一体だったと思う。特に疑問を抱かず、日々を楽しんでいた人も多くいただろう。前向きに夢や希望を抱いていた人もいただろう。けれど繭子のように、漠然とした恐怖や不安を覚えていた人も、やはりたくさんいた。僕もどちらかと言えば、そっち側だった。

ただ、僕よりも繭子の方が、少しその思いが強かったのかもしれない。

偽物に囲まれて馬鹿騒ぎをしている——彼女がそんなふうに言ったのは、この世のどこかにあるはずの「本物」や、馬鹿騒ぎとは違う「人間のあるべき姿」を、求めていたからなのだろう。

そんな気分に、彼らは、上手く入り込んできたのだ。

きっかけは、たぶん、シャンプーだったと思う。

あるとき繭子は、試供品のシャンプーをもらってきた。勝鬨橋《かちどきばし》を渡ってすぐ、築地《つきじ》の波除《なみよけ》神社の近くにオープンした「シャーラ」という商店の前で配っていたという。

繭子は市販のシャンプーが体質的に合わないようで、髪を洗うと頭がかゆくなってしまうのが、悩みの種だった。ところが、その試供品を使ってみたところ、まったくかゆみが出なかったという。

シャーラは、今でいうオーガニック・ショップで、そのシャンプーも、天然由来成分のみでつくられたもののようだった。

「ああ、これが本物なのね。いままで市販のシャンプーを買っていたのが馬鹿みたい」

彼女はいたく感激していた。

「少し高いんだけど、これからシャンプーは、あのお店で買おうと思うの」

もちろん僕は賛成した。確かにそのシャンプーは、スーパーや薬局で売っているものに比べてずいぶん高いようだったけれども、生活にはそこそこ余裕があったし、どうせだったら、身体にいいものを使って欲しかった。

やがて繭子は、シャンプーだけでなく、洗剤や化粧品といった生活雑貨や、無農薬野菜をはじめとした食料品など、身体につけるものと口に入れるものは、ほぼすべてをそのシャーラという店で買うようになった。

「普通にスーパーで売っているようなものって、結構危ないんですって。得体の知れない化学物質や、食品添加物が使われていて。お野菜なんかだと、農薬が残っていることも多いみたいだし。結局、偽物、まがい物なのよ」

シャンプーに限らず、シャーラの商品はどれも割高だった。けれど少しお金を多く払っても、いいものを選ぶというのは、僕も賛成だった。

やがて繭子は、シャーラの常連客や店員と仲よくなったようで、彼女たちとのお茶会に、頻繁に行くようになった。

そうこうして半年が過ぎた頃、繭子はそのお茶会で知り合った人に誘われて「現代社会研究会」なる市民サークルに入会することになった。

「名前は堅いけれど、要するにお茶会と一緒なの。集まって、お話しするだけ。いろんな大学に、学生さんの団体もあるから、たまに交流したりね。みんな、モノやお金じゃない、心の豊かさを持った素敵な人ばかりなの」

新しい友達や仲間ができて繭子は嬉しそうだった。それを見て、僕も嬉しかった。繭子を家に縛りつけるつもりなど、毛頭ない。だから僕は、特に口出しすることはなかった。

最初に強い違和感を覚えたのは、ある日の夕方。当時まだ未就学児だった瑠璃を連れて公園に遊びに行っていた繭子が、帰ってきたときのことだ。

繭子は血相を変え、瑠璃を抱きかかえるようにして走って戻ってくると、店を素通りして二階の自宅部分へ向かった。そしてその直後、泣き声と怒声が聞こえてきた。

「ほら、吐きなさい！　吐くのよ！　吐け！」

何事かと思い、僕は二階に駆けつけた。

すると、トイレのところで、繭子が瑠璃の髪の毛を摑み、その口の中に指を突っ込んでいた。瑠璃は泣きじゃくりながら、げえげえと嘔吐《おうと》している。繭子は、これまで見たこともないような形相で、娘に「吐け！」と繰り返していた。

「どうしたんだ。瑠璃が、間違って何か口に入れちゃったのか」

当然、僕はそう思った。何かを誤飲して、吐き出させているのだろう、と。

「この子、とんでもないもの、飲んじゃったのよ！」

瑠璃は、胃の中のものをすべて吐き出したようだ。苦しげに、口から透明な胃液をこぼしている。

「全部出たわね……」

繭子はタオルで瑠璃の口を拭いてやると、トイレの水を流した。そして、両手で瑠璃の頬を挟むようにして、言った。

「もう、絶対、飲んじゃ駄目よ。死んじゃうんだからね」

「はぁい、お母さん……、ごめんなさあい」

瑠璃は鼻をすする。

「一体、何を飲んでしまったんだい」

訊いてみたら、返ってきたのは意外な答えだった。

「ジュースよ」

「え？」

「私が目を離しているうちにね、公園でたまたま会った子のお母さんから、缶ジュースをもらって、飲んじゃったのよ」

ら、どうしよう」

「そうよ。自販機で買えるようなやつで、しかも、果汁百パーセントじゃないの。何が入っているか、わかったもんじゃないわ。なんとか吐かせたけど、身体に吸収されちゃっていた

「缶ジュース？」

藺子は本気で心配しているようだった。

僕は絶句した。

確かに、最近、「市販のジュースは身体に悪いから」と、うちではシャーラで買った果汁百パーセントのジュースしか飲んでいなかった。シャーラのジュースは美味しかったし、健康にもいいのだろうと僕も思ってはいた。ただ、市販のジュースだって、別に毒というわけじゃないだろう。

「ちょっと、気にしすぎなんじゃないか。いや、缶ジュース一本くらいで、そんな急に身体が悪くなったりしないだろう」

「何言ってるのよ！　市販のジュースには、合成甘味料や着色料がたくさん入っているのよ。そういうものが何からできているか知っている？　石油よ、石油！　いわば、石油を飲んでいるようなものなのよ。それで悪くないなんて、本当に言えると思うの？」

藺子はものすごい剣幕で、言い返してきた。

こんなことは、はじめてだった。僕は、そのことに驚き、何も言い返すことができなかっ

た。

　また、そのすぐあとに、こんなことがあった。

　繭子は、店で使っているミルクや砂糖、小麦粉といった材料の仕入れ先を、サークルで紹介された業者に変えて欲しいと言い出したのだ。

　彼女がもらってきたサンプルで試しにクッキーを焼いてみたところ、確かにものは悪くないようだ。ただ、価格は例によって高かった。当然、原価も変わってくるし、値上げが必要になり、売り上げにも影響する。材料の仕入れ先を変更するというのは、商売全体に関わることだ。

　サンプルのクッキーを食べた繭子は、とても喜んでいた。

「すごい。これまでのと全然違うじゃない。一口食べただけで身体が喜んでいるのがわかるわ。これなら、少しくらい高くなっても、お客さんも納得してくれるわよ。やっぱり、今まで使っていたものは、駄目だったのね。ミルクや砂糖みたいに白いものってね、基本的に身体に害があるんだって。考えてみれば、砂糖なんて工場で精製するんだから、ほとんど人工物だし、牛乳は本来、人が飲むものじゃないでしょう？　だからね、どうしても使わなきゃいけない場合は、本物を厳選しなきゃいけないのよ」

　ミルクや砂糖が、身体に害があるなんていうのは初耳だった。そりゃ取り過ぎれば、身体によくないのだろうけれど、繭子はもっと強い毒物だと言っているようだった。

正直、彼女が言うところの「本物」の材料でつくったクッキーも、悪くないというだけで、これまでのものとの違いは感じなかった。知らずに食べれば、どちらの材料でつくったのか、わからないんじゃないだろうか。身体が喜んでいるなんていうのも、そういう気分になっているだけの錯覚ではないのか。

でも、心の底から嬉しそうにしている繭子の姿を見て、僕の判断は甘くなった。

いや、それだけじゃない。

僕がここで「ノー」と言えば、繭子が怒ることは、なんとなく予想ができた。缶ジュースのときと同じか、それ以上の剣幕で。妻があんなふうになるのを、もう見たくはなかったのだ。

だから僕は、材料の仕入れ先を変更することに同意した。

もしかしたら、繭子は僕にわからない微妙な違いを、敏感に感じ取っているのかもしれない。それに、素材にこだわること自体は、個人経営の洋菓子屋として悪いことじゃない。値上げしても買ってもらえるだけのものをつくればいいんだ——そんなふうに、自分に言い聞かせて。

＊

強火にしたコンロの熱気を受けながら、片手で鍋を摑み、もう一方の手で一定のリズムでヘラを動かす。熱によりタンパク質が固まって、粘り気が生まれてくる。そしてカスタードの濃厚な香りが立ちのぼってくる。

僕は思い出す。繭子がすっかり彼らに搦《から》め取られてしまっていると、ようやく気づいた頃のことを――。

「実はね、『現代社会研究会』のメンバーは、全員『シンラ智慧《ちえ》の会』っていう宗教団体に入っているの。うん、私もだよ」

繭子からそう打ち明けられたとき、僕は驚くとともに、納得もした。

くだんの現代社会研究会なるサークルに入ってから、繭子は変わったようだった。その変わり方は、単に新しい趣味や仲間を見つけたとかいうことに留まるものではなかった。宗教と言われれば、なるほどという気がする。

しかしその事実は、僕に妙な居心地の悪さを覚えさせていた。

信仰を持つことがよくないとは思わない。繭子のことを束縛したいわけでもない。けれど、やたらと「本物」にこだわり、一般に流通しているものを否定するのは極端に思える。また、そもそもサークルに参加するきっかけとなったシャーラという店も、このシンラが経営していたという。つまり宗教であることを隠して近づいてきたということだ。

完璧だったはずの家族の間に、何か得体の知れない異物が挟まってしまったような、そんな気がしてならなかった。

「それでね、今度、みんなの家族を集めてキャンプをやるの。うちも参加しましょうよ。大師《マスター》――あ、シンラのリーダーのことなんだけどね――も、いらっしゃるのよ。きっと楽しいわよ」

僕は少し迷ったけれど、行ってみることにした。

どんな団体なのか、この目で見極めてやろうと思ったのだ。

キャンプは、北アルプスの麓《ふもと》にある綺麗《きれい》な川の流れるキャンプ場で行われた。

メンバーが、それぞれ家族を連れてきていたようで、お年寄りから子どもまで、様々な人が参加していた。みな、感じがよく善男善女を絵に描いたような人々だった。瑠璃も、すぐに馴染《なじ》んで、楽しんでいたようだ。

キャンプには、繭子が言ったように、大師《マスター》こと天堂光翅も「聖母様」と呼ばれる自分の母親を連れて参加していた。

僕はこのときはじめて、あの男を見た。

だぼっとした麻の服を着て髪の毛と髭《ひげ》を伸ばし、いかにも宗教家然としていたが、口を開くと意外な程に気さくだった。関西弁を喋り、妙な人なつっこさがあり、話は上手い。多くの人が惹きつけられるのもわかるような気がした。

昼間、川遊びやバーベキューをして、夜はロッジでミーティングと称した討論会が行われた。議論の進行役は若い信者が務め、様々な社会問題について話し合った。

その内容は、「戦後日本社会は豊かになった反面、人と人とのつながりが分断されてしまっているのではないか」とか「日本だけでなく海外に目を向ければ、飢餓や貧困、紛争が蔓《まん》延《えん》している。その解決法はあるのか」とか「アメリカや日本を中心とした先進国による富の独占が行われているのは明らかだ。このような状況から目を背け、経済的な豊かさに浮かれてしまっていていいのか」とか。繭子がよく口にしていた漠然とした不安を具体的に言語化したもののように思えた。

こういった問題意識は、僕も共有するところだ。

が、この討論会の最後に、まるで「結論」のように天堂光翅が話したシンラの教義は、僕にはピンとこなかった。彼は社会に様々な矛盾があるのはこの世界が狂った神が作った〈悪の世界〉だからだと主張した。真の神は一人一人の内側におり、その内なる神の声に耳を傾けることが重要なのだという。

それまで比較的、地に足がついた議論をしていたのに、おとぎ話のようなところに着地してしまったように思えたのだ。ところが、信者たちはみな、うっとりと感心した様子で教祖の話を聞いていた。僕の妻、繭子も含めて。

キャンプから帰宅したあと、僕は正直に、しかし極力軽く繭子に言った。

「シンラの人はみないい人だったね。天堂さんの話も面白かったよ。でも、全部、鵜呑《うの》みにするのはどうかな。きみもさ、あまりのめり込みすぎないようにした方がいいんじゃないかな」

すると繭子は、烈火のごとく怒り出した。

「鵜呑みにするなって、疑えってこと？　あなた、大師《マスター》に直接お会いしても、そんなこと言うの？　あの方がどれだけ素晴らしいか、わかるでしょう。わからないの？　ねえ、あなたは、そんなこともわからないほど、心が穢《けが》れてしまっているの？」

僕はそれを、全身が粟立《あわだ》つような思いで聞いていた。

目の前で嘆いているこの女は、誰だろう。

繭子だ。それは間違いない。なのに、まるで僕の知らない人のようだった。

いつから、こんなふうになっていたのだろう。

わからない。わからないけれど、いつの間にか、繭子は『シンラ智慧の会』の教えと、あの天堂光翅という男に心酔しきっていたのだ。

怖い、と思った。

繭子の心が、僕が運命と思った人の心が、知らぬ間に誰かに奪われてしまっているということが、ひたすら恐ろしかった。

このキャンプ以降、繭子はどんどんシンラの活動にのめり込むようになった。

毎日のように会合に通い、家にいるときはいつも天堂光翅が書いたブックレットを読んでいた。瑠璃の絵本もすべて処分し、代わりにシンラが出版している絵本を与えるようになった。

「心を汚染して、人間を堕落させるための恐ろしい道具なのよ」などと言い、テレビを粗大ゴミに出してしまった。「これを飲むとね、内なる神の声、〈智慧《グノーシス》〉に触れやすくなるのよ」と、一リットルで五千円もする「シンラ水」なる水を買ってくるようになった。果ては「シンラがアフリカに学校をつくるから協力したいの」と、店の運転資金から三百万を勝手に寄付してしまったりもした。

繭子は明らかに、おかしくなっていった。

人前でも『シンラ智慧の会』の教えや、その素晴らしさを説くようになった。

曰《いわ》く「人間はね、物理的な肉体と、霊的な精神の、二つの層に存在するの」「人間の本質は霊的な次元にこそあるの。それが内なる神よ」「たとえ肉体が滅びても内なる神は滅びないの」「苦しみから逃れるためには、内なる神の声、〈智慧《グノーシス》〉に従うしかないの」「この世で最も正しく〈智慧《グノーシス》〉を理解しているのが大師《マスター》なの」「すべての人間は、大師《マスター》の教えを乞うべきなのよ」「この世界は狂った神の作った〈悪の世界〉よ」「いずれこの〈悪の世界〉は滅びるのよ」

一生懸命、理解しようとしたが、無理だった。繭子はそれを自明の事実のように語るが、どれも僕には、根拠のない妄言にしか聞こえなかった。

店で雇っているパートさんや、常連客からも「最近、奥さんどうしたの」と、訝《いぶか》しがられた。瑠璃も異常性を感じ取るのか「お母さん、怖い」と泣くようになった。

けれど、僕が少しでも教団や天堂光翅を疑うようなことを言うと、繭子は発狂したかのように怒り出し、一切聞く耳を持ってくれないのだ。

挙げ句、ある日の夜、瑠璃を寝かしつけたあと、繭子はこんなことを言い出した。

「ねえ、あなた、やっぱりこのお店、売りましょうよ」

僕は愕然《がくぜん》とした。

「でも、きみは、店を売るの反対だったろ」

「もちろん、私利私欲のために売るのは反対よ。売ったお金は、シンラに寄付するの。それだけじゃなくて、貯金とか、株とか、全財産をね。シンラはね、これからもっともっと大きくなって、世界中の人を救ってゆくのよ。それを助けて欲しいって大師《マスター》が直々《じきじき》に仰《おつしや》ったのよ」

天堂光翅は全財産の寄付を求めてきたという。僕は理解した。これがシンラの本性なのだ。

「ちょ、ちょっと待って。店を売ったら、僕らはどこに住むんだ」

「信者たちが生活できる、大きな教団本部があるのよ。〈繭《コクーン》〉って言うの。きっと楽園のようなところだわ。そこに行きましょう」

　藺子は、こともなげに言った。

「そろそろ、あなたと瑠璃にもシンラに入ってもらわなきゃって、思っていたの。ちょうどいい機会だから、みんなで〈藺《コクーン》〉で暮らしましょう。瑠璃は来年、小学校でしょう。俗世の学校になんて通わせたら、穢れてしまう。〈藺《コクーン》〉にはね、シンラの学校もあるのよ。瑠璃はそこに通わせましょう。ねえ、私の名前に藺の字があるのって、偶然じゃないわ。〈藺《コクーン》〉で暮らすのが、私の運命だったのよ」

　藺子は熱に浮かされたように語る。

〈藺《コクーン》〉？　楽園？　瑠璃をシンラの学校に通わせる？　運命？

　悪い冗談にしか思えなかった。

「じゃあ、仕事は？　僕は洋菓子屋をやめるのか」

「もちろんよ。いくら、いい材料を使ったところで、あなたのつくっているものなんて俗世の食べものだからね。〈藺《コクーン》〉に行けば、そんなつまらないもの、もう、つくらなくていいの。大師《マスター》が、もっと人の役に立ついい労務を与えてくださるわ」

　かつて、美味しいと言ってくれた、僕の洋菓子を「つまらないもの」と藺子は切り捨てた。

その目には、もう僕のことが映っていないのだとわかってしまった。

「駄目だ」

言葉が先に出てきた。

「絶対に、駄目だ。店を売るなんて。いや、もう、シンラも辞めるんだ！　きみは騙《だま》されているんだよ！」

繭子は、口を開けぽかんとしたあと、みるみる顔つきを険しくしていった。

「な、何を言ってるの。シンラを辞めるだなんて、駄目よ。そんな、恐ろしいこと言わないで！　この〈悪の世界〉で穢れ切って、永久に苦しむことになるのよ！」

「なあ、繭子、よく考えてくれよ。全財産を寄付させようとするなんて、どう考えてもおかしいだろ」

「おかしいのは、あなたの方よ！　〈悪の世界〉の財産なんて、いくらあっても心を穢すだけなのよ。だから、シンラに渡して清めてもらうのよ」

「そんなの、他人の財産を巻き上げるための方便に決まっているじゃないか。騙されているんだ。目を覚ましてくれよ。昔のきみに戻ってくれよ！」

僕は、ぼろぼろと涙をこぼしながら、必死になって訴えた。

「違うわ。私はもう、目を覚ましているの！　あなたの方こそ、〈悪の世界〉に穢されてしまって、真実が見えなくなっているのよ。シンラに入って、〈繭《コクーン》〉で暮らせば、きっとあなたにも、真実がわかるはずよ！」

繭子も泣いていた。

僕らは二人とも、真剣に、懸命に、相手を説得しようとしていたけれど、話はまるで噛《か》み合わなかった。

「とにかく駄目だ！　店を売ったりなんかしないし、僕と瑠璃はシンラに入ったりしない！　きみのことも辞めさせる。絶対にだ！」

思えば、これまで僕は、繭子がやりたがったことや決めたことに、反対したことはなかった。意見が対立しそうな雰囲気を感じたら、こちらから折れていた。でも、このときばかりは、折れる気はなかった。折れてしまえば、きっと繭子を失うことになると思えたからだ。

どれほど口論しただろうか。

「駄目だ」を繰り返す僕に、最後は繭子が疲れ切った顔で「わかったわ」と頷《うなず》いた。

「そうね……。もしかしたら、全財産を寄付するなんて、おかしいのかもしれないわね」

繭子はかすれた声で言った。その顔からは、いつの間にか険しさが消えていた。

「わかって、くれたのか」

「まだ、頭の中が整理しきれないけど……。あなたが、これほど言うんだものね。もう一度、よく考えてみるわ。もしかしたら、私、意地になっていたのかも」

「そ、そうか……。そうだよ。うん。とにかく冷静になって、また話し合おう」

「それがいいわね」

繭子は、薄く笑顔を浮かべて頷いた。

このとき、僕は、多少なりとも、話が通じたのだと思った。この期《ご》に及んで、まだ、繭子のことを信じていたのだ。

「つかれたわ。仕込みまで、あまり時間がないけど、少し寝ましょう」

「ああ、そうだね」

時刻は午前三時を回っており、僕の方も、へとへとに消耗していた。店をやる都合上、毎日、規則正しい生活をしていたため、夜更かしは身体が馴《な》れないようだ。少しでも仮眠をとっておきたかった。

目覚ましをかけて、僕たちは床に入った。

寝入る直前の胡乱《うろん》な頭で、この先のことを考えた。

できるだけ早く、繭子をシンラから引き離すんだ。きっと大丈夫だ。彼女の居場所は僕の隣のはずなんだから。僕たちは運命的に出会い、結びつき、家族になったんだから。天堂光翅なんて、所詮《しょせん》他人じゃないか――。

目覚ましのベルで目を覚ますと、繭子の姿はなくなっていた。「私は一人でも、〈繭《コクーン》〉に行きます」という短い置手紙を遺《のこ》して。

*

混ぜる、混ぜる、混ぜる。カスタードクリームを上手く炊《た》くコツは、混ぜ合わせるペースを一定に保つことだ。鍋を持つ手がつかれ、かすかに痺《しび》れてくる。熱気に焼かれ、顔と胸元にじんわりと汗が滲《にじ》むのを感じる。それでもペースを変えず、根気よくひたすらに混ぜてゆく。

僕は思い出す。繭子がいなくなってしまったあとのことを――。

僕は店を臨時休業にして、警察署に相談に行った。

けれど対応は、木で鼻をくくるとはこのことかというほど、冷たかった。

「はあ、宗教ねえ……。まあ、でも、奥さんは誘拐されたわけじゃなく、自分の意志で行かれたわけでしょ。手紙まで遺して。それを警察《われわれ》が、無理矢理連れ戻すわけにはいかんのですよ」

対応にあたった五十がらみの警官は、どこか馬鹿にしたような笑みを浮かべながら言った。

「しかし連中は、財産を奪おうとしたりもしてるんですよ」

「財産と言われても、民事不介入なんでね。まあ、うちじゃなくて、弁護士さんにでも相談ったらどうです」

わずか十分ほどのやりとりだったけれど、この件で警察が動いてくれないことはよくわかった。

ひょっとしたら繭子は、それを見越して一人で置手紙を遺して、いなくなったのかもしれない。家族の理解を得られなかったときの手段として、入れ知恵されていたのではないか。そう考えると、口論の最後に、一旦、向こうが折れたのも、僕を油断させるためだったようにも思えてしまう。

警察があてにできないことを悟った僕は、一人でシャーラに乗り込んだ。二人ほどの女性店員がおり、そのどちらも、例のキャンプで見た顔だった。

「妻はどこにいるんです！」「妻を返してください！」

いくら詰め寄っても、二人は知らぬ存ぜぬを繰り返すばかりで、しまいには「いい加減にしてください！　営業妨害です」と、警察を呼ばれた。

妻を奪われた僕の相談にろくに乗ってくれなかった警察は、このときはしっかり仕事をして、僕は交番に連れていかれて、説教される羽目になった。

その後僕は、東京にある『シンラ智慧の会』の事務局の場所を調べ、そちらにも乗り込んでみたが、やはり同じように門前払いをくらい、繭子に会うことすら叶《かな》わなかった。

どうすることもできず、頼れるものもなかった。

僕は自分の無力を、まざまざと思い知らされた。

――わかったのよ。私がこの世に生まれてきた理由が。それはね、こうして、あなたと、この子と、家族になるためだったのね。

繭子は確かにそう言ったはずだった。彼女の隣が僕の居場所で、僕の隣が彼女の居場所のはずだった。なのに、家族を棄てていなくなってしまった。僕だけでなく、我が身を痛めて産んだはずの瑠璃さえ棄てて。

瑠璃は夜になっても繭子が帰ってこないことに気づくと「お母さん、どこ行ったの」と、泣きじゃくった。最近の言動を怖がっていたとしても、やはり母親のことが大好きなのだ。

僕だって、そうだ。

僕と繭子は、出逢うべくして出逢い、結ばれるべくして結ばれたはずだった。

運命。

互いに、そう確信した瞬間はあったはずだ。「好きだ」も「愛している」も「ずっと一緒にいようね」も、何千回、何万回と繰り返したはずだった。

なのに。

結局、すべては果敢無《はかな》い思い込みに過ぎなかったというのだろうか――。

そうなのかもしれない。

とどのつまり、人は、本能的な欲求に従って生きてゆく中で、子孫を残しているだけなのだろう。やっていることは道ばたでさかる野良犬と大差ない。

ただ人は、犬に比べてずいぶんと寂しがりだから、日々の営みに、意味を求めてしまう。愛とか、家族とか、人生とか、あるいは運命とか。そんな言葉で自分の振る舞いを糊塗《こと》する。何か意味ありげで、尊いもののように思い込む。それだけのことなのだ。

もしもこの世に、運命と呼ぶべきものがあるとすれば、それは、そんな僕たち人間の浅薄な思い込みなどとは関係なく存在するはずだ。なんの意味もなく淡々と、文字通り運ばれてくるのだろう。

僕は、胸を潰《つぶ》されてしまったような苦しさを感じた。

それに追い打ちをかけるように、繭子がいなくなってからおよそ十日後、彼女の代理人だという弁護士がやってきた。

「こちらの土地及び店舗は、すべて奥様の名義になっておりますが、ご本人さまの意向により、売却手続きが完了しております」

繭子は、不動産の権利書も持っていったのだ。弁護士は三日以内に荷物をまとめて、立ち退《の》けという意味のことを言った。

「三日でも猶予を与えているだけ、ありがたく思ってください。素直に立ち退かれた方が身のためですよ。でないと神罰が降るかもしれませんからね。瑠璃ちゃんでしたっけ。小さなお子さんもいるんでしょう」

弁護士もおそらくはシンラの信者なのだろう。そんな脅迫めいたことまで口にした。

「わかりました……」

僕にはもう、抵抗する気力はなかった。

「奥さんね、本当はやっぱり、あなたや瑠璃ちゃんにも入って欲しいみたいですよ。シンラに。どうです、そうすれば、また三人で暮らせるかもしれませんよ」

弁護士は僕を憐《あわ》れむような目で見ながら言った。

ああ、それも悪くない――ふと、そう思ってしまった。

シンラがどんな団体だとしても、〈繭《コクーン》〉とやらがどんな場所だとしても、繭子のように、すべてを信じ切ってしまえば、そこは楽園になるのかもしれない。

シンラの教えを信じれば、この苦しみから救われるのかもしれない。

瑠璃だって、また母親と暮らせるとなれば、喜ぶだろう――。

――駄目だ！

誘惑に駆られてしまったものの、僕はぎりぎり踏みとどまった。

それはたぶん、瑠璃がいたからだろう。

全財産の寄付を求めるような団体が、まともなわけない。そこにあるのは楽園ではなく、きっと狂気の世界だ。僕と繭子だけならまだしも、瑠璃まで巻き込むわけにはいかない。

僕と繭子という二つの石ころの、それぞれの欠片《かけら》からできた、もう一つの石ころ。この広い世界からしたら、取るに足らない小さな石ころかもしれないけれど、ただ一つのかけがえのない宝石のような石ころ。だから、瑠璃と名づけた。

この子のことは守りとおす。一人でも、立派に育て上げる——あのときは、そう思っていたし、それは決して嘘ではない。

けれど、今こうして思い返してみると、僕はそうやって、繭子を失った世界の中で、必死に意味を紡ぎ直そうとしていたのだと思う。そうすることで、やっと正気を保っていたのだ。

*

そろそろだ。カスタードクリームの適切な炊きあげ時間は、その日の気温や湿度によって微妙に変化する。立ちのぼる香り、鍋を混ぜるヘラから感じる粘り気、クリーム表面の色合いなど、すべてを加味し、理想的な一瞬で、火を止める。

僕は思い出す。繭子がすでにこの世からいなくなっていたことを知ったときのことを——。

一九九五年三月。『シンラ智慧の会』はテロを起こした。丸の内乱射事件と呼ばれる、あの事件だ。

そして、〈繭〉《コクーン》と呼ばれる教団本部は、警察の強制捜査を受け、教祖、天堂光翅は逮捕された。僕が思ったとおり、そこが楽園などではなく、狂気の世界だったことが白日の下《もと》に曝《さら》された。

当時僕は、千葉の柏《かしわ》市にある食品会社に職を得て、公営住宅で瑠璃と父一人子一人の生活を送っていた。

繭子がいなくなってからは、四年ほどが過ぎていた。

不幸中の幸い、と言っていいのかわからないが、瑠璃はまだ小さかったせいか、母親の記憶があまり残らなかった。最初は毎日のように「お母さん、どこいったの」と尋ね泣いていたが、すぐにそれも収まり、僕と二人だけの生活にも馴れていった。小学校に上がる頃になると、母親のことや、月島での生活のことは、もうほとんど覚えていないようだった。

ただし、だからといって自分に母親がいないのが自然なこととは思っていないようで、あるとき、寝かしつける前に唐突に訊かれた。

「どうしてうちには、お母さんがいないの？」

「ちょっと遠くに行ってるんだよ」

「リコン、したの？」

どこでそんな言葉を覚えてくるのか。

「違うよ。遠くに行ってるだけ」

「遠くってどこ？」

「ずっとずっと遠いところだよ」

「いつか、帰ってくるの？」

「ああ、たぶん、ね」

本当のことを言えなかったのは、瑠璃を混乱させないためというより、それが僕自身の願望だったからだろう。

囚われていたのは、僕の方だった。繭子のことを考えない日など、一日たりともなかった。ある日突然「目が覚めたの」と、再び僕の前に現れることを、何度となく想像した。そしてそのたび、無力感に苛《さいな》まれるのだ。

テレビで〈繭《コクーン》〉に警官隊がなだれ込む様子を見たとき、考えたのは、これで、繭子が戻ってくるかもしれないということ。ただ、それだけだった。

僕は警察や、マスコミ、事件後に発足した被害者の会など、四方八方に問い合わせをして、繭子の行方を捜した。しかし、それは杳《よう》として知れなかった。

知らせが舞い込んできたのは、乱射事件からふた月が過ぎようという頃だった。

警察から連絡があった。

逮捕した信者たちの証言から、繭子が二年以上前にすでに死亡していることが明らかになった、と。

僕は警視庁に呼ばれ、担当だという刑事から説明を受けた。

それによれば、繭子は教団の女性幹部から「おまえは俗世の未練を棄て切れていない」と叱責《しっせき》され、「無間の行」という厳しい儀式をすることになったという。それは、サウナのように熱した部屋の中で、二十四時間、不眠不休で水も飲まずに、祈り続けるものだった。その途中、繭子は脱水症状を起こし、そのまま帰らぬ人になってしまったという。

この事故を隠蔽《いんぺい》する命を受けた信者は、繭子の死体を解体し、細切れにした上でミキサーで砕き、川に流したのだという。

「複数人の証言が細部にわたって一致しますので、間違いないのだろうと思います。連中はこれを事故と言っておりますが、とんでもない。殺人です。我々としても、何とか立件して、奥様の殺害に関わった者たちには必ずその責任を──」

僕は、呆然と刑事の説明を聞いていた。

これで僕は二度、妻を失ったことになる。

二度目の喪失は、永遠で不可逆で取り返しがつかないものだった。

塵《ちり》は塵に、と言うけれど、繭子は塵一つ遺さず、この世から消えてしまった。

ああ、そうか。もう二度と、繭子には会えないのか──。

僕の胸には、悲しみとしか言いようのない感情が溢れた。

けれど、なぜだろう。このときは不思議と涙が出なかった。そして、泣けないことが、なお、悲しかった。

死体を消し去ったという猟奇性があったためか、繭子の事件はマスコミでも大きく報じられた。あるワイドショーは「カルトに洗脳された挙げ句に殺された哀れな主婦」と報じ、ある雑誌は「家族を棄てて信仰に走った女の末路」と書き、また別の雑誌は「アノ〝消された女〟は、天堂光翅の愛人の一人だった」などと書いた。

僕のところにも、取材の申し込みが何件かきた。

僕は「娘は母親のことを知らないのです。頼むから静かにしておいてください」と、そのすべてを断った。けれど仮名を使い、僕と瑠璃のことを「カルトに妻と母を奪われた悲劇の親子」などと報じた雑誌もあった。

ただ、そんなマスコミの報道が、一つだけ、いい方向に働いたことがあった。

浅野のご主人とおかみさんが、僕を探し、訪ねてきてくれたのだ。

「雑誌に出てた奥さんの名前でね、おまえなんじゃないかと思ってな」

二人とも、無遠慮に妻のことを訊いたりせず、近況や他愛のない世間話をずっとしていた。

瑠璃は二人にすぐに懐《なつ》いて、小学校で図工の時間につくった切り絵を見せたりしていた。

おかみさんは、そんな瑠璃の様子に「心の柔らかな、いい子だねえ」と目を細めた。

聞けばご主人は、隠居後、知的障害者の作業場でボランティアとして、洋菓子づくりの監督をしているのだという。

「引き受けてみたものの、正直、最初はな、こんなやつらに、まともな菓子なんてつくれんのかって、思ってたんだよ。まあ、実際、大変だったけどな。どいつもこいつも、物覚えが悪い上に、無器用でよ。でもなあ、根気よく教えてくと、だんだんとできるようになるもんなんだ。ちゃんと決められた分量と決められた手順でつくりゃあ、誰がつくったって、美味い菓子になるんだよ。なんつったって、菓子づくりは化学だからな。なるようにしかならないし、なるようになる。これってやさしいことだったんだな。俺は今頃教わったよ」

ご主人は、そう言って苦笑いをした。

お土産に作業所で焼いたというクッキーを持ってきてくれたので、みんなで食べた。それは、昔、浅野洋菓子店で出していたものよりも甘さが控え目でふわりとしたハチミツの風味がした。とても優しい味だった。


乱射事件から一年ほどが過ぎると、少しずつシンラ関連の事件の裁判がはじまるようになった。繭子の事件でも、彼女に「無間の行」を命じた女性幹部や、死体を解体した信者が、裁かれることになった。

死体がない事件が立件されるのは、きわめて異例のことなのだという。証言に加え、ミキサーにわずかに残されていた肉片や、血痕、指紋などの証拠を精査し、警察と検察が執念の立件に踏み切ったと言われている。

僕はその裁判に可能な限り足を運んで、傍聴した。

主犯といってもいい女性幹部は逮捕後も信仰を棄てておらず「私は何も間違ったことをしていません！　シンラの教えこそが真実です」と言い切り、一切の証言を拒否した。

僕はそれに、怒りではなく戸惑いを覚えた。

なぜなら、彼女の顔つきは、かつての繭子とそっくりだったからだ。すべてが白日の下に曝され、こうして裁かれてもなお、彼女は楽園に居続けているのだ。

一方、繭子の死体を解体した野々口勲《ののぐちいさお》という青年は、楽園を追われてしまったようだ。彼のことは、どこかで見覚えがあった。たぶん例のキャンプに参加していたのだろう。

野々口は「間違っていました」「人間として赦されないことをしてしまった」「僕の方こそ消えてなくなるべきだ」「結局、シンラは何も救ってくれなかった」などと、後悔とも反省ともつかない弁を述べ、信仰は棄てたと明言していた。

検察官の質問にも素直に答えていた。その中で、繭子がくだんの「無間の行」を命じられた経緯について、彼はこう語った。

「写真が見つかったんです――」

元々、繭子と女性幹部との間には、感情的なしこりがあったようだ。繭子に、天堂光翅が目をかけているようで、女性幹部はそれが気にくわなかったのだという。それで何か、繭子を責める材料がないかと探していたところ、着衣の上着にこっそり、写真を縫い止めていることがばれたのだ。

「――それは、ご主人とお子さんと一緒に写った家族写真でした。〈繭《コクーン》〉で暮らす信者は、俗世との関わり一切を断たねばならないとされていました。でも、彼女は家族との写真を肌身離さず、身に付けていたのです。これはシンラでは重罪です」

僕と瑠璃の写真?

それは完全な不意討《ふいう》ちだった。

「なぜ写真を持っていたのか訊いても、彼女は答えませんでした。ただ、『棄てられなかった』と。その通りなんだと思います……」

繭子は家族を棄てたのだと思っていた。いや、事実、棄てたのだろう。それでも、わずかに残ったものがあったのか。彼女が足を踏み入れたはずの楽園に、ほんのひとかけでも、僕と瑠璃の欠片があったというのか。

繭子は、いた。

互いに一目で惹《ひ》かれ合った彼女は、いた。想いを伝えるのに三年もかかった彼女は、いた。貪るように愛し合った彼女は、いた。自分が生まれてきたのは、僕と出逢い家族をつくるためだったと言った彼女は、いた。運命と思った女は、いた。

もうこの世から消え去ってしまい、記憶の中にしか存在しなくなってしまったけれど、確かに、いたのだ。

そんなわかりきっていることを、今更思い知った。

そのとき、法廷の景色が滲んだ。

繭子の死を知ったときには流れなかった涙が、今頃になって止めようもなく溢れた。僕は手で顔を覆い、顔を俯ける。見える方の目を、右目を、閉じる。

暗闇が訪れる。光の届かぬ海溝の底のような、闇が。悲しみの暗闇が。

瞬間、記憶が溢れた。繭子と出会い、別れる日までのすべてが。まるでシャボン玉に閉じ込めた宝石のように、輝きながら、漂う。その記憶が鮮やかであればあるほど、僕はなお深い、闇に沈むのだ。

傍聴席の片隅で、僕はずっとずっと泣き続けていた。

＊

カスタードクリームが炊きあがった。

僕の意識は過去から現在へと引き戻される。鍋の中身をステンレスのバットに移してゆく。

スプーンでひと匙《さじ》、味見をする。

いつもと変わらぬ味だ。

藺子が出ていってから二十二年。シンラの乱射事件からは、十八年もの時間が過ぎた。

僕が八千代《やちよ》市に越してきて、もう一度洋菓子店を開業したのは、藺子の事件の第一審判決を見届けたあとのことだ。

教団幹部の女は、藺子の事件とは別に、機関銃の密造などいくつもの事件に関わっており、無期懲役の判決が降《くだ》されたが、すぐに控訴した。その後、最高裁まで争い、一審判決どおりに確定する。彼女は今も、どこかの刑務所にいるはずだ。そこがまだ彼女にとっての楽園なのかどうかは、わからない。

一方、野々口勲に対しては、懲役八年の判決が降され、こちらは控訴せず一審で刑が確定した。仮に満期まで務めあげたとしても、彼はもう出所しているはずだ。が、彼がどこにいるのかも、無論、わからない。

三年くらい前だったか。一度、月島の家があったところを訪ねてみたことがある。あのあと、どういう不動産売買がなされたのかは知らないが、あの辺りにあった四軒分くらいの家の土地に、「宗像《むなかた》病院」という病院が建っていた。「どんどん変わっていく」と藺子が不安を感じたあの頃と比べても、月島の街はビルが増えて様変わりしていた。その一方であの頃のまま、老舗《しにせ》の趣を残した商店や家屋もまだ多く残っていた。街の区画や、埋め立て地を流れる川の様子はあまり変わっていない。そのせいか景色は変わってしまっているのに、路地の一本一本に、懐かしさを感じた。

なるようになるし、なるようにしかならない。

浅野のご主人が言ったように、それは、やさしいことなのかもしれない。

繭子が出ていったとき、彼女の死を知ったとき、彼女の思いの残滓《ざんし》を感じたとき——三度の喪失。その悲しみは、癒えることなどないと思っていた。

けれど。

長い時間の中で癒えてしまった。

もちろん、今でも悲しみはある。ふとした拍子に、たとえば瑠璃の表情に彼女の面影を見つけたときや、あるいは、ショーケースの中に袋詰めのクッキーが残っているときなどに、思い出してしまう。シンラに出会うことなく、ずっと月島で洋菓子屋をやっていたら、どうなっていたかを想像してしまう。そんなときは、胸が痛む。

けれど。

痛みは、年々、和らいでいる。

娘を育てながら、一人で店を切り盛りした日々は、そして今、その娘と一緒に洋菓子をつくり売る日々は、否応なく喪失を埋めて、傷を癒してしまう。

死体も残さず消えてしまった彼女のために、いつまでも深い悲しみの中に沈んでいたいと思っていても。

浮かんでしまうのだ。

日々の暮らしは、僕のことを暗いところから、明るい方へ引っ張ってゆく。

仮にこの右目が見えなくなって、僕が盲《めし》いたとしても。もうあの悲しい暗闇は戻ってこないだろう。彼女との記憶は、いつしか優しい色を放つようになり、僕を沈めることはなくなった。

「ねえ、お父さん」

瑠璃に声をかけられ振り向いた。

ちょうどそのとき、ラジオから、そのニュースが流れた。

『──昨夜未明、東京小菅《こすげ》にある東京拘置所内で、天堂光翅こと卯藤新《うどうあらた》死刑囚が死亡しているのが発見されました。死因についてはまだわかっておりませんが、法務省によりますと、卯藤死刑囚は今年の夏頃から、体調を崩し、この数日はずっと寝たきりの状態だったとのことです』

僕は小さく息を呑《の》む。

瑠璃も目を丸めていた。

もう瑠璃は、母親がいない理由を知っている。

僕の口から繭子のことを打ち明けたのは、瑠璃が高校を卒業したあとだった。けれどそのとき瑠璃は、少し複雑な顔になって「知ってた」と言った。

実はシンラの乱射事件が起きた頃に、子ども心にも、あれと自分の母親が関係あることは、なんとなく感づいていたらしい。そして高校生のときに、自分で古い雑誌記事を調べ、おおよそのことは把握したのだという。

「死んだんだ……」

瑠璃は、呟《つぶや》くように言った。

「ああ」

僕は相づちを打つ。

天堂光翅が、死んだ――。

そう思うと同時に、僕の頭には奇妙な考えが浮かんだ。今朝の、あの夢について。

夢の中で僕が率いていた宗教団体は『シンラ智慧の会』と似ていたけれど、ところどころで違った。たとえばシンラの教義はキリスト教の異端をベースにしていたけれど、僕の教団の教義は仏教をベースにしていた。

起こしたテロも、似ているけど違った。シンラは、丸の内で機関銃を乱射したけれど、僕の教団は、地下鉄の中で毒ガスを撒《ま》いていた。閉鎖空間でのガスの威力は凄まじく、どうやら被害は夢の中のテロの方が大きかったようだ。

僕の教団は、シンラよりも多くの人を誘拐したり、秘密裏に殺害したりしていた。また、ロシアを中心に海外にも巨大な支部を持っていたようだし、国政選挙に打ってでたりもしていた。

夢の中で僕がつくった教団は、規模においても、やったことの凶悪さにおいても、シンラを上回っていたようだ。

あれは、あり得たかもしれない僕の姿じゃないのか。

何か些細《ささい》な違いで——たとえば、幼い頃、迷子になったとき、あのわかれ道で蝶に出会わず右側に進み、したがってあの女の人に出会わず、したがってクッキーも食べず、したがって洋菓子職人にならず、したがって繭子と結婚することもなかった僕は、シンラのようなカルト教団をつくっていたのではないか。

どういうわけか、そんな馬鹿げた考えが浮かんだ。

「あ、それでね」

瑠璃が思い出したように口を開いた。

そうだ。彼女は何かを言いかけていたんだっけ。

「ああ、どうした」

「えっとね、こんなときに言うのも、変なんだけどさ……。会って欲しい人がいるんだよね」

「会って欲しい人?」

思わず訊き返す。

「うん。だからさ、なんて言うか、まあ、恋人って言うか……、今、付き合ってる人をね、紹介したいの。パティシエ《同業者》でさ、専門《せんもん》学校の一コ上の先輩」

「あ、ああ、そうか」

僕は若干の戸惑いを覚えた。

わざわざ僕に紹介したいということは、結婚を前提に交際しているのだろうか。

思えばもう瑠璃は二十六だ。そういう話があっても、不思議じゃない。でも……。

僕の懸念を先回りするように、瑠璃は言った。

「私、その人にだけは、お母さんのことも話しているの。それでもね、一緒にいてくれるって」

「そうか……。まあ、おまえが選んだんだから、いい人なんだろうな」

瑠璃は苦笑して首を振る。

「選んでなんかないよ。よくわかんないけど、好きになってたんだもの。きっと向こうもそうだと思う」

ああ、そうか——。

「運命を感じるような相手か」

僕は尋ねてみた。

瑠璃は照れくさそうに笑った。

「やだ、お父さん、何言ってんのよ。……でも、そうね。運命を感じるわ。あの人と家族になるために生まれてきたんじゃないかって、思うくらい」

瑠璃はいつかの繭子と同じことを言った。

もしかしたら、それは錯覚なのかもしれないけれど。

瑠璃が信じるなら、支えてやりたい。願わくば、僕と繭子が築けなかった幸福な家庭を築いて欲しい。

「それでね」瑠璃は続ける。「もし、もしお父さんが嫌でなければ、私と、その人と、三人で暮らさない？　もちろん、お父さんに介護が必要になったら、私たちで面倒をみるから」

少し意外な申し出だった。

「なんだ、俺に気を遣ってるのか」

「別に、そういうわけじゃないけど……」

「そう言ってくれるのは、ありがたいけど、まあ、その彼と会ってみてからだな。それに、先方の家族との話はどうなってるんだ。結婚するなら、こちらだけで決めるわけにもいかないだろう」

「ああ、それなんだけどね……。一緒に暮らしたいけど、結婚するわけじゃないんだ」

「え？」

「って言うか、できないんだよね、法律的に。あとね、彼じゃないんだよ」

言って瑠璃は、上目遣いで探るように僕を見つめる。

「まさか……」

瑠璃は小さく頷くと、意を決したような強い口調で言った。

「うん。彼じゃなくて彼女。私の恋人は、女なの。去年、一緒に東北にボランティアに行った、真琴《まこと》さん。だから、結婚はできないけど、家族になりたいと思っているの」

僕の口からは、言葉にならない息が漏れた。

真琴さん、というのは何度かうちの店にも来たことがあるので、僕も顔くらいは知っていた。仲の良い友達なんだろうとは、思っていたのだが。

「驚いた？」

「ああ、ちょっと。いや、かなりな」

「その、ごめんね。ずっと、黙ってて。私はね、女を好きになる女みたいなんだ。だから、たぶん、お父さんに孫の顔とか見せてあげられないかも」

瑠璃の声のトーンが少し落ちる。

「え、孫か。ああ、そうか、そうだよな。でも……」

なんと言ったものか、僕は視線を落とした。瑠璃が両手をぎゅっと握りしめているのがわかった。

僕は今更気づく。

不安なのか。

そりゃそうだろう。突然、こんなふうにカムアウトして、父親がなんと言うか、不安じゃないわけがない。それでも、わかってくれると期待しているから、こうして打ち明けてくれたのだろう。

そう言えば、これまで、特に深い意味はなく軽口のつもりで「彼氏はいないのか」なんて訊いてしまったことが何度もある。そのたび瑠璃は、笑ってかわしていた。あの笑顔の裏で、この子は何を思っていたんだろう。学校や友達関係の中で、気まずい思いや、いたたまれない思いを味わったことだって、きっとあるはずだ。

でも、瑠璃、おまえは居場所を見つけたんだな。その隣が自分の居場所だと思える人に出会えたんだな。そしてそのことを、こうして僕に伝えようとしてくれているんだな。

僕は、頬がゆるむのを感じた。

「ふふ、まあ、いいんじゃないか。ふ、っはは」

「え、何？　お父さん、何、笑ってんのよ。嘘じゃないんだよ。こっちは真剣に話してるんだからね」

「いや、済まない。わかってるよ。ただなあ。なんだろうな。思いもよらないことが起こるもんだなと思うとな、なんだか可笑《おか》しくてな。はは」

笑いが込み上げてきてしまう。

「もう、何よう」

つられるように瑠璃も笑う。

運命は、ただ、淡々と運ばれてくるだけなのだとしても。なるようになるだけなのだとしても。道ばたに転がる石ころにとっては、すべてが奇跡だ。良きにつけ悪しきにつけ。神様なんてものがいるとしたら、どうしてそいつは、その石ころに、意味を感じる力なんて与えたんだろう。やっぱり頭がおかしいんだろうか。

「とにかく、その彼女に会わせてくれよ」

僕は、瑠璃に言った。

「うん」

瑠璃は頷いた。光がこぼれるような笑顔で。

わずかに残ったこの視界に、この瞬間を焼きつけておこう。僕の目が完全に見えなくなってしまう前に。

僕は娘に、瑠璃という名前をつけた理由を思い出していた。

蝶夢Ｖ――２０１３

目覚めると、うめき声が聞こえた。

蝶《ちょう》になったわたしは、身を潜めている私の髪の毛が、真っ白になっていることに気づいた。その隙間から辺りをうかがう。

白いカーテンで仕切られた薄暗い空間。病室だった。

うめき声の主は私だ。私は正体をなくしベッドに縛り付けられて、点滴を受けている。

そうか、戻ってきたんだ。長い時間を巡ってきたこの旅も、もうすぐ終わるのだろう。

私が産んだあの子――新《あらた》は、やはり呪われた子だった。

私は世間からは極悪人の母親として責められ、自分でも自分を責め、苛《さいな》んだ。ゆくあてもなく彷徨《さまよ》ううちに、住むところをなくし、路上で生活するようになった。やがて河原で行き倒れたところを見知らぬ男たちに拾われて、この病院に連れてこられた。その時点で身体《からだ》中ぼろぼろで、もう死を待つだけだったのだけれど、生き長らえていた。

扉が開け閉めされる音がした。そして、パタ、パタ、という床を歩いてくるサンダルの足音。人の気配が近づいてくる。

カーテンが開き、看護助手の女が入ってくる。

私のことを看取《みと》ると決めた女。

わたしは、この女のことをよく知っている。夢で見たから。

彼女はベッドに横たわる私のことを、じっと見下ろしている。

どのくらいそうしていただろう。

不意に女の口元が動いた。

「死んだよ」

小さな声だけれど、はっきりと聞こえた。

死んだ？　誰が？

答えるように、女は言う。

「天堂光翅《てんどうこうし》。いや、卯藤新《うどう》。あなたの、息子が」

新が死んだ？

「これでますます、私とあなたは同じだね」

そうだ。夢で見たから知っている。この女も息子を亡くしているのだ。この女の息子は新が殺したようなものだけれど。

「さっきね、ニュースでやっていたんだよ。ずっと具合を悪くしていたでしょう。拘置所でね、今朝、亡くなったんだって」

新は死刑判決を受けていたはずだけれど、その執行より前に死んだようだ。あの子は、あまりにも多くの人の命を奪い、人生を狂わせた。その罪は、今更、あの子の命だけで贖《あがな》えるものではないだろう。

ベッドの上の私は、ひときわ大きなうめき声をあげた。

それは世界の裂け目から漏れるような、酷《ひど》く寂しくて悲しそうな声だった。

「大丈夫。大丈夫、だよ」

女の声は優しい。

手を伸ばし、私の手を握る。

「ずっと私が、そばにいるからね」

私はうめき声をあげ続ける。

注意深くよく聞くと、それにはかすかな節がついている。

アー、ウー、ワー……、アー、ウー、ワー……、アー、ウー、ワー……。

確かに三音、違った音を発している。痩せて干からびた私の身体は、口から発する音をまるで楽器のように反響させて、小刻みに震えている。

息子の名を呼んでいるのか。あるいは、意味などない音の羅列なのか。横たわる私の意識はとうに混濁しきっていて、自分でもわかっていない。その頭にとまっている蝶になったわたしにも、わからない。

永遠に繰り返されるかと思ったそのうめき声は、しかし唐突に止まった。

女が、私を覗《のぞ》き込む。

私はいつの間にか目を閉じていた。ついにそのときが来たようだ。

女の顔色が変わった。首筋に指をあてて脈を取る。口元に掌《てのひら》をかざし、呼吸を確認する。

「もしかして、待っていたの？」

女は私に問いかける。私は応えない。

「よく頑張ったね。この寝たきり病棟で、三年も持ちこたえた人はあなたがはじめてだって。みんな驚いているんだよ」

誤解だ。私は何も待っていないし、頑張ってもいない。私の意志とは関係なく、私の身体が息をして心臓を動かしていただけだ。

女は「おやすみ」と告げると、医師を呼びに病室を飛び出した。

蝶になったわたしは、翅《はね》を広げて私から飛び立つ。

光を感じた。それは自らの翅が放つ光だ。自身の内側から溢《あふ》れる光だ。まるで洪水のように、すべてを飲み込む。わたしは、わたしという存在の内側に吸い込まれてゆく。

やがてその光の中に、白い球体が無数にあらわれた。

繭《まゆ》だ。光の糸によって編まれた、繭。

わたしは直感的に理解する。これは、世界だ。この繭一つ一つが、別々の世界なのだ。

わたしはそのうちの一つに、引き寄せられてゆく。

そこでわたしは、見る。わたしが生きた繭《せかい》とは少しだけ違った繭《せかい》の様子を。

青い空の下、大きな道の上にかかった橋に、腹を膨らませた女が立っている。あれは、自殺を決意した日の私だ。

私は、しばしためらったあと橋の欄干に手をかけて——、

——跳んだ。

欄干を乗り越えて、橋の上から。

この世界の私は、わたしと違う選択をした。身体の期待を振り切り、絶望に従うことを選んだ。

一瞬浮き上がった私の身体は、すぐさま、重力に引かれて落下する。頭から地面に落ち、首があらぬ方向に曲がる。更に、ちょうど走って来た路面電車に私は轢《ひ》かれる。無数の車輪が、新が眠る私の腹を潰《つぶ》す。

道路に、孕《はら》んだ父の子とともに死んだ私が転がる。

この世界は、私が自殺して新を産まなかった世界、〈新がいなかった世界〉だ。

わたしは、見る。私が死んだあとの〈新がいなかった世界〉の行く末を。

ここでは新がいないのだから、当然『シンラ智慧《ちえ》の会』は生まれないし、丸の内乱射事件

も起きない。しかし、新ではない別の誰かが、シンラとよく似た別のカルト教団をつくり、一九九五年の三月に、やはり無差別テロを起こしていた。彼らは銃を乱射したのではなく、地下鉄に毒ガスを撒《ま》いた。結果として、そのカルト教団のテロは、シンラのそれより多くの死傷者を出していた。いや、それだけでなく、規模においても、やっていたことの凶悪さにおいても、そのカルト教団の方が、シンラを上回っていた。

新がいてもいなくても、一九九五年に日本でカルト教団による宗教テロが起きていた。でも、新がいた方が、犠牲者は少なかった。

それだけじゃない。

〈新がいなかった世界〉では、二〇一一年の東日本大震災のとき、福島第一原発で甚大な事故が発生していた。地下にあった非常用電源が水没し、喪失したからだ。それによって冷却できなくなった原子炉がメルトダウンしたのだ。大量の放射性物質がばらまかれ、近隣のみならず日本中でパニックが起きる。

海外に目を向けてみると、二〇〇一年の九月に、ニューヨークのワールド・トレード・センターに航空機が突入するというテロが起きていた。日本でカルト教団が起こしたテロよりも、ずっと多くの人が犠牲になっていた。

このテロのあとアメリカは、報復のための戦争をはじめた。戦争の犠牲者は、テロの比ではなかった。そしてそれは新たなテロを生み、報復の連鎖がはじまった。中東情勢の泥沼化に呼応するように、アメリカと、中国、ロシアの対立は深まり、核廃絶への道は遠ざかった。世界終末時計の針は、進められてゆく。

これらは全部〈新がいた世界〉では、起きなかったことだ。

世界は変わっていた。単に新がいないというだけでなく、新と直接関係ない部分も。むしろ新という存在から遠く離れた事象ほど、大きく変わっていた。

〈新がいた世界〉だって、別に平和だったわけじゃない。世界のそこかしこで小競《こぜ》り合いがあった。紛争もテロも自然災害も起きていた。人は無慈悲に人を殺し、自然の猛威はそれに輪をかけて無慈悲に人を殺した。不幸と絶望はそこら中に転がり、世界中に格差と貧困が広がっていた。幼い頃にわたしが信じた理想郷など、どこにもなかった。

でも、ましだったの？　この〈新がいなかった世界〉に比べたら、〈新がいた世界〉は、少しだけ、ましだったというの？

わたしは呆然《ぼうぜん》として繭の中から外に出る。

これは、どういうことだろう。

誰かが夢の中でしていた話を思い出す。

バタフライ・エフェクト——世界は巨大なシステムで、起きることは、すべてなんらかのかたちで関連した必然。

蝶の羽ばたきが、地球の裏側で竜巻を起こすように、わたしが自殺せずに新を産んだことが、世界を変えていたのか。

新は自分のことを救世主だと称していた。本当にそうだったとでもいうのだろうか。

新は多くの人を殺《あや》め、人生を狂わせていた。わたしはあの子を産んだことを後悔していた。

でも、あの子がいた世界と、いなかった世界を比べれば、いた世界の方がましだったのか。

あの子は世界を救ったの？

わたしの選択が世界を変えたの？

誰にも知られることなく。

自覚すらもなく。

本当に？

わからない。

だって、きっとこれは夢なのだから。

今わの際に、息子の死を知らされて見ている夢なのだから。

すべては自分の都合のいいように紡いだ幻なのかもしれない。

仮に新がいたことで世界がましになっていたとしても、シンラに殺された人たちや人生を狂わされた人たちには、関係がない。彼らにとって〈新がいた世界〉は紛れもなく〈悪の世界〉でしかないだろう。

でも――。

眼前の光の中には〈新がいなかった世界〉の他にも無数の繭が浮かんでいる。この世に生まれた命の数と、その命が降した選択の数を掛け合わせた数だけ、分岐した世界だ。無限の、世界だ。

なんという豊穣《ほうじょう》さ。

わたしはようやく気づく。

善悪の問題ではなく、この豊かさこそが、意味だ。

意味は、あった。わたしの選択に。わたしの生に。わたしの産んだ子の命に。

あの日、橋の上で身体が感じた期待のとおりに、あの子はわたしに生きる意味を与えてくれていた。

光の彼方から、呼ぶ声が聞こえた気がした。

おいで、と。

呼んでいる。

自ら命を絶った母と花田《はなだ》さんが。わたしが殺した父が。乱射事件に巻き込まれた少年が。腹を刺されて川に落とされた男が。秘密を抱えたまま津波に呑《の》まれた青年が。死後、死体も残さずこの世から消えた女が。そして、新が。

世界の大きさに比べれば、塵《ちり》にも等しい小さな命たちの、声が、聞こえる。

わたしは翅をはばたかせ、声のする方に飛んでゆく。

意味は、あった。確かにあった。

わたしは肯定する。

罪なき者も、罪深き者も。何かを成し遂げた者も、道半ばで倒れた者も。狂った者も、正気を保った者も。

この世に存在し、生きた命のすべてに意味はあったんだ。

ねえ、そうなんでしょう？

わたしは、この光の彼方にいるはずの、頭のおかしな何者かに問いかける。

答えはない。けれど確信する。

翅を動かす背中の感覚が薄れてゆく。視界がぼやけ、意識が朦朧《もうろう》とする。

飛散する。

わたしという存在が、光に溶け込むように飛散してゆく。

解説

若林《わかばやし》　踏《ふみ》
（ミステリ評論家）

葉真中顕の初期社会小説、これにて総決算。

本書『コクーン』を端的に評するならば、右のような台詞が相応《ふさわ》しいだろう。

『コクーン』は葉真中顕にとって四番目の著作に当たる。第三章の「サブマージド」が二〇一五年十二月刊行の『宝石ザミステリー２０１６』（光文社）に掲載され、それ以外の章を書き下ろす形で二〇一六年十月に同社より単行本化された。なお、巻末の「コクーン」は単行本刊行時の際、カバー下の表紙に掲載された掌編である。今回の文庫化にともない、ボーナス・トラックとして収録されることになった。

ミステリは謎解きやサスペンスの興趣だけではなく、犯罪を社会に生じた裂け目とみなし、そこから国家や世界のあり方を捉えなおす批評的な役割を担うことがある。キャリア最初期の葉真中は、このミステリの社会小説としての側面にこだわった作品を書いてきた。第十六回日本ミステリー文学大賞新人賞を受賞した二〇一三年のデビュー作『ロスト・ケア』（光文社→光文社文庫）で裂け目となるのは過酷な介護現場の問題だ。読者はこの裂け目を通して、歪みの蓄積したシステムを抱える日本の姿に気付くことになる。ではそのシステムの中で人が生き続けるとどうなるのか、という主題で描いたのが二〇一四年に刊行された第二作『絶叫』（光文社→光文社文庫）だ。鈴木陽子《すずきようこ》という平凡な女性の転落人生を二人称で綴《つづ》ったこの犯罪小説で、現代社会のありとあらゆる機能不全が個人にのしかかり、すべてを絡め取る恐怖があることを葉真中は訴えたのである。ミステリとしての尖鋭的な仕掛けも見事に決まっており、同書は第六十八回日本推理作家協会賞長編及び連作短編集部門候補作、第三十六回吉川英治文学新人賞候補作に選ばれるなど高い評価を受けた。『ロスト・ケア』、『絶叫』とデビューから二作で葉真中は社会問題を主軸に据えたミステリの書き手、という認知が広まることになる。

一方で作者自身はそうしたイメージの刷新を図るため、早くより作風を模索していた節《ふし》がある。「小説現代」二〇一五年四月号～二〇一六年二月号に連載され、二〇一六年六月に単行本化された第三作『ブラック・ドッグ』（講談社→講談社文庫）は前二作とは打って変わった動物パニック小説であった。「月刊ジェイ・ノベル」二〇一五年年九月号に掲載された風刺短編「政治的に正しい警察小説」では自身を投影した作家を登場させ、新境地を切り開きたいと焦る心情を綴っている（後に同編を表題作とした短編集が二〇一七年十月に小学館文庫より刊行）。『コクーン』はこうした葉真中の作家としての過渡期を象徴する作品だ。ここには初期二作で描いてきたものを全て盛り込み深化させつつ、古い殻を破ろうとする気概が満ちているのである。

物語の核となるのは「シンラ智慧の会」という新興宗教団体だ。シンラの教祖である天堂《てんどう》光翅《こうし》の教義は以下のようなものである。すなわち世界は狂った神がつくった〈悪の世界〉であり、人間は様々な悩みや苦しみを克服するためには〈智慧《グノーシス》〉と呼ばれる内なる神に従うべきである、と。この教えに洗脳された信者たちは、やがて光翅の命令によって大事件を引き起こす。一九九五年三月二十日、白装束に身を包んだ六人の信者が丸の内の雑踏で機関銃を乱射し、十一人の死者と五十人を超える負傷者を出したのだ。

シンラのテロがオウム真理教事件という実在の事件をモデルにしているのは、誰の目にも明らかだろう。しかし『コクーン』はテロ事件そのものを描き、それに対して批判や検討を加える物語ではない。本書はシンラのテロに何らかの関わりをもった人物たちが語り手を務める四章と、ある女性の人生を断片的に綴る「蝶夢」という断章で構成されている。事件の周縁にある人生を群像劇の手法で掘り下げながら、悲劇を生み出した因果を探っていく小説なのだ。目次に記載された各章の西暦を見て欲しい。第一章「ファクトリー」から第四章「パラダイス・ロスト」が二〇一〇年から二〇一三年の現代を描き、幕間である「蝶夢」が第二次世界大戦中から戦後にわたる流れを中心に描いていることが分かるだろう。各章の登場人物たちが語るのはいま目の前で繰り広げられている社会の歪み、かつて自身が経験した社会の歪みだ。その歪みにはもちろん、『ロスト・ケア』や『絶叫』の登場人物たちが垣間見た地獄の風景も含まれている。本書は七〇年以上に及ぶ日本の鏡像なのだ。

作中では小さな事象が遠く離れた事象に大きな影響を与える「バタフライ・エフェクト」という概念について言及されているが、『コクーン』はまさにその「バタフライ・エフェクト」をモチーフに書かれている。各章の誰が、どのような行動をして他者に影響を及ぼし、運命を変えたのか。人間同士のつながりを読み解くパズルのような物語を巡るうちに、読者はある一つの思いに囚われるだろう。現代社会において主体性や自由意思といったものは、まやかしではないかという思いだ。それは次のような作中人物の言葉にも表れている。

――世界は工場のように自動的に動く巨大なシステムよ。

――結局、選択肢などない一本道だったのだ。この世界はきっと巨大な装置で、俺はコンベアに載った部品のように、決まったルートを運ばれているだけなのだ。

自由意思のない世界に取り込まれた個人。これは『ロスト・ケア』や『絶叫』においても葉真中が叫んでいたテーマである。『絶叫』では高度成長期における家族や幸せの概念が端緒となり、主人公が負のスパイラルへと堕ちていく様を描くことで表現していた。対して『コクーン』では社会通念や規範よりも更に大きい、絶対的な真理として自由意思の無さが描かれている。本書で葉真中の小説は社会や国家を突き抜け、人間を統《す》べる真理を捉えようとするところまで到達したのだ。

そうした考えを現実に対する諦観や絶望の表れだと感じる人もいるだろう。その上で葉真中は本書の終盤において、あるひとつの光景を用意している。個人を飲み込む非情なシステムに、人間はどう相対すれば良いのか、という究極の回答ともいえる光景だ。そこにたどり着いた時、読者は大きな戸惑いを覚えつつも得も言われぬ解放感に包まれるだろう。同時に、その光景へと導くために張り巡らされていた仕掛けに驚嘆するはずだ。本書以前にも葉真中は読者の心理を巧みに誘導する詐術を使って驚きを提供してきた。しかし『コクーン』のそれは過去作におけるどのサプライズとも違う。これまで培ってきた〝社会問題を主軸に据えたミステリの書き手〟という印象を裏切るような、たいへん際どい仕掛けに挑んでいるのだ。おそらく『ロスト・ケア』と『絶叫』を経て葉真中作品に愛着を持った人ほど、本書のラストには呆然とするのではないだろうか。

『コクーン』は第三十八回吉川英治文学新人賞候補作に選ばれている（受賞作は本城雅人《ほんじようまさと》『ミッドナイト・ジャーナル』と宮内悠介《みやうちゆうすけ》『彼女がエスパーだったころ』の二作）。本書以後に刊行された著書は二〇一九年二月の現時点で三冊。前出の『政治的に正しい警察小説』に『凍てつく太陽』（幻冬舎）、『W県警の悲劇』（徳間書店）である。『凍てつく太陽』は終戦間際の北海道を舞台にした、冒険活劇の要素が強い警察捜査小説だ。同書は第二十一回大藪春《おおやぶはる》彦《ひこ》賞を受賞した。『W県警の悲劇』は警察小説仕立ての皮肉が効いた連作短編集で、全編に型破りな仕掛けを用意しているのが特徴だ。短編ではアンソロジー『謎々将棋囲碁』（角川春樹事務所）に将棋を題材にした風変わりな作品「三角文書」を寄せるなど、長編以上にジヤンルの幅を広げることに腐心している。

一方で四月刊行予定の『Ｂｌｕｅ《ブルー》』（光文社）は平成の三十年間を俯瞰《ふかん》する犯罪小説とのこと。初期作品の路線を継承しながら、より深く、より濃密に時代を描く社会小説を生み出す意欲もあるようだ。

こうした現在までの創作活動を振り返ってみると、デビュー以来格闘してきたテーマの到達点であると同時に、作家としての自身の壁を突破しようと試みた本書は、やはり葉真中にとって重要な意味を持つ作品になるはずだ。『コクーン』を書いた葉真中顕は、強固な繭《まゆ》を作りながらも、それを自ら裂いて羽ばたこうとする蝶の姿に重なる。

※本作は実際に起こった事件や災害をヒントにしていますが、フィクションです。いかなる実在の団体、個人ともまったく関係ありません。
※本作は、第二次世界大戦中から現代までが舞台となっています。本文中に「私生児」「トルコ風呂」「インバイノコ」「按摩」など、今日の観点からすると不快・不適切とされる用語が用いられていますが、物語の根幹に関わる設定と時代背景に鑑み、当時用いられていた言葉をそのまま使用しました。

二〇一六年十月　光文社刊

光文社文庫

コクーン

著者　葉《は》真《ま》中《なか》顕《あき》

2019年4月20日　初版1刷発行

発行者　鈴木広和
印刷　萩原印刷
製本　フォーネット社

発行所　株式会社 光文社
〒112-8011　東京都文京区音羽1-16-6
電話 (03)5395-8149　編集部
8116　書籍販売部
8125　業務部

落丁本·乱丁本は業務部にご連絡くだされば、お取替えいたします。
ISBN978-4-334-77830-9　Printed in Japan

組版　萩原印刷

コクーン　――　2016

真夜中、不意に目を覚ますと、私の心は得体の知れない悲しみに満たされていた。目と鼻の奥に痺れを感じる。指で頬に触れてみると、かすかに湿っている。私は泣いていたのだ。

きっと酷く悲しい夢を見たのだろう。でも、どんな夢だったのかは思い出せない。ただ、心と身体に、そのなごりだけが濃厚に残っている。

私はどうしようもない不安に駆られてしまう。

大切なものをすべて失ってしまうような、不安。

何もない世界に独りだけ取り残されてしまうような、不安。

これは小さな頃から、ずっとずっと私が抱えている不安だ。

私は慌てて、隣で寝息をたてている瑠璃のことを抱き寄せた。

「あ……、んっ……」

瑠璃は小さな声を漏らした。その髪の毛から、かすかに昨日のシャンプーの匂いがした。

「マコさん？　どうしたの」

その猫のような目をうっすら開けた瑠璃が、まどろんだ声で、尋ねる。

「ううん、ただ、ギュッとしたくなっただけ」

「そう……」

瑠璃は再び目を閉じ、寝息をたてはじめた。

この不安が、どこからやってきたのか、私にはよくわからない。たぶんものごころがついた頃には、もう、私の中にあった。そしてそれは、この世界のありようを知るにつれて、大きくなっていった。

自分が他の多くの女の子とは性的指向の違う、マイノリティだと自覚したとき。学校で目立たないタイプの男子が、いじめを受けて不登校になるのを黙って傍観していたとき。テレビのニュースで、幼い子どもが義理の父親に殴り殺された事件を知ったとき。駅前でやっていた遠い国の貧困を救うための募金活動の前を素通りしたとき。

なぜ私はこんなふうに生まれてしまったの？　なぜ彼はいじめられなければならないの？　なぜ罪もない子どもが殺されてしまうの？　なぜこの世界では不条理なことが起きてしまうの？

そんな問いが浮かぶたび、不安は大きく育っていった。

それは、かけがえのないものを手に入れた今も、消えてはくれない。いや、かけがえのないものを手に入れたからこそ、より大きくなった。

自分と同じマイノリティの瑠璃と出会い、恋に落ち、パートナーになった。彼女のお父さんも認めてくれ、家族のように一緒に暮らしながら、お店もやるようになった。三年間も、穏やかで充実した生活が続いている。

奇跡的な偶然が重なって、私は幸福を手に入れた。だからこそ、不安になる。

偶然手に入れた幸せは、偶然失われてしまうかもしれない。この世界の不条理は、いつか私からすべてを奪うのかもしれない。

いや、大丈夫、きっと大丈夫。

私は瑠璃を抱きしめながら、自分に言い聞かせる。


――あの方を信じていれば、大丈夫。


この不安を唯一、和らげてくれるのは、あの方の教えだけだ。

私があの方を知ったのは、東日本大震災の翌年。瑠璃と一緒に行った東北へのボランティア旅行中、被災地の街で見かけた署名も何もない張り紙がきっかけだった。

私は瑠璃の寝顔を眺める。

この子はまだ、あの方のことを知らない。

そろそろ教えてあげなきゃいけない。ただし、妙な誤解や反発をされないよう、慎重に。あの方の素晴らしさを教えてあげなきゃいけない。場合によっては、少し嘘をついたり、強引な手を使ってでも……。

それが瑠璃のためにもなるのだから。あの方――〝沼〟――は、私たちを救ってくださるのだから。狂った神様がつくったこの〈悪の世界〉の不条理から。

あの方は正しい。あの方を信じる私も正しい。

だから大丈夫、きっと大丈夫。大丈夫、大丈夫、大丈夫――。

そう何度も言い聞かせるうちに、心は安らぎで満たされてゆく。

私は布団を引き寄せ、抱きしめた瑠璃と一緒にくるまる。繭で身体を包む幼虫のように。

そして私は再び、眠りに落ちていった。

（※本章は単行本刊行時に表紙に掲載されていた掌編です。文庫化に際し特別に収録しました。乱丁ではございませんことをご了承ください）

葉真中顕の本

絶賛発売中

全選考委員に絶賛され、日本ミステリー文学大賞新人賞を受賞。
デビュー作にして小説界を揺るがした圧巻のミステリー！

ロスト・ケア

眼前の光景から
目を背けてはならない。

戦後犯罪史に残る凶悪犯に降《くだ》された死刑判決。その報を知ったとき、正義を信じる検察官・大友の耳の奥に響く痛ましい叫び――悔い改めろ！　介護現場に溢れる悲鳴、社会システムがもたらす歪《ひず》み……。誰しもが直面するテーマに、圧倒的リアリティと緻密な構成力で迫る！

光文社文庫